那年烟花若浮尘

付良举 著

長江出版傳媒 | 长江文艺出版社

图书在版编目（CIP）数据

那年烟花若浮尘 / 付良举著. -- 武汉 : 长江文艺出版社， 2020.6
（湖北草根作家培养计划丛书）
ISBN 978-7-5702-1407-5

Ⅰ. ①那… Ⅱ. ①付… Ⅲ. ①长篇小说－中国－当代
Ⅳ. ①I247.5

中国版本图书馆 CIP 数据核字(2020)第 002408 号

责任编辑：雷　蕾　付玉佩　　　责任校对：毛　娟
封面设计：周佳　　　　　　　　责任印制：邱　莉　胡丽平

出版：长江出版传媒 | 长江文艺出版社
地址：武汉市雄楚大街 268 号　　　邮编：430070
发行：长江文艺出版社
http://www.cjlap.com
印刷：武汉市首壹印务有限公司

开本：700 毫米×1020 毫米　1/16　印张：19　插页：1 页
版次：2020 年 6 月第 1 版　　2020 年 6 月第 1 次印刷
字数：244 千字

定价：58.00 元

1

大头说，强子，当有一天我离开了你，你也要坚强地活下去。

天空很蓝，明亮刺眼的阳光下我怔怔地看着大头，没有说话，路于突然笑了，笑容干净而无邪，仿佛一个纯真的孩子。

路于笑着说，大头，你不在了还有我呢，强子怎么会感到孤单呢？

那一刻，我的心不知道为什么狠狠疼了起来，眼泪悄无声息掉下来的时候，我也笑了，笑如桃花。因为那时我天真地认为，大头怎么会离开我呢？我想自己的生活仍旧会被身边的人包围着，一天一天过去，一天一天长大。

我们喜笑颜开，无忧无虑，直到，永远。

很多年以来，我总在想，即使我失去了很多，只要大头路于还安静地陪在我的身边，我就会满足地微笑，因为我清楚，他们不只是我青春的印记，更是我坚持的理由。

可是现在，大头的确离开了我，当他离开，我蓦然回首去看的时候，我发现曾经身边的人一个个离我而去，自己一时间仿佛置身于无边的黑暗中，我第一次清晰地感到孤单与寂寞。我明白，从此以后，那些快乐喧嚣而过的年华将一去不返。

但是，我依旧微笑着流泪，任凭冰凉的泪水顺着我的脸庞滴落，因为我想起了大头说过的话，强子，当有一天我离开了你，你也要坚强地活下去。

如果对于整个生命而言，所有的离别不过是弹指一挥之间，但是从大头离开的夜晚，无数个夜晚，我总会做一个相同的梦。在梦里我与大头路于，我们朝气蓬勃地游荡在校园，游荡在这座城市的每一个角落，大头高唱着走调的歌曲，在我们捧腹大笑的时候，大头突然回过头看着我，他宽阔的额头上浮现出时光沉淀下的哀伤，他轻声地问我，强子，你寂寞吗?

然后他的面容逐渐模糊，身影轻快地飘向远方，渐行渐远。

那个时候，我就会醒来，透过窗外，望着沉沉的天空，一瞬间，我觉得温暖而难过。

大头说，知道吗，强子，这就是成长的轨迹，不一定是直线，更多是迂回盘旋的曲线。

路于说，可是有缘的人最终总会在同一个原点会聚。

每次去探望大头的时候，我始终笑容满面，有时候我会很难过，我承认那是自己伪装的笑容，我想大头也一定看得出来。

在我扭头离开的时候，脑海里划过大头略显沧桑的脸，我总忍不住地想流泪，但我没有告诉他，因为我在心里告诉自己，我有希望，我在等待那个交点重新会聚。

很多个映着余晖的傍晚，如同从前，我独自一人站在城市广场的中央，安静地注视着过往的人群。那些猛然间停下来向我回望的人，就会让我想起那一张张让我温暖让我难过的面孔，仿佛他们从远处挥动着臂膀向我奔跑过来，肆无忌惮地高声喊着我强子，强子，恍惚之间，我又会微笑着走了过去。同时，那些简单而明快的往昔，衬托在人群的旋涡下，形成一幅幅优美而沉重的画面，向我狠狠压了下来。大头、叶琳、月凤……

每次与素儿通完电话，当说起我们的往事的时候，我们就会一起选择沉默，或许我们谁都无法相信自己还曾有过那些单纯而快乐的时光，只是沉默，沉默得仿佛可以听见对方的心跳声。然后我会轻轻缓慢地说，素儿，我不在你身边的时候，你要坚强地活下去。然后，我听见从话筒那边传来若有若无的啜泣声。

当电话挂掉的一瞬间，我的心仿佛开裂般沉沦地直往下掉。

毕业后，很久我都没有再去西江大学，我不知道自己在害怕什么。

严冬的一天，当我终于站在西江大学的校门口，当我看到那无数张如同以前的我们鲜活而单纯的面孔从自己身边飘然而过的时候，禁锢的忧伤终于仿佛满天的烟花，猛地迸射出来。

灰白的天空上飞落洁白的雪花，一片片，落满我的身体，我仰望着天空，面带微笑地流着眼泪。

我相信，随着时光洪流的冲刷，这些鲜活的面孔上也会出现明亮的伤痕，而后，在希望中慢慢愈合。

如同我们，所有的人都会长大，痛，或快乐……

2

“下一个。”杨月红突兀地喊了一嗓子，让有些昏昏欲睡的我立马抖了一下。

“能不能温柔点，”我瞪了杨月红一眼责备她说，“小杨同志，我们现在是在面试，不是在游戏，要体现出我们三T集团的素养，不要这么面无表情，像医院护士似的，下一个、下一个，你以为我是坐堂大夫吗？”

坐在我左手边低头记录的男生扑哧笑出声来，坐在我右手边的杨月红又是一声警告：“小王，笑什么笑？没有听见小强总的指示吗？还不赶紧抓落实，还这样嬉皮笑脸。”

我顿时无语了，黑着脸埋怨道：“能不能别小强总、小强总地喊我？喊我小强就行了，你实在对我敬仰的话喊我强哥哥也行啊，小强总，咱能时髦点不？”

“不行啊，小强总，必须得这样喊，这是公司，不能乱了规矩，我是公司老人，得做表率作用。再说了……”杨月红的假睫毛噗噗闪烁，她凑到我跟前，压低声音说，“小强总，日后你指定会飞黄腾达，可记得提拔我呀。”

“你可拉倒吧，”我把她推一边，说，“行了，别扯这些没有用的了，你给我交个底，后面究竟还有几个人？也不看看时间，从早晨九点开始一直到现在，面试了快四个小时了，大姐，今儿可是周末啊，大周末的不让人好好休息却来搞什么面试，这不是折腾人嘛。”

我话音刚落，会议室的门似乎被推开，我没有抬头，喊了一声：“外面的同志先等下，五分钟后再进来，没有看见我在安排工作吗？”

我听见门又被关上的声音后，继续苦口婆心道：“杨月红，你是不是成心折腾我？你如果真不愿意在企划部干你告诉我，我给老陈吱一声，给你换部门。”

“别啊，小强总，您这话说得，比杀了我还伤我身啊。”杨月红一把抱住我的胳膊，我有些纳闷，挺文雅的一个姑娘行为咋就那么简单粗暴呢？并且讲话逻辑习惯走偏，杀了你可以理解，伤你的心也可以理解，伤你的身是怎么个伤法？我体贴入微好不好，我伤谁身了我。

“别闹了，赶紧继续，”坐在杨月红右手边的英姐终于发声了，英姐是三T集团人力资源部的部长，属于职场御姐，气场极大，她的声音平稳有力，缓缓说道，“周六组织面试是陈老总的意思，让您负责也是他的意思，他认为既然企划宣传部是您具体管理，那么现在是在给您招人，合用不合用得尊重您的意见。所以，这和月红没有关系。而且我刚看了看报名表，门外面的人应该是最后一个了。”英姐顿了顿，她盯着我询问道：“门外面的人刚升到大四，明年才毕业，不仅仅是职场小白，而且，距离毕业时间稍微远了点，所以，您也可以选择不见，我没有意见。”

“见，立即见，必须见，怎么可以不见呢？”我回头朝门外喊了一嗓子，“外面杵着的现在可以进来面试了。”

我头抬得过高，所以没有看见英姐微微一笑。

门开了，一个姑娘走了进来，她亭亭玉立地站在那里给我们鞠躬，然后不疾不缓地说：“各位好，我叫罗素儿。”她的声音很好听，有些春暖花开的感觉，让人忍不住地就想听她说话。

我眯着眼睛，看着她，想我小强总虽然身在花丛中好多年但一贯洁身自好，什么家花野花没见过，统统都能抵御诱惑，为此，大头经常说我身在福中不知福，纯粹浪费大好自然，我对此嗤之以鼻。但今天，猛然间看到这个名叫罗素儿的姑娘，我第一次竟然有一种不敢靠近的感觉，我人生第一次产生了自卑的心理，同时开始对自己过往的缺点与不足开始进行深刻的反思与自我批评。我终于有些明白那句老话：“以铜为镜，可以正衣冠；以人为镜，可以明得失。”原来，这名罗素儿同志就是一面洁白无瑕的镜子啊。

我开始犹豫，这难道就是传说中的一见钟情？但那不是传说么？为什么会在自己身上实现？我顿时潜意识里开始抵抗，使劲抖抖身子，让自己清醒起来，并不断告诉自己：这是幻觉，这都是幻觉，不可能。

发现我表情变化莫测，身边的杨月红拉了拉我，轻声问我：“小强总，您这是什么表态？是谈还是不谈呢？还是彻底不行？”

我连忙坐直身子，摆摆手，示意对面的女孩坐下，然后假装漫不经心地问她：“先说说吧，自个有什么专长？凭什么有脸皮……哦，不是，是有勇气来我们三T集团面试？你不清楚三T集团的实力吗？还是觉得什么小猫小狗的都可以就职三T？”

我听见英姐的咳嗽声，回过神，似乎自己说话有些过了，但我并不以为意，继续倔强地望着这个名叫罗素儿的女孩，她依旧平静，仿佛波澜不惊的湖水，真正好大的胸怀。

罗素儿微微一笑，问道：“请问您是？”

“这是负责本次面试的小强总，三T集团副总经理陈小强。”杨月红连忙介绍道。

“小强总，请问您刚才的提问属于面试环节吗？”

“那必须的。”我强调道。

罗素儿低头思考着，她的长发滑落下来，仿佛落下的席帘，午时的阳光透过十楼会议室的玻璃照在她的身上，让她的脸庞发出微微的金黄色，我仿佛可以看清楚她精致脸庞上的绒毛，我猛然感觉此刻在阳光沐浴下的罗素儿有种黄金女神的范儿。

“行了，”英姐面带愠色地说，“小强总，你现在开始别说话了。我来问吧，罗素儿，就一个问题，你为什么没有毕业就想要应聘工作？还有，你并没有大集团的工作经验，为什么要来我们三T集团应聘？”

罗素儿抬起头，她竟然没有懂礼貌地看着我作答，而是冲英姐点头微笑道："没有毕业来应聘工作，是因为我觉得自己有胜任工作的能力，大学三年时间，从大一开始我就有在各类广告企划公司兼职的经历，这个简历上都写到了，至于来三 T 集团应聘，就像我刚才说的，既然有了三年多中小公司的实践经验，我就想找一家大型公司工作，继续得到提高与充实，人往高处走，水往低处流，不对吗？"

我看见英姐在点头，她竟然在点头，这样霸气的回答英姐居然点头，我顿时气不打一处来："有经验有能力的人多了，而且是漂亮优秀，你觉得自己愿意来我们就愿意收啊？"

罗素儿用姑且可以称之为冷冷的眼神扫了我一眼，顿了顿，她说："好吧，明白了，不好意思。"她站起身，转身就要离开。

"你站住，干什么去？"我站起身喊道。

她没有转身，问道："不是不愿意收吗？"

"就是不被录取不是也得说声谢谢，然后很有礼貌地鞠躬再见吗？"我气狠狠地说，"你怎么可以这样无礼呢？这就是你们当今大学生的素质吗？"

话音刚落，我发现杨月红和英姐用奇怪的眼神看着我，仿佛在问我，难道你的素质就高？

罗素儿停下身子，缓慢转过来，盯着我，一字一句地说："谢谢，再见。这样，您满意了？"她依然没有鞠躬，我也没有吱声，看着她转身离开。走到会议室门口，她一手拉开门，突然说道："什么三 T 集团，什么大集团，今天我算长见识了，阿猫阿狗竟然都可以当副总！"

话说完，她猛地摔门而去。我顿时被气昏过去，这什么人啊，没有礼貌没有素质，出口伤人，幸亏是女的，幸亏跑得快，不然，信不信我打不死她？瞧我这暴脾气啊。

周六上午的面试，因为罗素儿的出现，最终又是以闹剧结束，所幸闹剧仅仅限于罗素儿一个人，其他人的面试顺利完成，我想想觉得总算可以跟老陈交代了。与英姐和杨月红约好明天早晨开会，商定最终的录取名单后，我拿着包准备离开。走到会议室门口，当我也拉住木门把手的时候，突然想起来罗素儿在离开时说的那句话，这让我很生气，小强很生气、后果很严重，于是，我也是狠狠用力摔门而去，我想，这是我目前仅有的发泄方式。

我迫不及待地想要去找路于或者大头，或者我认识的任何一个可以听我倾诉的阿猫阿狗，我必须向他们诉说内心的苦闷。于是，我给路于打了电话，结果这家伙正在宿舍里睡懒觉，于是我批评完他这种不思进取、好吃懒做的思想后让他马上前往大头的酒吧集合。

挂了电话，我站在三 T 大厦楼下，望着刺眼的阳光，觉得自己有些眩晕。

3

我叫陈小强，大小的小，小而强大的强。

长久以来对于自己的名字我颇有微词，小与强本是矛盾的组合，为什么要用这对矛盾的组合成为我的代号？也许小时候我太过于弱小，我妈起这样的名字是期盼我强大。好吧，现在我长大了，应该算是强大了吧？即便叫“强”也应该是“大强”，怎么还是小强呢？

还有让我极为郁闷的是，每当有人拖起嗓子喊我“小强，小强”的时候，我便条件反射地在地上寻找是否有蟑螂经过。我有次向我妈提议改掉名字，我向她举例：“小东西怎么能够强大呢？小蚂蚁、小蜜蜂、小乌龟，强大吗？”

“强大，怎么不强大呢？”我妈马上贴近我的脸孔，凶神恶煞地说，“小蚂蚁可以搬动比自己身体大几十倍的东西，这不叫强大叫什么？你能吗？小蜜蜂一天可以飞行几公里，你能吗？你不能！小乌龟背部有坚硬的龟壳，你背部有龟壳吗？你没有！”

我妈的眼神很严肃，让我感到空前自卑，我觉得自己真的很渺小，能叫“小强”已经不错了，其实我还沾了它们的光。

“所以说嘛，小强，小强，小而强大。妈妈也是为你好嘛！你一定要树立起自己的新时代新青年的信心，不管对手有多么强大，通过个人努力，你才是最终的赢家。”

很明显，我妈是周星驰的粉丝，她看星爷的眼神迷离而温柔，我突然意识到，也许就是因为迷恋星爷的魅力，所以我妈才为我起了这样庸俗的名字。

电视里，星爷提起死去的蟑螂，痛哭流涕地呼喊着“小强”，我妈的眼中似乎也有泪光闪烁，嘴里也在念叨：“小强，我可怜的小强啊！”

我顿时怒火中烧，反抗道：“妈，我不干！我不能再叫小强，我要改头换面重新做人！”

“你试试看！”我妈狮子大甩头，表情恐怖而阴森，“你有胆子再说一次要改名字？”我当场就被吓晕过去，从此以后再也不提改头换面的事情。

其实，我真正的身份是一名刚刚升入西江大学三年级的学生，身在西江市最好的大学，西江大学的学生都有一种天然的优越感，但我没有，我总觉得自己被笼罩在骨子里散发而出的忧郁感之中，大头对此嗤之以鼻，说那是什么忧郁感，那是发骚感，路于往往这时候会帮我说话，他会说大头，你懂不懂什么是修养和修辞啊？没有文化真是可怕、可叹、可悲啊。这时候，可悲的大头一般会选择用老拳去捶路于，在路于的四处逃窜声中结束这场讨论。然后，大头会无比诚恳地告诉我说，强子，你一定要记住，能用拳头解决的事情就不要多咧咧。

话虽如此，但我内心之中无疑是痛苦的，因为骨子里，在见多了那些因为我的财富、我的外貌而围绕在自己身边的女孩子之后，我对她们有了一种本能的怀疑，我本能地觉得她们靠近我就是因为我富二代的身份，或者说，这其实也是自己内心充满不安全感的体现。谁的青春不妖娆？所以内心里，我又无比渴望那种在书上、在电视里无数次出现过的纯粹爱情，那是一种温暖而美好、不掺杂任何功利性的情感，所以说，潜意识里，我认为路于与大头他们并不懂我，其实我是一个骨子里忧伤而细腻的人。于是每晚睡觉前，我都会瞅瞅镜子里那个帅帅的小伙子，我觉得上天对我真的很厚道，除了名字老土——名字老土也属于人为事故，似乎不应归罪于上天。再就是上天至今还没有赐给我一个命中注定、值得用生命去守护或者等待的女孩。我高高的个头，飘逸的长发，结实的肌肉，良好的功课成绩——这应该算是我自己努力的结果。我还有一个伟大、能干，号称“爱情顾问”“生活专家”，疼我爱我的娘亲。

当然不能漏掉机智过人、重色轻友的贝贝，贝贝是我家养的一条哈巴狗，我认为比较呆萌，但很多人都喜欢在我面前夸赞贝贝，说它的智商确实比我高，比我有脑子，我自然认为他们的论断是毫无根据的诽谤，但贝贝似乎听懂了这样的话语，我有时候会发现，它总爱用意味深长的眼光看着我。

老实说上天对我妈却很不公平，她这样一个温柔贤惠、持家有道的女人，却在我刚到西江大学读大一的那年丢失了自己的老公。是的，我的父母离婚了，原因很简单但也足以致命，我爸不爱我妈，他爱上了别的女人。父母离异并没有让我缺失关爱，我的生活也并没有受到大的冲击，不过，必须得承认，因为他们婚姻的失败，我对爱情更加绝望，所以自此之后，对于我爸，我称呼他为老陈。我觉得是他抛弃了我们母子，所以我开始有些拒绝或者疏远他，也坚定了自己大学毕业之后自主创业的念头。

没有父亲的日子，我备感孤独，没有老公的日子，我妈独自哭泣。终于有一天，我妈领回了贝贝，大声宣布，三人的家庭不能拆散，让我们重新优化组合。同时，我妈利用业余时间疯狂研究，打算弄清什么样的爱情才能百年不倒。她查阅《新华大字典》，通读《生活大百科》，一年过去，也就是我刚顺利升到大学二年级，我妈如同咸蛋超人一样，站在桌子上再次宣布，所有的爱情她都掌握，不管红色黄色或是绿色，全部无法逃脱她的火眼金睛；同时，她要成为生活大顾问，决定将我重新打造。

当时我与贝贝站在桌子下抬头看着我妈跟伟人一样激动的表情，没等她安然下地，贝贝已经一溜烟地逃脱，贝贝回头望望我，一脸幸灾乐祸。

从此之后，我的生活全部由她来规划。

我是小强我怕谁？可是她是我妈呀。

我曾将我妈的理论向路于重复过一遍，路于得出的结论却是："伯母一定是更年期提前，你应该考虑再给自己找个新爸爸了。"

看着路于摇晃的头颅，我竟一时哑然。

路于是我大学里的死党，我们的革命友谊建立在共同信仰上，我们都赞同大学时间除了学习就应该饱受爱情折磨，大学之后就要老老实实经受社会历练，然后自主创业成功。为此，路于经常会仰天吼叫：“让我大学时期的爱情来得更加猛烈一些吧。”为了实现这个目标，我们经常相约出没于校园拐角，看见美女就会迅速猜拳决定胜负，输了的一个便去扮演流氓或者无赖，对女孩进行骚扰与非礼，赢了的一个当然是佐罗的化身，虽然没有蒙面与长剑，但是依旧大吼一声冲了出去，将歹徒打得落花流水，抱得美人归。

可悲的是，当我和路于还没有通过这个方式获得真爱的时候，我们就被学校保卫人员逮住审讯，原因是他们接到举报，有目击者看到我们两个对学校女生采取攻击性行为。

另一个让我感到异常郁闷的人是与我一同考入西江大学的叶琳，也许我妈有句话真的是哲理。

“人世间最痛苦的事，莫过于你当作妹妹的女孩还在你面前热情似火地追求你。”

叶琳是本地大财俊叶世雄的女儿，叶世雄与本地另一大财俊陈明胜共同创建了三 T 集团，经过数年发展，三 T 集团目前已经成为西江市屈指可数的民营企业龙头，实现了地产、商贸及投资的多元化发展。抱歉，我忘记说陈明胜了，陈明胜就是我爸，就是那个抛弃我和我妈的老陈，就是那个给了我富二代光环的男人。自从抛弃我与我妈之后，他的事业却越来越兴旺。我妈总喜欢对我哀叹自己红颜薄命，但是我却很想问她，你是不是真的克什么？

从进入西江大学读书后，叶琳就向我发起猛烈的攻势，从艺术学院一路追到电子学院，如果把叶琳追我的里程合计，去掉末尾数字不算，肯定是一个天文数字。因为叶琳自己明明读的是艺术设计专业，却每天硬要出现在我们计算机系的课堂，与我的同学分外熟悉，和自己的同学却形如路人，每次期末考，身边的同学总怀疑她是来给人替考的。

我很耐心地劝解过叶琳，我告诉她我对她没有感觉，请她不要在我面前撒娇。

“感觉？嗯？可以培养嘛，再说，陈伯父也很喜欢我呀，他……”叶琳抬起头微红着脸庞，“他很希望我能成为他未来的儿媳妇哦。”

我当时差点晕菜！其实我清楚叶琳的心思，叶陈两家有几十年的交情，叶琳、叶明浩，还有我，我们三个从小起就是很好的玩伴，叶明浩是叶琳的哥哥，叶家大少爷，国外留学回来就进入三T集团，现在是三T集团的总经理。小时候在一起玩，叶琳就老向着我，但是，爱情得双方有感觉啊。

路于却不管什么感觉不感觉的，他经常指责我对待叶琳的态度很有问题。

“叶琳长得也算漂亮，家里的钞票是以麻袋计算，而不是张，你和她好上了有什么坏处啊？啊？我提醒你啊，强子，你如果真跟了叶琳，那叫强强联合，如虎添翼，那叫天听，天听你懂不？打牌13张一摸够就听了。以后叶家的钱都跑到你陈家来了，你也别不相信啊，哪个媳妇不向着自己老公啊。你看把你牛的，人家对你越好你还越来劲。男人啊，真他妈贱。”

一声长叹，路于结束了对我的批判。我遥望远方，眼光深沉而且凝重，我轻轻抚摩路于的脑门，语重心长地告诉他：“孩子，你还小，很多事情你不懂！”

4

结束公司招聘，中午快一点钟的时候我赶到了大头的酒吧——比斯特酒吧。西江大学的附近还有几所大学，比如德惠大学、青藤学院之类，所以，这个区域自然而然地被称为大学园区，既然是区，就一定也有娱乐区。大头就在娱乐区里开了一家比斯特酒吧。

大头人如其名，不仅长得五大三粗，而且头大出奇，大头曾指指自己的脑门问我和路于:“这是什么？”

我沉思了一下，想自己究竟该不该说出心里的答案，路于却心直口快，领奖似的说出了我们心中共同的答案:“大便。”

路于自然遭到大头非人的折磨，在路于奄奄一息的时候，大头才认真地告诉他:“这是智慧！”我笑而不语地表示赞同，想想这么大一脑袋如果全装屎也怪沉得慌。

大头原本也是西江大学的一名学生，不过他家在外地，不像我和路于，属于本市子女祸害本市人民。在我们大一快要结束的时候，大头突然告诉我和路于，他决定不再读书了，打算周游列国。大头的理由很简单，老师的脑袋没他大，自然道行就没他高深，那他还一天交学费瞎耽误什么，趁早把自己的智慧散播到人间各地算了。

“我必须对自己的生命负责！”大头严肃地对我说，那表情怎么看怎么像教授，“我还要对人民负责。”路于对大头的决定没有发表任何言论，也许他吃过亏就变聪明了，只是装作高深莫测的样子在一旁傻笑。

我也没有劝阻，只是语重心长地叮嘱大头说道：“外面的世界很精彩，外面的世界很险恶，孩子，要注意保护自己。”大头感动地点点头，大二一开学，拿着父母给的几千块学费就退学周游世界去了。

大头刚离开的日子，我和路于还怀念过，逐渐地，正要淡忘的时候，突然收到了大头邮寄给我们的相片，相片似乎是在西藏拍摄的，大头背后是青山白云，胳肢窝里还夹着一名藏族姑娘，姑娘满脸惊吓，大头却是满脸乐呵呵的笑容。

以后，断断续续收到大头发来的一些相片，可惜背景一律都是青山白云，我有些相信大头的脑袋里全是智慧了，因为这厮知道自己钱不多，都选择跑到民风淳厚、生活水平低下的地方去散播智慧。

终于，没等大二第一学期结束，我们勇敢的大头又出现在了我的面前。没钱了，世界自然环游不成了。当然，书也不能继续读了，大头也不敢回家见父老乡亲。最终，在我的资助下，大头开了家比斯特酒吧，暂时可以混混日子，等着与我们一起大学毕业。

大头说，这叫预热。

一进比斯特酒吧，我就看到大头坐在里面与一个女生交谈甚欢，流落红尘后，大头比我和路于更知道如何讨女生欢心。

“嘿，你今天怎么知道找我？”大头看见我，站起身老远招呼。

“路于呢？还没有来吗？”我坐到一张桌子旁边，“这家伙怎么回事？我打电话让他来的，周末就知道睡觉，干脆睡死得了。”

大头听出我话中有火，示意我消消火，他随手递给我一听饮料，指了指刚才离开的姑娘说：“那是曼丽，我新聘请的侍应生。你咋了，吃火药了？”

“别提了，等路于来了一块说，”我喝了一口饮料，问道，“我说大头，这姑娘什么来路，你查清楚没？我们可是做正经生意的，你可别惹什么乱子。”

“放心吧您。外地一姑娘，跟我一样流落此地，无依无靠，怪可怜的，你说，我不帮她谁帮她！”大头习惯性地摸摸自己的大头。

“那你自己注意，尤其是要洁身自好。当初让你做正经生意，你硬要开什么酒吧，”我一口气喝光饮料，放下易拉罐，“你不知道酒吧这种声色场所多容易出事。”

“开酒吧咋了？”大头脸色不悦，“开酒吧咋就不正经了？用你的话说谁还没有个借酒浇愁或是放飞自我的时候。我这酒吧证照齐全、合法经营，再说了，这不是在大学城嘛，还不是为了你们这些莘莘学子，到头来我倒落下不是了。”

“别提什么学子。现在的大学生啊，早跟前些年不一样了。当然，我也不是一竿子打翻一船人，你知道现在的大学生都追求着什么？谈不完的恋爱、睡不够的懒觉、花不够的金钱、看不完的直播……一想想这些我那个气啊。”

“行了行了，别扯这些没有用的，说得自己好像要拯救世界似的。”大头正准备继续打趣我的时候，一只没有看清楚什么面孔的物体从酒吧外面一头窜进来。

“妖怪，看打。”我顺手就把易拉罐扔了过去，不用想都是路于那厮，他灵活地躲过袭击，不断摆手道：“不好意思，我来迟了，对不住哥几个了。”

路于其实长相挺斯文的，戴眼镜，瘦高个，唇红齿白，笑起来还有两个小酒窝，文文静静，挺像一个大学生。

路于坐到我的面前，我指着他说：“看看你，大好年华都让你睡过去了。就知道睡觉，还能干点别的不？”

路于学习成绩其实非常好，尤其是计算机程序开发方面很是厉害，在我帮助大头开了这家酒吧后，路于整天叫嚷，让我赶紧也投资他这只潜力股，他说了现在投资他日后必有厚报，对此我一直是嗤之以鼻的，但现在想到今天三 T 集团的招聘，我有了新的想法，于是说道：“路于，别怪哥们一直没有给你面子啊，现在有个机会了，就看你干不干。”

“啥机会？强子，你到底仔细说说呀。”路于连忙问道。大头也催促说：“说吧，现在人齐全了，你倒是说说，进门后为啥生气？”

“别提了，”想起那个刺头的女生，我又是忍不住怒火冲天，“我堂堂的小强总今天亲自坐镇招聘会，没想到被一个不开眼的丫头当众打脸，不仅对我吹胡子瞪眼不说，还羞辱了我。真是我能忍你们这些叔叔们不能忍啊。”

“谁？谁这样大胆，叫什么名字？赶紧告诉我，我现在就去谢谢她，可算是给咱哥们出了口恶气。”路于冲着大头就是放声大笑。大头也笑眯眯地问我：“如何羞你的，我们不感兴趣，赶紧老实交代她是如何辱你的，这段我们爱听，对了，主要是讲细节。”

我用手捂住了自己的脸，这就是我的死党兄弟，什么是落井下石，我今儿算明白了。

“叫什么名字不重要，重要的是面目可憎啊。”我郁闷地说道，然后捋了捋思路，把这个臭丫头面试的过程给他们叙述了一遍，自然，整个过程充满了他们的欢声笑语，说完后，路于拼命压住笑声问我：“阿猫总，哦，不是，小强总，你真不会像刚才说的那样，对人姑娘有那么点心怀鬼胎吧？”

“拉倒吧。漂亮姑娘你见到不多看几眼啊？”我连忙否认，“那是男人的本能，哥哥我也就是爱美之心，人皆有之，怎么会见一面就喜欢人家。”

“你见的漂亮姑娘还少？”大头充满怀疑地问道，“也没有见到哪个漂亮姑娘不睬你，你就气冲冲，并且有不开眼的羞辱你，你还觉得乐呢，觉得人有眼无珠，不知道你是个身价丰厚的真情郎。所以啊，强子，你可真得仔细捋一捋了。我估计，你对人姑娘有想法。”

“就是，叶琳天天围着你，瞧瞧你对人家的样子，”路于帮腔道，“我都不好说你，叶琳多好的一姑娘，得多瞎的眼睛才能看上你啊。”

我挥手就要捶路于，大头连忙挡住：“说正经的，面试那妞，你准备咋办？录用肯定是不能录用，小强总的小肚鸡肠我们是了解的，关键是你说她跟你们是一个学校的，都是西江大学的学生，你不会要斩尽杀绝吧。”

“录用，谁说不录用？”我鄙视了一下大头，“且不要以小人之心度君子之腹，我，小强总，不会因为她对我无礼就放弃培养人才的初心。追杀干什么，这么低级的游戏是我干的吗？”然后我望着路于：“路于，别说我没有给你机会，明天讨论录取名单，我准备把你借机也招进来，你不是一直喊着要进三

T集团学习吗？这回可算是遂你心愿了。你进三T后，我们俩正好一起好好培养人才。”

我把“人才”两个字咬得很用力，我看着路于一哆嗦，然后他小心翼翼地说：“可以拒绝吗？”

“想好了再说，年轻人。”

路于的脸马上拉得很长：“还招我进三T一起培养人才，你当我傻啊，我不了解你吗？你还不是想把人姑娘招来之后借助你的淫威任凭你欺凌，要么不干要么忍气吞声，职场小白肯定只能对你逆来顺受。你好狠心啊小强总……”

我仰天大笑三声，真是知我者，路于也。难怪大头只能开酒吧而路于能够玩信息化，这就是智商的差距啊。

“你们两个阴人，我羞于与你们为伍！”大头丢下这句话愤而离开，也许在大头的思想里，事情只有对与错，世界只有黑与白，没有迂回前进的阴谋与斗争。

随后，我又给路于交代了几句，然后离开酒吧。天色渐黄昏，该是各回各家、各找各妈的时间了。

5

回家的路上，我想了很多，对于自己的生活，老实说，我是比较惬意。有个爱我疼我的老妈，虽然父母离异，但我父亲陈明胜对我依旧关爱有加，当初父母离婚，老陈说是为了爱情，我妈对此并不相信，那时候我刚升到高一，对此也是表示怀疑。但似乎是为了印证自己所言属实，老陈与萍姨结婚之后再没有要小孩，老陈与萍姨当我面说过，他们不会再考虑要小孩子了，他们有对方就足够了，说这话的时候，他们相互望着对方的脸，露出会心的微笑，一瞬间，我有些相信爱情，我想，他们或许真的是为了爱情，我有些相信老陈当初的话。

而且，依旧只要有机会，老陈就会不断教育我上进，作为三T集团的第一大股东，老陈总是念叨，我以后要继承他的衣钵。他这样说的时候，我一直在反对，谁规定富二代就得继承父辈的衣钵？毕业后自主创业，靠自己的努力实现人生价值不好吗？我妈也经常告诫我，这人啊，靠谁都靠不住，就得靠自己。

我曾将老陈与萍姨恩爱动人的场面回家告诉我妈，我妈第一次没有大声反对，她只是抱紧身体，默默地窝在沙发里一言不发。当时她低着头，我看不到她脸上的表情，但我分明可以听见她落泪的声音。我想，那时候，我妈或许开始明白，原来她与老陈之间不再有爱情。有人说，哪有什么岁月静好，只不过有人替你负重前行，对此我深以为然。

似乎有所改变，但似乎又什么都没有改变，随后的日子里当我提到老陈，我妈依旧会怒骂、会批判，但我知道那只是为了骂而骂，不掺杂任何恶意的诅咒。老陈也依旧与我见面，大三开学的时候，老陈为了让我毕业后可以顺利接手三T业务，他决定让我以副总的身份在集团正式上班，分管宣传企划部，从小到大、从无到有地积累经验。

最开始，我是拒绝的。但没有想到，对于去三T任职一事，数年后我妈第一次与老陈的意见竟然一致，我妈对我说无论未来选择什么样的路，人的从业经验总需要逐渐积累。所以，她说得有理，我只能去三T集团上班，也就有了之前主持的招聘会。我的岁月不再静好，我开始学习如何负重前行。

我和我妈住在老陈留下的房子里，那是西江市南山上的别墅区，林荫茂盛的区域里散落着一幢幢别墅，这里也就是人们口中的富人区。

一进家门，我妈就连忙问我早晨主持招聘会的情况，我告诉她一切顺利。我妈表示虎父无犬子，让我好好加油工作。

晚上临睡前我给老陈打了个电话，准备告诉他招聘会的情况，估计是英姐提前给老陈汇报过了，电话里老陈将我一顿收拾，认为招聘会上我没有表现出一个副总应有的风范，真是慈母多败儿，从老妈和老陈的评语中，我们可以看出他们至今互相还心存赞赏，否则怎么会说虎父与慈母呢？但对于我的评语却是惊人的南辕北辙。

电话中，老陈告诫道：“你要记住，你是我陈明胜的儿子，就因为你现在是大学生的缘故，所以集团同意你可以不坐班，这已经是破例了，你再不加油努力干，怎么给我和集团一个交代？要彻底收起你那副富二代的嘴脸，向身边学、向社会学，这样日后主导三T的时候才能让人心服口服。”

我表态道：“您放心，我一定不辜负您的希望，老老实实做人，踏踏实实改造。”或许因为我的态度端正，所以在我提及想让路于进三T帮我的时候，老陈只是沉默了一小会，然后同意了。

挂完电话，我心情不错，一想到在日后的岁月里我可以尽情蹂躏那个对我不以为意的学姐，心情就是无比愉悦。

我愉悦地进入梦乡，我梦见自己穿着一件羊皮大袄，嘴里衔着一根大水烟袋子，头发油光油光地站在一座黑色大门的豪宅前，豪宅里张灯结彩，好不热闹。寒冬腊月，天上飘着鹅毛般的大雪。

我看着天空，轻声叮嘱身旁低头哈腰的管家——竟然是大头哥——说："天好冷啊，年过了别忘记收租子啊！"

大头管家满脸笑容地说："您放心，大少爷，今儿是您大喜的日子，明儿天一亮我就张罗收租的事！不相信那些穷鬼敢不交！"

这个时候，我听见自己的正前方音乐响起，是《运动员进行曲》，我看见路于向我大步跑来，似乎还在叫喊着什么，并且跑几步就摔一跤，我皱皱眉头对大头管家说："明儿天一亮就把他辞退了，找用人也不知道找个机灵点的！"

"喳，少爷！"大头说。

然后我看见路于戴着一顶小毡帽，穿一身下人长衫直扑到我面前鬼叫："少爷，来了，新娘子来了。"

眨眼间花轿到了我跟前，从里面走出来一个头顶大红布、身穿大红袍的姑娘，姑娘一出花轿就自己一把扯下盖头的红布，是罗素儿，叫喊道："奶奶的，可渴死老娘了，八十里的山路连一家卖可乐的店儿都没有！"

大头管家不知道从哪里找了一瓶可乐，恭敬地递给罗素儿，罗素儿一饮而尽，举起空瓶对我说："爽，可口可乐，飞一般的感觉！"

我正纳闷这话听起来怎么这么别扭，突然看见我家哈巴狗贝贝也是一身华服，与另一只德国牧羊犬并排走着，它们爪牵着爪，我听见贝贝还轻声轻语地说："亲爱的，这就是我家，你一过门就当皇后！"

我正准备呵斥贝贝图谋篡位的时候，却听见大头扯着嗓子大叫："新娘、新郎入洞房了。"

于是猛然间又冒出好多人，一起把我与罗素儿拥进洞房，我喜滋滋地关上房门，打算为所欲为的时候，回过身一看，新娘突然变成了叶琳，我打算夺门而逃，洞房忽然变成一座巨大的山洞，大头、路于也成了张牙舞爪的小妖怪，我看到叶琳一脸阴沉地坐在高高的石椅上喊道："小的们，把唐三藏给我带上来！哈哈哈，你们说是油炸还是清炖啊？”

感觉眼前一片漆黑，我惨叫一声便从梦里惊醒过来。

天色已经大亮，看看手机，竟然都八点多了，想着早晨还要与英姐她们商议昨天招聘名单的事情，来不及吃早饭，我撒奔子朝三T大厦跑去。

一进会议室，人力资源部部长英姐以及宣传企划部副部长杨月红、职员小王都已经坐在里面等我。我一边进门一边抱歉道：“实在不好意思，堵车，所以迟到了。”

英姐没有说什么，示意没关系，倒是杨月红这个死丫头笑嘻嘻地说：“我说小强总，您九点钟来不了就通知我们十点钟开始好了，今天周日啊，能堵什么车，再说了，您就不能先把自己右眼角的眼屎拾掇拾掇干净后再说迟到的事情？”

这个死丫头，不知道我是她的顶头上司吗？我赶紧摸摸眼睛，估计起来迟了没有处理干净。坐到座位上，英姐说道：“人齐了，那我们就开始讨论吧。”

于是，我们四个人开始针对昨天上午招聘面试的情况进行讨论，招聘消息传出去后，由于三T集团的金字招牌，报名递交简历的人很多，在正式面试前人力与宣传两个部门提前遴选过一次，把一些业绩明显不达标妄图浑水摸鱼的以及从简历中可以明显反映出崇洋媚外、三观不正的，诸如此类全部拍死，根本没有给予参加面试的机会，所以昨天早晨通过初选来集团参加面试的人是十九个。

企划宣传部这次准备招聘四人，竞争不可谓不激烈，于是我暗暗咋舌，如果我不是老陈的儿子，如果我是跟应聘者一样的大学生，我又能竞争过谁？第一次感觉到社会生存的真实压力，仔细想想，如果自己真是十九人之中的一个，估计我连那个罗素儿也比不过吧？起码人家通过初选有了来到面试现场指责我的机会。

想到罗素儿，我突然想到一个问题，连忙问道：“英姐，昨天来面试的人简历我都看过，要么履历丰富、经验老到，要么是有海归背景，这个罗素儿就一职场小白，凭什么她也能够通过初选参与面试？是有什么过人之处吗？还是谁谁家的小姨子，走后门准备进三 T 啊？英姐，我可把丑话说到前面，我们三 T 集团必须是能者居上，不搞那些乱七八糟的潜规则。”

“小强总，你这是在质疑我的职业操守？”英姐不疾不缓地解释说，“你可以怀疑，但不能用肯定的语气。”

要不怎么说杨月红是鬼精灵呢，一看英姐有些动怒，立即说道：“英姐，小强总不是这个意思，您别误会，您不知道他舌头大不会说话吗？”杨月红看着我解释道：“小强总，罗素儿通过初选是我与英姐一起定的，您可别有其他想法，之所以通过初选，一是这姑娘简历中写了她从大一开始就在相关单位兼职，宣传策划也不是说没有一点经验；其次，这姑娘的英语非常不错，做过英语志愿者，口语很棒，托福也过了，估计是以后要出国；最后是因为英姐考虑，招人也不能全部招背景和资历深厚的人，工作上手快是没错，但工作陋习也多，不如大学生容易塑造。所以，综合考虑，初选的时候我们就把罗素儿放了进来，谁知道这姑娘这么暴的脾气，当面顶撞小强总，如果您不同意她入职，我们举双手赞成，是吧，英姐，干工作嘛，服从领导安排是第一。有才重要，有德更重要。”

“谁说要把她刷掉？”我算是听明白了，英姐果然是人力资源部负责人，考虑就是全面，于是我斩钉截铁地说道，“不刷，坚决不刷，脾气暴点没有关系，杨同志，你不能这样肤浅，我们需要本着治病救人的原则，去塑造她，去用心塑造她，不能因为顶撞我就放弃一个可能被塑造成为优秀人才的人，那是不对的，是对别人不负责，更是对集团不负责。”

杨月红傻眼了，她没有想到我竟然是这个态度，有些委屈地说道：“小强总，我没有对集团不负责啊，这不是依着您睚眦必报的习惯提前判断吗？我怎么就不负责了我。”

杨月红很明显有种欲哭无泪的感觉，倒是英姐意味深长地看着我，看得我有些毛骨悚然，她该不会发现我的真实目的后反对让罗素儿加入三 T 吧。我有些忐忑地说：“英姐，还有小王，你们都说说自己的意见。”

“我没有意见，同意让罗素儿入职。”英姐竟然率先表态，我窃喜不已，小丫头片子敢和我叫板，看我怎么找法子治你。

英姐同意了，我又赞成，杨月红与小王的意见约等于无，于是，在我没有任何准备的时候，罗素儿，这个在我生命中异常重要的女孩，就这样走进了我的生活。有时候想想，人与人的距离并不是那么遥远，一句话，一个动作，一次擦身而过，就可以让两个原本素不相识的陌生人在生命中产生无限交集，那句话、那个动作，就是人们常说的缘分吧。

后面的决定明显简单而快捷，不到一个钟头，正式录用名单出炉。录用的五个人之中三个女孩，两个男生。英姐说等她上报陈董事长，经董事会审议同意后录用就能正式生效了，按照惯例，基本也就是这五个人了。

我猛然记起路于，差点把这厮给忘记了，于是在会议结束的时候，我偷偷拉住英姐，说：“姐，招聘名单可以再加一个人吗？”英姐奇怪地望着我，我连忙解释道：“这不是我有一个大学同学，路于，跟我关系特好，当然这不重要，重要的是他的专业很强，是个编程高手，我琢磨着把他招进我们宣传部，以后做个宣传视频什么的，也有用武之地。当然，不算正式，属于编外实习性质，您看，可以吗？”

“懂了，”英姐说，“我没有意见，只要陈董事长同意，董事会可以通过就没有问题。”

听她这样一说，我松了一口气，说道：“陈董事长那儿我已经给说过，他口头同意了。会议上的事情就拜托英姐了，我回头把他的资料给您送过来，您多费心。”

英姐点点头，转身离开。

我咋就没有早发现杨月红的听力惊人呢？我就听见她喊着：“小强总，我也没有意见，可是，之前您不是说不能搞裙带关系的潜规则吗？怎么现在……”

我顿时抓狂，没有等我解释，就看见杨月红一个箭步冲出会议室，并且说道：“我没有意见，我赞成！”

瞧瞧啊，我这都造的什么孽，身边都是些什么人啊。

6

无论开心与否，我说过，这不重要，最重要的是路于也算混进了我的队伍，老陈同意应该就没有问题，至于其他程序，有英姐在基本没有问题。英姐虽然平时不苟言笑，端庄严肃，但我心里面清楚其实她是一个很好的人。唯一奇怪的是，英姐都三十出头了，也没有见她正经交过男朋友，我有时候在想，哪个王八羔子能娶了英姐那就是十世积德，英姐漂亮、端庄、能力强、气场大，关键是赚钱也多。

我给路于打了电话，告诉他抓紧把个人资料准备全乎，送到集团人力资源部，电话那头我感觉路于震惊到哭的声音，他表示日后肯定坚决服从我的领导，指哪儿打哪儿，挂完电话，我觉得自己苦心总算没有白费，这就是我要把路于弄到自己身边的原因，与大头相比，路于的情商绝对满分。

路于说晚上到大头的酒吧聚一聚，给他庆祝一下，顺便给我们看看好东西。

我满口答应，但内心里是嗤之以鼻，就他能有什么好东西？我小强总什么好东西没有见过呢？

回到家，我给我妈说了一声晚上回学校住宿舍，明天周一得上课，我妈叮嘱我要好好学习、天天向上，可别跟那些不三不四的人在一起瞎混。我琢磨自己也就跟路于和大头混了，他们顶多也就算不一不二，咋能算不三不四呢？

下午早早到了学校，收拾妥当之后我就赶往比斯特酒吧，天未黑，灯未亮，所以酒吧里几乎没有什么人，进去后我找了半天，才在角落里找见大头与那个名叫曼丽的女人的身影。两人躲在一个阴暗的角落里亲热，此情此景让我很是愤怒。

“呔，大白天，你俩干吗呢？”我猛地喊了一嗓子。因为我稍显突兀的声音，大头与曼丽明显受到了惊吓，我看见曼丽从大头的腿上跌落下来，大头忽地站起身，紧张地问道：“谁……谁呀？”

他从黑角落里走了出来，定睛一看，原来是我，大头一个飞脚就骂道：“你丫有病啊，没事大白天一惊一乍的。”

然后曼丽也走了出来，脸色发红地看我一眼，迅速低头，当她再抬起头的时候，神色已经恢复自然，她移步到我面前笑道：“小强总来了，快坐。”

于是，我越发认定曼丽这个女孩不简单，如果大头与她谈恋爱，我可以想象到曼丽肯定是大灰狼，而五大三粗的大头就是小白兔，我决定再劝劝大头，不要把个人感情带进工作里，尤其对象还是酒吧这种声色犬马的场所里工作的女孩。

“路于事儿定了，估计最多一周之后就能正式上班，”我坐下来，说道，“那厮还没有来？说晚上哥仨给他提前祝贺一下。”

大头坐到我对面的沙发上说：“你这样做就对了，路于是个人才，不像我，得靠力气吃饭，路于明显是靠脑子吃饭的，你到三T多培养，就当那个什么，哦，对了，孵化，好好把路于孵化孵化，以后肯定给你惊喜。”

“师傅领进门，修行靠自己，我可不是母鸡，没事光孵化他，”我看着大头，指了指吧台里的曼丽，问道，“你不会是认真的吧？兄弟，我可得再说你一句，不是认真就别招惹人姑娘，你也说了，人姑娘一个人背井离乡混生活不易，尤其是在这种场合……”我看见大头瞪了我一样，连忙改口道：“对，从事正经工作，但咱也别因为是老板就糟蹋人家不是。如果是认真的，我可给你说，这姑娘一看就是不简单，谁知道背后有多少离奇曲折的故事，所以还是别碰，好姑娘多得是，不行回头我帮你介绍几个？以后你也好踏实过日子不是。”

“偏见，你这明显是偏见，”大头辩解道，“你跟曼丽熟悉吗你就说人不正经了，我说强子，咱可不能戴有色眼镜看人，酒吧工作咋了？我给你说了，我们这是正规酒吧。再说，我也没糟蹋人姑娘，我们是真爱，实话告诉你，曼丽到我这里工作三个多月了，通过接触，人挺好，比我聪明，对我也不错，我喜欢她，她呢对我也有意思，所以我们俩就决定先处一处，有问题吗？再说了，谁没有个过去？你敢保证你以后喜欢的姑娘，你就是她的过去？”

我喜欢的姑娘，我脑海里突然浮现出罗素儿面试那天摔门而出的情景，是啊，我不能保证，我又该如何去劝导大头呢。于是，我叮嘱他说道：“反正你多个心眼就行了。”

大头没有再说话，我们俩静静地坐了一会，直到路于窜进来才打破平静。

“咋的了？”路于发现气氛有些不对，连忙问道，“这一早晨没有见，你俩学会沉思了。”

“屁个沉思，”我说，“没看出来吗？我想静静……”

“我还想宁宁呢，”路于示意我往里坐，我挪了挪窝，他挤到我身边，冲大头说道，“还坐着呢？这么没有眼力见儿，路爷来了，赶紧的，好酒好菜伺候着。”

大头笑骂道：“屁的个路爷，我看是兔爷还差不多。”骂完他站起身，去吧台拿啤酒。

“咋的了？”路于偷偷问我，“你和大头吵架了？”

“还不是因为那个曼丽，”我撇撇嘴，示意吧台那姑娘说道，“一看就不简单，我建议大头别和人谈恋爱，到头来，指不定谁玩谁呢。”路于回头看了一眼吧台边说话的大头与曼丽，转过头说：“看上去两人挺好的啊，曼丽，这姑娘我比你熟悉，人看起来很江湖，其实还算个好姑娘。我说强啊，你怎么就改不了自己这种以貌取人的臭毛病呢？你再这样，迟早要吃亏。”

“哎哟，胆肥了，敢教训起我了？谁中午在电话里还保证坚决执行我的命令？现在就变卦了，我说兔爷，你也真够孙子的。”

“哪儿跟哪儿啊？这又不是在你公司，难怪你拎不清，可怜的孩子，你得把生活与工作区分开。不然，你怎么冷静客观地分析问题，怎么能换个角度研究问题，怎么能透过现象看出问题本质呢？”

“你说得对，他就是拎不清，”大头拿来啤酒与小吃，坐下说道，“所以兔爷，你必须用自己的高智商教育教育他，你有这个义务。”

我张着嘴巴，看看路于，又看看大头，这都哪儿跟哪儿啊，怎么说着说着又绕我身上了，我挥挥手晦气道：“爱谁谁了，小爷不管了，我这回可真想静静了。”

路于看我有些生气了，一把搂住我的脖子，掏出手机笑着说道：“别啊，强总，俺知道你不是这种小心眼的人。”他美滋滋地划开手机，打开一个软件，我瞄了一眼，似乎是一款手机直播软件，我心里挺诧异的，难道兔爷真是日子过不下去，要靠搔首弄姿过日子了？

“来，给你长长见识。为了感谢你拉兄弟一把，让兄弟顺利进三T集团工作，我今儿请您赏心悦目一次。”路于熟练地打开软件，选择直播区域，然后用手滑来滑去，似乎在找主播。

“我说大兄弟，有难处你告诉哥，哥帮你解决。咱可不能当堕落青年，学人家搞什么直播，”我认真地说，“别忘记你的梦想，你可是未来最牛的软件工程师。”

“就是……”大头喝了一口啤酒，他摸了一下自己的光头说道，“我等正是艰苦创业的大好年华，别说搞直播，看也不行。那玩意能当吃还是能当喝？人哪，还是得脚踏实地，要多想着为这个社会创造一些价值，别总惦记着那些没用的。”

“哎哟，大头哥啥时候也懂道理。来，咱俩走一个。”我跟大头啤酒一碰，对饮一口，讲真的，我第一次对大头有些刮目相看，尽管在刚认识那会，大头就强调自己有当哲学家的潜质，尽管在大头游历归来后说自己已经成为一位哲学家了，我都觉得这家伙是在胡扯，现在看来，大头哥真是境界提升了。

“哪儿跟哪儿啊，”路于继续低头弄手机，突然惊喜地喊道，“开始了，开始了，哥几个快看看。”

于是，一个长相清秀并且有些阴柔气质的男生就出现在了路于手机上，我看了看，有些奇怪，路于咋转性了，他不是爱女色胜于爱自己吗？怎么现在扩大范围，连男色都惦记上了？这可不是个好苗头，我暂且忍耐一看究竟，如果真是这样，怎么着我也得和大头好好批判批判路于，这个苗头很不好。

我低下头，仔细去看手机屏幕上正在直播的男生，用现在流行的话说，符合娘炮的标准，比女生长得还漂亮，唇红齿白、皮肤紧致，穿着清爽文雅，直播中他似乎没有唱歌也没有跳舞，就端坐在那里似乎在讲解着什么。难道是在讲化妆技巧或者衣着打扮？这个方向不错，估计女粉丝应该有一大票吧。

“知道这位是谁吗？”路于激动地解释道，“知道为什么给你们看吗？这是蒋二哥，知道不？现在很红的主播，粉丝将近百万。看看人家那阴郁的眼神，书生气质扑面而来，最重要的是人家红不是靠喊麦，也不是靠翻跟头、劈砖头，更不是你们想象的龌龊做法来提升人气。”说到这里，兔爷用鄙视的眼光看了看我们，似乎是说，你们想什么，他心里清楚。

“蒋二哥每天就直播一小时，绝不延长，直播时候往那儿一坐，就开始讲解中国传统文化知识，什么唐诗宋词、明史清史、三侠五义，信手拈来，老牛了，”路于继续用鄙视的眼神望望我跟大头说道，“你们就俩土鳖，把你兔爷想成什么人了？吃不到就喜欢干看的人吗？以为我傻呀我！”

听完路于的解释，我觉得这个主播不简单，还真有那么点意思，不靠唱歌跳舞、搔首弄姿，却独辟蹊径讲解传统文化，这就对了，想我泱泱大国，千年文化，可以讲、可以学、可以说、可以用的好东西多了，虽然我陈小强算是一个富二代，但我根正苗红，我一直认为老陈他们这代人能够发家致富就是靠国家政策好，加上自己努力，一点点干出来的。老陈明显也是这样认为，所以他经常教育我，人不能忘本，要记得国家对自己的好，要回报祖国，老陈对我要求就几条：不留学、不移民、不崇洋媚外。用老陈的话说，学知识在哪里学都一样，国内技术发展水平已经很高了，而且搞自主创业，国内政策和环境都有，为什么要舍近求远？国外的就一定好？就一定适合自己？多半是崇洋媚外的心思在作祟。我记得每次他对我老生常谈之后，都会说：“强子，要学会豁达，要善于原谅别人，要懂得感恩。”小时候，我并不太懂老陈的话，但随着自己慢慢长大，看过风景、走过长路、经过众人，逐渐地，我开始体会到老陈的意思。

于是我说：“这种直播可以播，也可以看，但是兔爷，我可提醒你，别光顾着陶冶情操，科技文化也得赶上。”我看着大头说：“是吧，而且这斯讲得不错，但就是瞅着有些娘炮，一个大男人化妆比女人还漂亮，还什么阴柔，阴柔有个屁的好。”

大头站起身，从桌子对面走过来，站在路于另一侧，拍拍他的肩膀，说：“兔爷，您可别看多了跟这斯一样，到时候，您别说自个认识我，我大头丢不起这个人。”

“你可拉倒吧，”路于拿起一罐啤酒仰头猛灌几口，显得自己很男人，他放下啤酒后说道，“兔爷我阳刚无比，谁见谁赞美，你们就别跟着瞎操心了。再说，我关注蒋二哥直播不单单是听人讲课，最感兴趣的是，你们不知道吧，这蒋二哥看着文静书生气，但绝对够爷们，人搞直播虽然粉丝很多，但从不收礼物，开播至今一直如此，只要粉丝刷礼物，立马退回，你们清楚粉丝礼物是平台跟主播共同分成的，为了退款，蒋二哥自己掏腰包把平台该得的那份补贴后再原值退给粉丝，义气不？爷们不？人说了，他这是义播，就跟义工一样，目的就是为了传播传统文化，同时给大家答疑解惑，不为赚钱，咋样？知道粉丝都喊人什么吗？义薄云天蒋二哥。真牛！”

“要真像你这样说的，那的确够牛的，话说回来，看人家这扮相，估计也是个不缺钱的主。”大头说。

“不缺钱的人多了，”路于反驳道，“比如强子就不缺钱，但你见过他给我们哥俩补贴过吗？所以啊，人与人差距就是这样大！要不怎么说人蒋二哥义薄云天呢，你听节课不也得交学费吗？可人就是不收。强子，不是我说你，你可真得跟蒋二哥好好学习学习，不然你这差距会越拉越大。”

然后大头与路于哈哈大笑起来，大头笑着说：“就是，这样一分析，强子确实跟人有很大差距，所以，强子，赶紧拿出万儿八千的补贴我们兄弟俩，你正好也可以弥补差距，好迎头赶上。”

“我补贴你们，我有病啊。”我喝了一口啤酒，没有想到一个搞直播的竟然有这样的素质，路于话糙理不糙，有钱人很多，但有几个会心甘情愿回馈社会？与这个娘炮相比，再想想老陈的教诲，我突然发现自己现在的努力与童年时候定下的要成为咸蛋超人拯救世界的目标相差好远好远，不由有些郁闷。

“而且啊……”路于压低声音说，“你们谁能知道这个蒋二哥究竟是谁？他又在哪里？”

7

“是谁？他在哪里？你知道？”我又有了兴趣。

“就在我们西江大学，”路于轻声说，“我通过查询他的IP，费了好大劲才发现的，蒋二哥应该就在西江大学，不是老师就是学生，但我觉得应该是老师。”

“在我们学校！”我吃惊地问道，“不会搞错吧，我们学校有这样的牛人？那你查出来是哪个人没有？”

“没有，”路于郁闷地说，“我查了好几周了都没有找见，你想想整个学校师生几万人，要找一个人有些难，人家刻意隐藏就更难了。”

真没有想到西江大学竟然如此藏龙卧虎，不单单藏着我这条龙，还卧着一只虎，这可真是不是猛龙不过江啊，一种荣誉感顿时油然而生。

“路于这样说也确实不好查，你想想现在化妆技术多强，再加上直播软件的美颜修图功能，不说了，你懂的，所以啊，兔爷，我建议你别找了，相见不如相看好了，万一到时候你找见的真人是个粗壮莽汉，那你后悔得哭吧。”

大头说得有理，谈恋爱一个人，结婚后另一个，这样的例子屡见不鲜，原来是多指性格与脾气，现在连外貌都包括了，所以现在的人活得很假，活得很累，但却总说这一切都是为了制造美好。

听到大头这样说，我们兔爷嘴唇抽动，似乎他也有些悲愤地认同这句话，他拿起手里的啤酒一顿猛灌，看得出来，路于准备好的英雄相惜的戏码用不上了。

“哥几个这是干吗呢？笑得这么欢畅，”我回头看，曼丽不知道什么时候走了过来，站在大头身边，凑过来看了看惊讶地问道，“这是谁啊？”

“蒋二哥，”路于说，“曼丽姐看过他的直播吗？现在很火的一个主播，你看看，多俊的一个小伙子。”

“什么眼神啊你们。”曼丽咯咯地笑了起来，前俯后仰，看得我心惊胆战。大头问道：“咋的了曼丽，你认识他啊？”

“不认识，”曼丽克制住笑声说，“我笑你们都是什么眼神啊，还什么帅小伙，我就琢磨着刚才在吧台的时候隐约听见你们说什么阴柔、娘炮，不知道你们讨论什么呢。原来是在讨论这个主播啊，这哪里是个男生，这分明是女扮男装嘛。”

“不可能！”兔爷呼地站起身说道，“曼丽姐，饭可以乱吃，话不能乱说，我看蒋二哥的直播有时日了，他怎么可能是女扮男装呢？你瞅瞅……”路于似乎是下定决心似的，用兰花指指了一下蒋二哥的胸部，“分明就是男的嘛，哪里会是女生呢？这么平坦……”

我和大头仔细研究了一下，的确很平坦，谁不知道女主播个个丰乳肥臀，这种资本去搞直播，不是自寻死路？

曼丽哈哈大笑道：“你们这三个大老爷们真是男人啊。瞅瞅，你们瞅瞅这里……还不许人家是平胸一族啊，还让不让 A 活了？”

笑声中，曼丽故意抖抖自己的胸口，表示她不是 A，她只选 C。

我看着曼丽指的地方，那是蒋二哥的脖子，很光滑，很白皙，脖子……喉咙，对啊，咋没有喉结呢？蒋二哥脖子上咽喉的部位分明是平的，一如他的胸部，没有喉结。

“没有喉结，竟然没有喉结，”路于仿佛万念俱灰般念叨着，“难怪这样漂亮、这样阴柔，声音这样酸爽，难怪我怎么找也找不到她，我就纳闷呢，以自己的大数据分析能力应该不会错的，为什么每次最后追去的地方都是女生宿舍区域。我现在全明白了，什么蒋二哥，就是一个女骗子。”

此刻的路于仿佛失恋一般，我终于有些明白那么多人喜欢小鲜肉、喜欢娘炮的感觉，他们仅仅是因为喜欢如女生一般精致与漂亮的容颜，但当有天你发现自己所追捧的娘炮本就是个女子之后你就会忍不住地愤怒、失落，或者大骂。原因很简单，潜意识里大家都认为女子原本就应该经过化妆修饰而美丽的。

我无奈地看着大头，又看看曼丽，大头耸耸肩，表示不知道说什么，曼丽耸耸肩，表示她仿佛说多了。我们只能共同举起啤酒，挨个与路于干杯，妄图用酒精去麻醉他被骗的苦闷。

路于渐渐平静了，我看见他用力捏扁易拉罐，咬牙切齿地说："只要你在西江市，我就一定把你找出来。"

散伙之后回学校的路上，我安慰路于，别太在意，网上什么玩意都有，有伪娘就有伪男，没有什么。况且人家没有骗财骗色，还给你免费传授知识，你就该偷着乐，就该知足。然后我推测说，你不知道人是女扮男装，不代表别人不知道，这世上多得是缺心眼，但也不缺精明之人。

路于一路无言，走进学校，回到宿舍。

我和路于住一个宿舍，属于二人间，临睡觉的时候，我收到了杨月红的短信，短信说，让我明天带着路于去一趟公司，企划部有新任务，要开始真正工作了。

我回复她那就下午，早晨我得上课。关掉手机，躺在床上，想到明天下午又要见到罗素儿，竟然有些许期待，却也有些胆怯，不知道为什么，在那个姑娘理直气壮的呵斥声中我有些无地自容，但明明，我是她的领导啊。我决定摆正心态，用体制内的关系去折磨她。

折磨到心服口服为止。

第二天上午第一堂课是思想修养，学校安排真有一套，让学生一大早就提高思想境界。

我与路于起床后，我告诉他，下午得跟我去公司与同事们见面，同时接受我的领导，正式开展工作。路于听了很激动，我觉得他已经从昨天的惊吓中恢复过来。

我们匆匆吃过早餐，走进教室的时候老师已经站在讲台上开讲了。我看见叶琳坐在教室的第五排，旁边有张空位置，我知道那是专门为我预留的，叶琳还是这样锲而不舍，让我格外苦恼，既然拒绝没有作用，我只能继续选择躲避，于是我和路于猫着身子溜到教室最后一排坐下来。

路于看看前面的叶琳，心疼地说："强子，你真不是人，我确定了，你就不是，你打我我也得说，叶琳多好一个姑娘，对你一心一意，要模样有模样，要家境有家境，你干吗非要折磨人家。你看看人家，每天早晨早早来给你占位置，还根据概率，今天第五排，明天第七排，你可倒好，一次也没上去坐过。你也真是忍心啊。"

我看着叶琳孤单的背影感到有些内疚，我折磨她了吗？也许是她在折磨我吧。从小到大，我都把叶琳当自己亲妹妹一样对待，我关心她、爱护她，和她一起玩耍一起长大，是不是每个小姑娘都容易将自己身边这样一个毫无血缘关系的哥哥当作自己以后的伴侣？否则怎么会有青梅竹马？很明显叶琳就是如此了，并且展开猛烈追求我的行动，我不止一次告诉她，我对你没有感觉，请你不要在我面前撒娇。但没有用，叶琳依旧如此，没有任何改变，淡定而且从容，仿佛追求我就是她生命里最为神圣的一件事情，她说自己在追求爱情，路途坎坷才是对的。我看着叶琳的背景，隐约有些心疼，但我不知道该怎么去和她交流，只能选择逃避。

我叹了一口气，路于问道："怎么？愧疚了？算你丫有些良心，你就是身在福中不知福！"

我看着路于丑恶的嘴脸，心里直替他父母叫屈，怎么同样的粮食把他养成这个德行？我对路于说："别扯淡了，赶紧考虑下午去公司说什么，还有闲心瞎操心我的事情。"

路于生气地说道："什么是瞎操心。我说陈小强，你丫能正常交流吗？你以为我爱管你这破事，要不是因为叶琳，我是看着叶琳可怜，换作别人，你丫爱折磨或者互相折磨都行，跟我没有一毛钱关系。"

我看着路于生气的脸，我清楚路于是在为我好，或者是在担忧因为我的冲动而对叶琳造成巨大伤害，我觉得路于说得对，我骨子不仅忧郁而且犯贱，不懂得别人对自己的好，可是，我并没有告诉路于，我没有对他说，兔爷，不是你对我好就要我对你好的，你明白吗？

其实我是知道路于有些喜欢叶琳的，只不过他在刻意隐藏，或许是因为他清楚自己与叶琳之间巨大的差距而失去了表白的勇气，也或者是因为我的缘故，也许他认为无论我怎样倔强，我最终还会依然与叶琳在一起。路于是个好人，我清楚。

胡思乱想了一上午，一会是叶琳，一会又是下午即将再见的罗素儿，人影交替出现在脑海中，让我有些昏昏欲睡的感觉。

好不容易上完课，我依旧刻意躲避叶琳，在她起身四处张望寻找我的时候，我已经拉着路于转身离开，路于挥动的双手在向叶琳说“你好”和“再见”。

出了教学楼，我和路于去找地方吃饭，在绿荫蔽日的小路上路于一直在责备我不地道，起码得跟叶琳打个招呼，总这样夺路而逃也不是办法。我没有吱声，心里满是苦涩。

我们从学校后门出来，走到饮食一条街，因为学校食堂的服务质量未得到国际那个什么大 S 质量体系认证，水准高低全凭掌勺师傅的良心发现。所以，但凡有钱的男生或者有姿色的女生，几乎都到饮食一条街一日三餐。

我与路于选择了一家环境比较幽雅，并且一定要有落地窗户的餐厅，找到临窗的座位坐下，路于说，这样边吃就可以边看美女，从经济学角度说，“秀色可餐”就可以让我节省很多饭钱。我不知道这是不是高智商的逻辑表现，不懂，所以我假装没有听见。

吃完饭，路于说自个困了，想在餐厅小睡一会，我说那就要两杯饮料吧，别让老板误解我们来砸他招牌，饭菜不可口，食客吃得昏昏欲睡。

路于点头说是，称赞我考虑周到。

饮料上来，没喝几口，路于就酣然入睡。路于睡姿很是不好，打鼾不说，口水拖得两尺长。我顿时有些悲天悯人的冲动，就让我为这个可怜的孩子擦擦吧。

我找出纸巾为路于擦嘴，刚到他嘴边，他就猛然有了感觉。

“让哥哥亲一口……”

我连忙将手躲开。

“妹子，让哥哥亲一口啊，就一口……”

然后，又睡着了。

我无奈地摇了摇头，日有所思，睡有所梦，看把这孩子给压抑的。百般无聊之际，我抬头望向窗外，我用右手托起自己沉重的思想，眯着眼睛冲小街来回扫射。

小街的人流因为酒足饭饱的缘故，男生女生全部一副懒洋洋的满足。

就在我没有任何准备的情况下，我突然在人群中发现一个熟悉的背景，是那个罗素儿！好啊好，天堂有路你不走、地狱无门你偏来，小妞，看大爷怎么收拾你。

我一个箭步冲出餐厅，准备冲上去与罗素儿短兵相接，结果后面有人使劲拽我。

“小子，吃完想跑啊？赶紧麻溜给钱。”原来是餐厅老板。

我回头指着路于，急促地说：“有人质你们怕什么？他那个人拿当铺也能换个百八十块吧。”

推开老板，我冲到小街中央，环顾四周，人群澎湃，早已不见罗素儿的踪影。

我气急败坏地朝地上啐了一口：“算你识相，跑得快！”

8

下午三点，我与路于站到了三 T 大厦楼下，路于望着大厦，然后他看看我，又抬头望望三 T 大厦，从他脸上我看到了毫无隐藏的羡慕嫉妒恨。

“所以说，同人不同命，强子，你得长点心好好努力。否则陈伯父这么大家业败在你的手里就真得人神共愤了。”路于满眼鼓励之情。

我也抬头望着三 T 大厦，第一次用心观察着这座大楼，三 T 大厦地处西江经济开发区的繁华地段，周围全是摩天大楼，虽然叫大厦，多年之前算高楼，但放到现在，在摩天大楼的映照下，三 T 大厦显得有些老旧而矮小，但老陈并不介意，他总爱说，经济开发区是西江市经济发展的助推器，而三 T 集团就是助推器的引擎，三 T 集团作为首个在经济开发区落地并成长起来的企业，在当年不仅仅是起了带头示范作用，而且其发展壮大也说明政府的决策是对的。我至今都无法忘记去年老陈带我到公司，我们同样站在大厦下面，他说，三 T 集团新的办公楼已经动土，过不了多久，三 T 集团也将拥有层高两百米的双子座办公大楼，老陈说双子座落成封顶那天，他一定会带着我一起出席剪彩仪式，并正式宣布将董事长职位转交与我。

我记得那天，我还没皮没脸地说，老陈同志，这算权力交接吗？要不要磕头跪谢呀？老陈笑着骂我，但我分明看见他眼中满足的神情。

我用力摇了摇头，对路于说：“上去吧，估计会议室人都到齐了。”

路于跟在我身后进了大门，保安看见我，没有出声询问，我们乘着一楼大厅右侧的电梯上到十楼，宣传企划部在十楼。走出电梯口就碰见在走廊里来回晃荡的杨月红，我喊了一嗓子："杨部长，上班时间你竟然锻炼身体，半天工资不想要了吗？"

"哎哟，谢天谢地，小强总，您总算来了，"杨月红窜到我跟前，拉住我就往会议室奔，边走边说，"企划部人都齐了，包括新录取的那五个人，叶总也来了，对了，还有英姐。等您半天了，我想起了，除了您，还有那个新录用的名叫路于的没有来，这家伙也太不像话了，第一天报到就迟到，不过您放心，您如果不好说他的话我见了他肯定好好收拾一顿。"

不用想，跟我后面的路于已经满头黑线。

我停顿了一下，问道："叶明浩也来了？他来干什么？"

杨月红清楚我与叶明浩不怎么对付，小声说："叶总似乎是来给我们安排工作任务的。英姐是来宣布集团对新员工的聘用通知。不过那个路于现在还没有来，估计等一下就惨了。"杨月红嘿嘿低笑，我觉得这姑娘脑子有些短路，她没有看见我身后跟着的大男人吗？还是在她的眼里容下了我之后就不能容下别人？

我也是醉了。

迈进会议室的时候，我听见后面的杨月红突然说："保镖不能进去，站门口等着。"

我回头一看，杨月红拦住路于，义正词严地说。路于的表情比便秘还难受，仿佛快要哭出来一般。我连忙上前解围说道："他不是保镖，让他进来吧。"然后我转身走进会议室。

"他谁呀？小强总。"

"你好，我是路于。"

走进会议室，我听见身后两个人寂静无声了几秒钟之后一阵手忙脚乱跑进会议室的声音，我可以想象杨月红近似石化的表情，以及路于翻身就把主人做的自豪感。

这不重要，重要的是，我看见了叶明浩，这个从小就以对立面出现在我生命中的男子。

“小强来了，”叶明浩看见我，招呼说，“来，坐这里，等你半天了。”英姐等人冲我点头，我环视会议室的圆桌，看见企划部的人都在，还有几张新面孔，包括罗素儿，我看见她坐在那里，像根倔强的萝卜，四平八稳。

“不好意思，有点迟到，”我坐下后说道，“人齐了？齐了我们就开始吧。”

英姐看了一眼叶明浩，他点点头，于是英姐说：“那我们开始开会，小强总，新来的同事们面试都见过，我就不再介绍了，这位是我们三T集团叶明浩总经理叶总，今天会议议程就两项，首先请叶总给企划部安排工作。”

“其实也不是安排工作，主要是给你们传达一项集团分配的任务，”叶明浩笑着说，他看着我，“小强总也清楚，城北那里我们开发的楼盘下周末就要开盘了，集团的决定是由你们搞个策划案，配合开盘，做一次宣传推广的现场活动，活动不能落俗套，要有新意，好把人气搞起来，对我们楼盘日后销售也有帮助。怎么样，小强总？”

“没有问题，会议一结束我们就立即动手准备。”

“那就没事了，”叶明浩站起身，“你们继续开会，我有事先走一步，有小强总在，就没有问题的。”

其他人纷纷起身目送叶明浩离开，我没有站起来，只是看着这个长相英俊、总是一副温文尔雅面孔的家伙有些牙痒痒。别人不清楚他，我和他一起长大，我太清楚这厮虚伪狡诈的本性了，所以，打心眼里，我十分讨厌叶明浩。他不如大头与路于直爽、义气，所以也就不存在心怀好意。

于是，在英姐宣布集团录用文件并对新人提出具体要求的时候，我坐那里仔细琢磨着这次任务，我知道由三T集团开发的御景城下周就要开盘，搞开盘宣传活动无可厚非，不过之前不都是采用送礼品、砸金蛋的方式吗？老陈一直推崇将实惠落到实处的理念，谁让他是经历过那段吃不饱、穿不暖的年代，为什么这次要走创新了？

是有人鼓动，还是老陈自求改变？如果有人鼓动，十有八九就是叶明浩这厮搞鬼，想让我出丑，毕竟我来三T仅仅三个月，不比他，留学归国后就进了三T，业务精、能力强，关键卖相还好。

“小强总……”杨月红喊我一声，我抬起头，发现英姐已经讲完了。

“那么宣布就到此结束，入职手续会议结束后，各位自己来人力资源部办理，”英姐转过头说，“那我就先走了，我的任务结束了，你们还有工作要安排，你们继续。”

“辛苦英姐了，”我站起身说，“那你先走，回头我请你吃饭。”

英姐看看我，又看了看路于，她清楚我说辛苦的意思，她说：“关键是希望大家好好干，别辜负集团对各位的期望。你们忙，别送了。”

路于很有眼色地拉开会议室门，仰首挺胸地送别，所以说路于还是很有眼色的。我对他的表现很满意，看英姐走出会议室，我摆摆手，说道：“都坐吧，我们讨论一下下周宣传活动的策划案。”

在我对面，右侧四十五度角的座位上，罗素儿坐在那里。这种面对面以上下级关系坐而论道的场面是我这几天一直渴望的，现在变成了现实，我的内心很激动，感觉很酸爽。罗素儿，多倔强的孩子，日后要在我的手下做事，想到这里我就高兴。

我笑眯眯地看着对面新录用的员工，连路于在内，三男三女，很合阴阳之说。三个男生都是腰杆挺拔地坐着，明显有些紧张，反倒是女生就没有那么紧张，一个显得呆萌，一个显得热情奔放，不断用火辣的眼神扫射我，另一个也就是罗素儿则显得冷静。

“我们企划部现在由杨副部长负责，部长刚刚提拔走，另有重用，所以杨副部长现在在负责部门工作。整个部门之前有三个人，现在新入职六人，可谓是兵强马壮，”我缓慢地讲话，“在集团里我分管企划部，我希望大家可以同心协力，办好差才能拿稳工资，这一路发展，三T集团是靠着诚实守信、创新苦干发展到今天，所以我们不养闲人，自然，在企划部要坚决服从领导安排的工作，不管你是什么学历、什么背景，现在开始，一切从零开始。”

“好！”路于突然喊了一嗓子，然后热烈地鼓起掌来，路于的举动让我身边的杨月红大吃一惊，她似乎有些明白我为什么要用潜规则把路于给弄进来了。

因为路于带头，所以会议室里响起一片热烈的掌声，这让我很惬意，我挥挥手："那么现在请大家再互相自我介绍一下，随便点，介绍清楚方便以后共事。"

我指着路于："就从你开始，小伙子，看起来你很机灵。"

我假装路人甲，路于立即懂得，他站起身，我示意他："坐，坐下说。"

"谢谢领导，"路于表现得受宠若惊，"谢谢小强总，谢谢三T集团，谢谢杨副部长，谢谢企划部，感谢……"

"说重点。"杨月红打断道。

"我叫路于，马路的路，于是的于，我……"路于仿佛有些羞涩，"很惭愧，我目前是西江大学一名大三学生，来三T集团目的很简单，以学习为主，希望通过自己的努力，毕业之后可以名正言顺地留在三T工作，希望大家多帮助我，谢谢。"

说得漂亮，我暗暗给路于点了一个赞。

"我叫李大鹏，我是……"路于身旁的男生接着介绍，然后，下一个、下一个……

"大家好，"终于轮到了罗素儿，她挺挺身子，不紧不慢地说，"大家好，我叫罗素儿……"

"啊！"路于突然一声尖叫，他像被蛇咬了一样，在尖叫中跳了起来。

9

路于的尖叫声明显打断了整个会议该有的节奏，他似乎受到了惊吓，我看见他差点从椅子上跌落下来。罗素儿刚说完名字路于就惨叫，难道路于认识罗素儿？我仔细观察路于的表情，他冲我不断挤眉弄眼，我心中一沉，难道果真认识？还是有着不可告人的过往？

杨月红对路于的表现明显很不高兴，责备道：“发言请举手，我们是大集团，不是农贸市场，可以自由吆喝，听清楚了吗？”

路于扶正椅子端坐起来连忙点头，所有人都很奇怪，杨月红示意罗素儿继续介绍，于是罗素儿继续讲话，她讲什么我没有注意听，我坐在新人们对面，一会看看路于，一会看看罗素儿，路于如此惨叫，难道他被罗素儿修理过，还是他们曾经不清不楚过？我拼命发挥自己的想象力，想象着他们之间不堪的关系，甚至在脑海里浮现出一些不堪入目的画面，我承认这是不由自主，虽然罗素儿与我没有半毛钱关系，但不知道为什么，想到那些画面我就忍不住想要捶死路于，我越想心越沉，直至我想到罗素儿不会是白蛇精吧，因为我看着罗素儿鲜红的嘴唇一张一合，渐渐的，我仿佛感觉那是一张血盆大口向我扑面而至，想把我吃掉。

我猛地一抖身子，这时，身边的杨月红问道：“小强总，您觉得？”

我回过神，问道：“什么？”

“就是下周末楼盘开盘的宣传活动，该交给谁负责？得先拿出策划方案，我们审议通过后再组织实施，”杨月红说道，“我建议由小王负责，带上这些新人正好练练手，您放心，我会认真把关的，绝对不会出娄子。”

“宣传活动？”我才想起这茬事，我眯着眼睛看着杨月红，她点点头，然后看看小王，我的目光依次从企划部职员的脸上滑过，然后我将目光停留在罗素儿的脸上，罗素儿看着我，我觉得她的脸上有种玩味的笑意，好你个妖精，看我七娃不收了你。

“就她了，”我指指罗素儿，说道，“下周的宣传活动就由罗素儿全权负责，其他人配合，我会亲自把关。”

“小强总，”杨月红凑过来低声问道，“交给一个新人负责不会太草率吧？您不再考虑考虑？万一搞砸了，集团会处罚我们。而且，你也听到了叶总提的要求，要出新意，不能再走传统的路子，您让一个才入职的新人负责，我们心里没有底啊。”

“你这是什么话？你是对我的决定有所质疑，还是对我不放心？”我有些生气地说道，“杨副部长，你放心，方案出来了我和你一起把关研究，应该不会出问题，况且……”我微笑着问罗素儿：“我们应该多给年轻人机会，我相信罗同志肯定不会令我们失望的，是吧，素儿？”

罗素儿微笑着纠正道：“陈总，请叫我罗素儿！既然您对我有信心，把这个活动交给我负责，我一定会尽力做好，让活动达到预期的效果。”

她挑衅的眼神仿佛告诉我，我们不熟，别跟我套交情，只管来呀，什么损招坏招尽管放马过来，老娘接招就是。

真真气煞人也，死丫头，这是跟我公然叫板！

等其他人离开会议室，我把路于单独留了下来，没有等我发问，路于矫捷地上前关紧门，然后迅速坐到我身边，压低声音问道：“罗素儿，那天招聘会面试凶你的就是她啊？”

我原本有一肚子话要问，包括想象的那些令人不堪的画面，我准备大刑伺候，让路于给我全部交代，但看到他着急的表情，我不由点点头，问道：“就是她，咋了？”

“哎呀呀！”路于仰天长叹道，“真是孽缘啊！”

我飞起一脚催促道：“赶紧说究竟怎么回事？你认识她？我认识她？到底怎么回事？”

“你真不知道她是谁？你真不知道罗素儿是谁？”

“我知道啊，她是罗素儿啊，不就是我们学校一个大四学生吗？怎么，有问题吗？”

“强子，让我说你什么好呢？你啊，你怎么就会惹上了罗素儿？”路于捶胸顿足道，“你这下惨了，依着这位女侠的暴脾气，你会被折磨至死的。”

我更加糊涂了，问道：“女侠？暴脾气？她折磨我？我说兔爷，你脑子短路了？”

路于满脸怜惜地看着我，他坐下来，一本正经地说：“强子，仔细想想，使劲想想，记得西江大学那个传说吗？”

“西江大学，那个传说……”我看着窗外，楼下车水马龙，熙熙攘攘，我看着窗外光影闪烁的场景，脑海里慢慢想起了那个让人欲罢不能的传说。

作为这个江湖传说的追随者，我，浪子强，虽然与故事里的女主角从未谋面，但是我必须承认自己就是这个传奇女侠的仰慕者，因为我觉得只有自己这种奇男子才能配得上那名奇女子。

话说，四年前的秋季，西江大学新生入校，艺术学院出现了一名美艳动人的奇女子，家境富裕，而且为人知书达礼。奇女子的出现犹如奇兵异宝再现江湖，瞬时引起江湖各路诸侯的注意，那些帅的不帅的全部摩拳擦掌，意图一夺美人芳心。为了得到她，江湖上发生了几次华山论剑。但她只是作壁上观，没有做出任何选择。

直到一年后，同样是新生闯荡西江江湖的秋季，出现了一名风流倜傥，潇洒无羁的江湖浪子，这浪子出身电子学院，身高一米八〇，善剑，长发，深邃的眼睛流露出智慧的目光，姓陈名小强。浪子强初出茅庐，听闻奇女子芳名后意欲加入群雄逐鹿。可惜，天不遂人愿，浪子强还未出动之际，奇女子就与动力学院的一名帅哥拍拖成功，并且公布于众。消息一出，令江湖无数英雄竟哭泣，浪子强也站在明月当空下，仰望上苍，扼腕长叹：老天啊，既生瑜，何生亮也！

悲切情景真是惊天地，泣鬼神，闻者伤心，听者流泪！

浪子强整日以酒度日，江湖也重归平静，正当所有人都以为这对俊男美女会恩恩爱爱，一直到大四毕业然后携手归隐于社会，谁知天有不测风云。不久，江湖重新风云变色，原因是奇女子与动力王子分手，传闻似乎是动力王子抛弃了奇女子。群雄愤怒，更多人跃跃欲试，打算重获美人心，并有人以斩动力王子人头于马下来表达自己对奇女子的忠心。可惜，这段爱情对奇女子打击太大，一时性情大变，恨男人如仇敌，特别是对年轻才俊更是深恶痛绝。越来越多的江湖人士在追求奇女子的途中铩羽而归，浪子强决定出击之时，遭到了很多江湖元老的劝阻，他们说道："兄弟，听哥的，别去自讨没趣了，你就歇菜吧你！没事重新锁定目标。以兄之才，还愁无美人相伴？何必单恋一枝花呢？"

那时候浪子强并不知道什么叫情比金坚，所以他开始犹豫、开始徘徊，开始不知何去何从，而奇女子也逐渐淡出江湖，越来越少人见到她，逐渐成为江湖上一名传奇人物，江湖人士送她"神龙见首不见尾冷面娇娃"的称号，可悲的是，浪子强从踏入江湖到奇女子归隐期间，竟然无缘一睹真容。渐渐地，浪子强只能将自己对奇女子的爱慕之心深藏心底，并将自己无缘目睹庐山真面目列为人生一大憾事。

转眼两年过去，浪子强已经大三，他与其他豪杰在举杯邀明月之时，总无意间会提起奇女子，他人便言："数风流人物，还看今朝！"

"事后我打听了，奇女子名叫罗素儿。"路于一字一句地说。

我神魂归位，嘴唇哆嗦着说道："原来是她？竟然是她？难怪她敢冒犯我，难怪她对我不屑一顾，纵情羞辱我，原来如此。"我一把拉住路于，对他说："兄弟，孽缘啊，真是孽缘啊。"

路于一把甩开我的手，从座位上站起身笑骂道："你可拉倒吧，现在指不定心里怎么乐呵呢。陈小强，别以为我不知道，你这几年对叶琳不理不睬，还不是忘记不了奇女子。别否认，你们这些个富二代的心理我还不了解？妻不如妾，妾不如偷嘛，我明白，我懂。而且，你本来就是一个闷骚而充满想象力的人，你不是总说要路遇一段刻骨铭心的爱情吗？得，来了，之前听说这个故事之后我们在学校里没有机会见到人家，现在好了，活人出现在你面前了，是不是觉得很惊喜？是不是有些感觉天注定？”

路于一扭屁股，坐到会议桌上，他用手指着我：“要是之前你能见到人家，就你这种贱模样，指不定怎么去追求人家了，你能等到现在？你不是说过，成不成两说，得把机会留给自己心动的人吗？得，心动的人来了，机会你也有了，小强总，赶紧勇往直前啊。”

路于笑眯眯说道：“你丫现在还是老总，我就杵着看你怎么把人弄到手，要不霸王硬上弓得了，你是富二代，拿出一些魄力来让爷们见识见识。”

“滚蛋！”我骂道，“早知道你这厮不安好心，这下终于逮住机会了，想看我的笑话，别妄想。罗素儿咋了？小子，你也不看看，现在的江湖早就不是几年前的江湖，而你强爷还是你大爷。”

“你就嘴硬吧？”路于跳下桌子，突然问我，“嘴硬没有关系，强子，现在见着人了，你喜欢人家，真的喜欢她吗？”

路于突然问我，时至今日，我是不是真的喜欢罗素儿？还是年少无知的一时冲动？

是啊，我到底喜欢不喜欢她呢？或者说，素未谋面的曾经，我究竟喜欢过她吗？我看着路于，第一次从他的脸上看到严肃和深沉，我知道路于是在认真问我，我又该问谁呢？我脑海里突然浮现出这几年求学时候的场景，我记起来第一次听到有关罗素儿故事的时候惊讶的表情，我记起自己一定要见到她本尊的决心，我记起听说她恋爱后的黯然销魂，我记起听说她失恋后的无比开心……我回想起那天面试时候她的平静、她的讽刺，好像罗素儿就该如此，她本该如此。

事实上，我不止一次和路于去艺术学院打听过罗素儿，但因为她与我一样，本地人，走读生，不在学校住，每一次，要么是擦肩而过，要么是路于陷入艺术学院的姹紫嫣红中不能自拔，往往是有备而去，败兴而归。

渐渐地，罗素儿成为我内心的执念，我人为地为她画像，并将女生该有的美好全部填了进去，然后拿她与身边的女孩去比，越发觉得身边女孩的不足和世俗。

路于曾经不止一次告诉我，我这是病，得治。没有人会对一个根本没有见过面的女生恋恋不舍，我每次都说，孩子，你还小，你不明白什么是爱情。真正的爱情就是茫茫人海中，我遇见你，你遇见我，然后我说，嗨，你好，原来你在这里。

“说吧……”路于冷静地问我，“现在你打算怎么办？”

我摇摇头说道：“说实话，我不知道，说真的，我现在有些迷惑啊，你想想，一直藏在内心深处的那个人突然活生生走出来站到了你的面前，并且多少与你想的有些不同，你说，你会怎么办？就好比重影一样，我得先把重影去了，让这两个人影重合，看清楚之后才好做决定。”

“我明白，”路于站起身拍拍我的肩膀安慰道，“孩子，你慢慢重合消化，我就先撤了。”

路于走了，一时间会议室变得空荡荡的，我呆坐了好大一会，还是想不明白，我决定回家跟我妈说说，她老人家功力深厚，什么妖魔鬼怪都逃不过她的眼睛。

下了电梯，在一楼电梯口我碰到了叶明浩，他似乎也是要出门，看见我就喊道：“小强总，会开完了？去哪里？要不我捎你一段。”

其实和叶明浩一起长大，从小我们的关系都很不错，我记得小时候我还是很羡慕他的，长相英俊，谈吐文雅，永远不急不躁、胸有成竹的样子，那时候，我和叶明浩，还有叶琳，我们仨是多好的朋友啊。直到三年前他进了三T集团担任总经理之后，这厮立马原形毕露，我听过好几件生意上关于他的事情，什么落井下石、威逼利诱、乘人之危等等，老陈说虽然商场如战场，手段可以用，但不能无底线。但叶明浩却不是这样，只要生意可以成功，他什么招都会用。

我不认同他的做法，所以我觉得他变了，他变坏了，尤其是在他人畜无害的笑容下，我觉得他有些虚伪与卑鄙。并且因为老陈是大股东的缘故，也许认为我以后会接替老陈的角色，所以，叶明浩渐渐地也将我划定为他的竞争对手，路于与大头好多次也提醒我要提防这厮，他为什么这么拼？为什么要出成绩？还不是想和我抢董事长，跟我争三T控制权吗？我何尝不清楚叶明浩的想法，他希望自己有朝一日可以掌控三T集团，与我无关。有时候想起这些，我就觉得有些哀伤，难道在利益面前就真的没有任何情意可言吗？我无力改变叶明浩，只能尽量让自己与他不要有正面冲突，我只希望拔剑相向的日子可以晚一点来到，甚至不要来到。

但真到了那一天，我也不会退缩，我有我的坚持，虽然我决定毕业后要自主创业，脱离老陈的光环，营造出属于自己的光彩，但属于我的东西，你要和我抢，我就给，我傻呀。

我说，叶总，您忙，我自个回去。叶明浩看到我不冷不热的表情，他随着我一起走出大厅，分开的时候叶明浩突然说："强子，我感觉你对我有误会，你不能这样，我们迟早是一家人，你清楚叶琳很喜欢你，老实说，从小到大你是什么人，我清楚，虽然不满意但叶琳喜欢，我这个做哥哥的自然也只能认了，你……"

"没误会，也没什么认不认的，叶明浩，叶琳是叶琳，你是你，你自己心里真怎么想的你清楚，"我打断他的话，"我就纳闷了，之前那个叶明浩哪儿去了？你自己回去仔细捋捋这三年你干了多少坏事，你变了多少？你以为我刚进公司我不清楚吗？人在做，天在看，叶明浩，做生意没有你这样不地道的。"

我的声音有些大，经过我们身边的人看着我，叶明浩一把拉住我，解释说："那是做生意，你懂吗？做生意你以为是搞慈善吗？我那是对外人，不是对你，我说了我是支持你和叶琳在一起的。你不能这样误解我。"

"没有什么误解不误解，"我让自己冷静下来，说道，"道不同，不相为谋。

也许你觉得自己在生意中用的那些乱七八糟的手段是应该的，但那不是我想要的。还有……”我盯着叶明浩缓缓地问他：“你就能保证，当有一天我们处于利益的对立面，你就会因为我们是从小到大的朋友而选择妥协？你习惯了怎么对付外人，就会逐渐习惯怎么对付所有人。”

我分明看见叶明浩眼底的慌乱，我转身离开，我觉得这是信仰的问题，假设有一天叶明浩真的会功成名就也不是我想要羡慕的对象，因为我有我的坚持。

闷闷不乐地回到家，我妈发现我情绪不高，坐在沙发上，她与我交谈，我告诉了她今天发生的一切，要不怎么说我妈是高人呢，她说话就是在理，她说：“人这一辈子啊，有些人走着走着，就走丢了，所以你要努力地善待至今还与你一路同行的人，至于那个罗素儿，好比海螺姑娘，你总听她的传说，幻想有一天她会成为你的妻子，结果有一天她真出现了，是谁都会本能地感到惊吓，这是梦想照进现实的惊吓啊。至于画里的人你喜欢，实际中的你是否还喜欢，别轻易下结论，可以从生活中找到真相。”

我妈摸摸我的头，她的眼中充满温柔，我第一次感受到有妈的孩子真就是块宝。

10

随后的几天里，日子过得波澜不惊，杨月红告诉我，罗素儿写策划的确有一手，活动方案写得很赞，她表示支持，问我要不要再把把关，我在电话里告诉杨月红，我信任她的能力，她是企划部副部长，她觉得没有问题就行了，赶紧按策划分工动起来，抓紧时间准备充分。

原本我是想给罗素儿挑些毛病、挑些刺的，但想想还是算了，得饶人处且饶人，年轻人，还是得以鼓励为主，批评教育为辅。再加上，幻想中的女侠与现实中的刺头在努力重合，没有重合之前，没有确定对她的感觉之前我打算先缓缓蹂躏这个丫头，万一我真喜欢她咋办？到时候反过来她指不定怎么蹂躏我呢。所以说，做人留一线，日后好见面。

我给路于打了个电话，让他这两天有空就去公司帮忙，看有没有什么力所能及的事情干一干，别占着茅坑不用力。路于麻溜地说保证完成任务。这期间我也去找过大头，似乎大头哥的小日子过得很是逍遥，毫无疑问，大头对曼丽是认真的，从他火热的眼神可以确认。我依旧提醒大头，不要轻易说爱，大头说我白白阅女无数，眼睛里根本分不清谁是好人，谁是坏人。

我觉得我可以啊，我辩解了几句，大头就说，先把自己的重影理清楚了再来聊，估计是路于告诉大头有关罗素儿的一切，我甚至可以想象到路于描述时夸张的表情。

那天与大头的谈话不欢而散，实际上是我很不欢，大头幸福满满。说真的，内心深处我是喜欢传说中的罗素儿，传说中她很漂亮，家境富裕，才高八斗，关键是有女侠范，爱打抱不平，我认为只有这种才貌双全的奇女子才能配上我这种忧郁的男子。那么现实中呢？我掰开手指去数，漂亮，是真的；看穿着打扮也是个不缺钱的主；才华肯定有，虽然没有像爬满袍子的虱子那样多，但起码爬过了大腿以上；是不是爱打抱不平不清楚，不过不畏强权确是真的，脾气多冲啊。

我用了好几天，终于将幻想中的神奇女侠与现实中的罗素儿重合，但是我还是没有搞清楚自己是不是真的喜欢她，虽然如传闻的那样漂亮、有才，暴脾气。路于曾经骂我，你不应该叫陈小强，应该叫陈小贱。叶琳多好，多温柔一个姑娘赶着要跟你好，你不要，却整天想找个骂你捶你的暴脾气你才遂心，还说这叫什么折服，这就是犯贱。

我觉得自己不该再这样犹豫，三年前我错过了，现在就不能再错过，无论结果如何，我准备仰首挺胸去迎接有着罗素儿的新生活，如果有可能，谈一场轰轰烈烈的恋爱。

于是，周日的早晨，楼盘开盘那天，我信心满满地出现在了售楼大厅内，我准备用平常心和领导的权威与罗素儿谈谈。

嗯，这个姑娘，我想和你谈谈。

开盘当天，场景可以想象，我一来到活动现场就看到售楼大厅外面彩旗飘飘、锣鼓喧天、花团锦簇，走进售楼大厅，大厅里布置得也很用心，气球浮动、光影四射，因为不到早晨九点，所以客户不多，满地都是穿着整齐的工作人员。

御景城作为三T集团首个主打人文、环保、舒适理念的高档住宅区，在建的那会我跟老陈来这里视察过，房屋质量很好，主要是小区的景观绿化是聘请香港专业设计公司设计的，很高端、大气、上档次，最主要是楼盘定价与市面价格持平，并没有因为品质高了就涨价，老陈常说，要让利给客户，老百姓几代人辛苦一辈子都买不下一套房子，所以差不多就行了。对此，集团董事会意见很大，很多人对老陈的决定颇有微词，他们认为做企业就得有企业的原则，不能心怀天下，而且打破游戏规则，如果御景城价格与周边楼盘持平，容易让其他企业误会三T集团是低价抢市。老陈对此很不以为然，他觉得做企业跟做人一样，做好自己就行了，不能考虑太复杂。

所以，御景城依旧是平价入市，因为价格合理的缘故，理论上不需要大张旗鼓搞宣传，我觉得老陈依旧让我带着策划部搞宣传无非是想给我身上加些业绩，以后御景城销售喜人就可以多少归功宣传到位，我身上有业绩了，他到时候进行权力交接阻力就会小一点，真是可怜天下父母心。

至于叶明浩口中的宣传要创新，要别出心裁等要求，我估摸是叶明浩自己提的要求，无非想先有个伏笔，万一我没有达到他的要求就可以作为不给我们论功行赏的借口，都是精明人啊。

我一边想一边看，场面布置基本满意，就等开盘活动正式开始了。站在售楼大厅一角，我看到杨月红领着罗素儿向我走过来。

“小强总，您觉得如何？”杨月红到跟前就问我，然后她回头给罗素儿说，“素儿，把你做的策划案给小强总过目，趁现在还有点时间，让小强总了解一下，也好心里有个谱。”

罗素儿面无表情地把策划书递给我，罗素儿今天似乎化了淡妆，看起来很漂亮很有气质，虽然不苟言笑，但一看她的人，就本能地觉得她不应该是个小喽啰，但事实上她就是个小喽啰，而且还是我手下的一名小喽啰，想到这里我就有些开心。

我面带微笑地接过策划书，一页页翻阅，策划书写得很详细，宣传活动也充分考虑了方方面面的喜好，比如送米面油，这是实惠，比如砸金蛋中旅游大奖，这是噱头，比如还有什么唱歌、舞蹈等活动，这是渲染现场气氛……竟然还有模特走秀？什么情况，一个楼盘开盘竟然请模特走秀，有必要这样华丽高端吗？这罗素儿可真不把公司经费当钱啊。

我脸一沉，这还没过门呢就已经把我陈小强的钱当自个的钱，想怎么花就怎么花啊。

“杨副部长，这策划书是你同意的？”

“是啊。小强总，您觉得如何？有什么问题吗？”杨月红小心翼翼地问。

我看着罗素儿，问她：“罗素儿，你来解释，为什么有模特秀？你以为我们是车展啊？”

罗素儿说：“你……”

“我什么我？”我有些生气地责备，“请模特来走秀，得花多少钱啊？花钱的活动谁不会办？还要你做什么策划，直接用钱砸不就行了？你就是这样搞策划的？这是砸钱还是策划？”

罗素儿明显也有些生气了，眉毛一扬辩解道：“小强总，能不能看完再下结论。”

“还需要看完吗？”我将策划书塞给杨月红，“杨副部长，你怎么把关的？你不知道策划宣传的真谛是什么？花最少的钱出最好的效果，这就是宣传策划的追求。你看看，你们不仅送米送面，砸金蛋，这都不说了，还请模特走秀，买房的谁来看模特秀？搞这些虚头巴脑的干什么？真是乱弹琴！”

我大手一挥：“我们……”结果我的手碰到了一个毛茸茸的物体，我扭头一看，身后不知道什么时候出现了一个人偶，狗熊形象，一只熊爪子伸过来还准备抓我，我不由气不打一处来：“狗熊不是应该站在售楼大厅外面跟小朋友玩耍吗？你怎么跑进来了？你会不会当狗熊，把头套摘下来，谁找的这个笨蛋当人偶的？”

杨月红没有回答，罗素儿气狠狠地看着我一言不发，我看着狗熊，狗熊看着我，然后头套被缓慢摘下，一张脸出现在我的眼前。

竟然是路于，一看是他，我更是气愤，好家伙，让路于当狗熊，这是什么？这是赤裸裸的打击报复，不知道路于是我带进来的人吗？竟然让他扮狗熊，我看见路于准备张嘴说什么，我手一指：“你什么都别说，我知道。”我问杨月红：“你来说，怎么回事？为什么让路于扮狗熊？怎么可以这样对待自己的同事？你们是怎么安排的？”杨月红张嘴刚要解释，我说：“你别解释，我明白，罗素儿负责本次活动，肯定是她安排的对不对？罗素儿，你来说，有你这样欺负小师弟的没有？”

杨月红目瞪口呆地看着我，罗素儿用牙齿紧紧咬着嘴唇一言不发，只是狠狠地盯着我，我说："看什么看，你倒是解释啊？"我转头告诉路于："兄弟，别怕，我是领导，你受的委屈我帮你讨回来。"

罗素儿一副欲哭无泪的样子，她继续盯着我，然后转身就走。

"你别走，走什么走？我让你走了吗？真是不可理喻，"我对身边的杨月红说，"你看看，都什么素质，这就是我们招的员工。明天，明天告诉英姐开了她。"

我发现半天没有人应话，杨月红与狗熊继续大眼瞪小眼，我连忙问道："你们也被她惊吓到了吗？怎么不吱声呢？"

好半天，俩人像还阳似的，路于哭丧着脸说："吱什么啊就吱声，你让我说什么好啊？"

"是啊，小强总，你这次可真是错怪人家罗素儿了，"杨月红一副恨铁不成钢的样子，咬着牙说，"模特是人家罗素儿的朋友，公司不仅不花一分钱，人家还帮咱们免费网络直播做活动宣传。罗素儿说了，现在网络现场直播很受欢迎，效果很好。至于走秀，您没有看后面的活动说明？模特走秀是抛砖引玉，后面就是购买房子的业主家庭秀，我们选出好的相片，以后可以挂到业主之家。人家罗素儿说了，我们是高品质楼盘，就得体现出不一样的小区文化。"

我感觉自己的嘴巴有些不由自主地张大，内心像被一个小人在狠狠地抽一样，那是胆战心惊的感觉。

杨月红继续惋惜地说："这姑娘，多好的一个人才，真正是才华与美貌共有。作为她的领导，我很骄傲。"

"就是，"路于凑上来说，"作为她的同事，我骄傲。"

"你丫起什么哄啊。"我骂路于，结果这家伙幸灾乐祸地说："你丫才起哄，没搞清状况就是一顿收拾，我当狗熊是我自己要求的，你不清楚我喜欢萌萌的东西啊？现在好了，你借机打压有功之臣的嘴脸我们可算见识了，看你小子怎么收场。"

“别啊，兄弟，我可是为了你啊。”我着急地说，路于戴上头套，瓮瓮地说：“你可拉倒吧。你别为我，你为人民吧，时间差不多了，我得赶紧去招呼小朋友了，你自己弄的烂摊子自个收拾。”

我看着杨月红，她一闪身子：“小强总，我得赶紧去看看罗素儿，可别撂挑子不干，那我们就真惨了。”

这都是些什么人呀，难怪我总无长进，原来根源就在这里。

我傻傻地看着售楼大厅，人头开始攒动，很明显购房者陆续来了，而活动也在按部就班地陆续展开，我看见好些老人在眉开眼笑地领取米面油，我不乏恶意地猜想这里肯定有浑水摸鱼领取的，但当我看见老人们脸上满足的笑容后我突然发觉老陈说得对，老百姓是质朴而易满足的，你对他们一点点好，他们就能帮你宣扬好久，这就是企业的口碑与良心。

模特秀似乎也开始了，几个身材挺拔的年轻男女在舞台上走秀，我看见了罗素儿，她竟然没有尥蹶子，依旧跑来跑去张罗着，我看见在她身边好几个年轻人高举着手机，嘴唇翕动，他们在做网络直播。

舞台上，模特走秀结束后有几个老年人领着孩子登上舞台开始走秀，下面摄影师在多角度拍照，似乎有一个家庭也在上面走动，老中青少四世同堂，脚步稳健、英姿飒爽，他们开心地笑，下面围观的人们报以鼓励的掌声，主持人的声音在回荡，一切似乎就应该这样美好。

我仿佛在舞台上看见一个熟悉的脸孔，但很快一闪而过，我向前几步准备探个究竟，结果，罗素儿突然冒了出来。

“怎么样，小强总，还满意吗？”罗素儿突然笑容叵测地问我。我是领导我怕谁啊，我继续傲气地说：“罗同志，还不错，看来之前我误解你了，我向你郑重道歉。”

“不要了，小强总，您是领导，还用给下属道歉吗？”

我准备拍拍她的肩膀，用欣赏的语调告诉她，小鬼，你这样想就对了，做喽啰就应该有做喽啰的觉悟。

我的手刚举起来，就听见罗素儿阴森的声音。

“再说，道歉有用的话要警察干什么？陈小强，没想到你这样有男子气概，那我就陪你好好玩玩，记得哟，很快还会给你更大的惊喜！”

罗素儿飘开了，我顿时有些心急，我想拉住她问清楚，男子气概是夸我还是骂我。还有，更大的惊喜究竟是怎样的惊喜。

结果，杨月红冲过来，她抱住我，高兴地跳着说：“小强总，小强总，活动很成功啊，你知道我们御景城现在网络的热度是多少吗？你知道刚一开盘就成交了多少套吗？我的奖金哟，大大的啊。”

我没有长进，难道不是下属带的？

11

你无法想象开盘当天活动结束后，我从售楼大厅出来的时候仿佛遭了多大灾害，西装不仅满是褶皱，而且夹杂着好多人的口水与鼻涕，没有办法，活动效果太好，楼盘销售强劲，几乎参与今天开盘仪式的同事都给了我一个大大的拥抱，更有缺心眼的家伙在激动之下忍不住用双手来搞我的发型，尤其是那只狗熊，直接上来就抱住想啃我，结果因为体型巨大的缘故，将我一屁股挤倒在地，我真有些欲哭无泪。

我疲惫不堪地走出售楼大厅，就像遭受风吹雨打一样，浑身疲倦酸楚，我坐在大厅门口的长椅上，舒了口气，后面是彩旗飘飘，有些还没有来得及购房的人们急匆匆地从我眼前飞过，冲进售楼大厅。

“可累死我了，”原来是路于，他已经脱去狗熊人偶外套，走过来一屁股瘫坐在椅子上，“今儿可真是有意义的一天。买房的高兴，来逛的也高兴，孩子们高兴，大人们也高兴。强子，不是我夸人家，罗素儿到底有办法。”

我没有吱声。

“你咋不说话了？是不是心里有些惭愧，现在无话可说了？不是我说你，瞧你那点智商，你说你要打击报复你找个好由头行不行，硬拿成绩说人不是，你这不是自己找抽吗？”

兔爷说得有理啊，我这次贸然出招，结果捶到铁板上了，我无比郁闷地说：“你快别说了，我已经跟人道歉了。”

“道歉了？她咋说的？”

“她说要给我一个更大的惊喜，而且想和我玩玩。”

路于跳起来说：“你完了，你完了。我说什么来着，孽缘啊，你看看，强子，现在你想没想清楚已经不重要了，重要的是人家想和你玩玩。”

“是啊，罗素儿想跟我玩玩，那我……玩吗？”

路于怜惜地看着我，没有说话，我抬头看着蓝蓝的天，突然想起那个惊喜，我连忙说：“她说要有惊喜啊，兔爷，什么惊喜？该不会她要玩死我吧？”

“你说呢？”路于是反问的口气，但我分明听出肯定的语气，我继续看着天空，能多看一眼是一眼了。

我闷闷不乐地回到家，一进门我妈发现我情绪不高，连忙问我原因，我没有说话，只是抱着贝贝坐到了沙发上。

“我知道了，”我妈坐过来说，“肯定是陈明胜那烂楼没有卖出去，是吧？我说什么来着，他陈明胜抛弃我们母子肯定要天打雷劈、走霉运的，你看看，你看看，果不其然。”我妈踢了贝贝一下，仿佛是在踢老陈一样，贝贝呜呜一叫从我手里跳下去跑了，贝贝习以为常了，平日里本就是老陈被打的替代品。

“哟呵，还知道躲了，这个死贝贝，还胆肥了，”我妈骂了一声，回头又冲我说，“卖不出去跟你有什么关系，强子，别泄气。他那烂楼谁瞎眼了才会买，你放心，他如果敢说是你们宣传不到位，你告诉我，我到公司找他去。”

“不是，妈，跟这些没有关系。”

“咋就没有关系了，孩子……”我妈还想说话，结果这时候开着的电视里播放的一条新闻彻底打破了她的幻想。

“据现场记者报道，今天倍受民众关注的御景城顺利开盘，因为品质高端、位置较佳并且价格公道的缘故，御景城开盘就受到购房者的热烈追捧，首期房源一售而空，这是三T集团开发的又一经典诚意之作，势必对我市房地产的发展起到标杆引领作用。同时，本次开盘，三T集团匠心独创地采用网络直播这一模式，让楼盘的宣传效果更为明显，而且现场家文化模特走秀活动，彰显了御景城和谐共处、自成一家的人文特点……”

我妈有些傻了，她看看电视，又瞅瞅我，冷不丁伸出脚踢我一下："你这孩子，没事你拿妈开心什么？这不是卖得很好吗？"她又看看电视，纳闷地说："不应该啊，烂楼都可以这样火，难怪现在想赚钱就盖房子，这哪里是卖房子，这比卖黄金还暴利。"

"行了，妈，您也别张口闭口就说是烂楼，御景城哪儿烂了？御景城的房子我看过，的确不错，您别老贬低。"

"卖得不错那不是房子好，那是我儿宣传得力，"我妈似乎想明白了，然后问我，"那你还闷闷不乐的，咋了？搞对象了？搞对象没有搞好又分了？"

"您能不能说点好听的？"我郁闷地说，"您还是我亲妈吗？就不盼我点好。"

在我妈的催促下，我将今天开盘活动上发生的事情一五一十全部交代，然后我解释道："我真没有想着以权压人，我是真没有看清楚策划书，再者，我看着罗素儿冷冰冰的样子就气不打一处来，结果，就这样了。您说，这可咋办？人家要跟我玩玩，要给我惊喜。您是不知道，那罗素儿在我们学校可有名了，她不会找几个人把我装麻袋里扔进西江吧？"

越想画面越难看，我不觉站起身，来回走动。

我妈也站起身，一言不发就往二楼去，我连忙问："您到底听清楚没有？给点建议呀。"

我妈回过头，冲我一笑，就俩字："有戏！"然后她就上楼了。

有戏，干什么了就有戏？我觉得有危险才对，于是，我穿戴整齐杀出门，我得跟大头商量商量，大头哥不是说自个游历的时候上过少林寺吗，怎么着也会耍几套拳吧。

在这个夜色妖娆的晚上，我与大头诉说着自己的胆怯，大头如何安慰我，多年后我已经忘记，我只是记得，那个晚上，我无论如何也无法想到，罗素儿口中的惊喜竟然会来得这样快，快得令人猝不及防。

我依旧假装无事地两点一线生活，我刻意不去公司，我觉得罗素儿如果见不到我在她眼前晃，她估计就会淡忘自己想要给我的惊喜。

我在学校好好学习，天天向上，期间也派路于去打探过情况，结果没有任何有价值的信息，倒是每次路于回来都会在我面前对罗素儿赞不绝口，一会说人家杀伐果断，一会说人家貌如天仙的面孔下其实隐藏了一颗坚强有力的心脏，听得我直哆嗦，我顿时打消了继续派路于去打探的念头，我怕路于再去几次可就不仅仅是叛变那么简单，说不定不等罗素儿出手，路于就替她将我斩于马下。

恐惧的时间并没有持续几天，周四下午没课，班上却突然通知要开什么班会，又不是小学一年级，还玩这种过家家游戏。我对路于说，我不打算参加，还不如回家背诵唐诗陶冶情操。

路于撅起屁股说："走吧，走吧，就当放松放松，陪小孩子玩了。"

我和路于一起来到了教室，发现班上的同学基本到齐，关系好的女生在窃窃私语，一群男生在相互展示肌肉，我清楚他们其实是在展示给女生看，我发现竟然连叶琳都来参加班会了，我第一次对她的执着感到敬佩。叶琳今天很漂亮，紫色的竖领短袖，米黄色的裙子，脚上蹬着一双小红靴子，低着脑袋不知道在想什么，耳朵里听着 CD，头发一飘一飘的。

我猛然觉得路于批评我很对，我觉得自己平时对叶琳是有点残忍，我决定现在就去给她受伤的心以安慰。

我走过去故意问道："这有人坐吗？"

听见声音叶琳抬起头，发现是我，叶琳顿时有些手忙脚乱地说道："没……没有，强哥哥，你坐啊！我专门为你留的。"

我微笑着坐下，叶琳翻开她的小包包，取出镜子，我想她是想看看自己现在漂亮不漂亮。

我表情特严肃地对叶琳说："别照了，妹子，你什么时候都美艳动人。"

其实叶琳本就是一个漂亮的女孩，所以我的赞美不算违心，但叶琳不一样，听见我的赞美一下惊呆了，我平常很少用这样直接的话语去赞美她。于是我有些抱歉地说："叶琳，我希望你别生气，我清楚你的意思，可是我……"

“没关系，强哥哥，”叶琳连忙说道，“你不用解释，我明白的，你别管我，我这样其实挺好的。”

她越这样说，我越有些难过，我看着叶琳干净的脸上充满了真诚，我相信叶琳刚才说的都是真的，她自始至终没有怪过我，很多时候，我其实考虑过狠狠心接纳叶琳好了，但每次有这个念头的时候，总有那么一个模糊的人影在自己脑海里冲我喊，不公平，对叶琳不公平。爱情不是你想买，想买就能买的。如果不爱她，就不要欺骗她，更何况我连自己都无法欺骗。

叶琳、叶明浩，分别是兄妹，但性格差距怎么就会那么大呢？我看着叶琳，暗自叹息，然后没有再说话。

我抬头放眼四周看了看，不见路于的影子，这家伙不知道又干什么去了。

这时，路于突然和几个同学一起风风火火地冲了进来。

“来了，来了……”他跑到我跟前说道，“系主任来了，而且……”

路于话没有说完，系主任就走进了教室，他赶紧坐了下来。

系主任是个矮胖的老头，站到讲台上，他瓮声瓮气地说：“今天召开班会，有一件事情要通知大家。”系主任环视四周，顿了顿，继续说道：“你们现在也是大三学生了，为了加强对你们的引导，所以经过系里研究，决定在你们班试行助理辅导员制度，助理辅导员都是大四品学兼优的学生，现在，让我们以热烈的掌声欢迎你们班助理辅导员出场与大家见面。”

系主任话音一落，他就带头鼓起掌来，于是同学们也都鼓掌，并且伸长脖子去看门外面。

在一片稀里哗啦的掌声之中，教室里走进一个人，她美丽的脸上带着温柔的微笑，恍惚之间我以为自己回到了三T集团，我拼命揉揉眼睛，难以置信地看着那个人走进来、站到讲台上，掌声在我耳边渐渐消失，我听见一个清脆的声音说：“大家好，我是你们的助理辅导员，我叫罗素儿……”

“啊——”我大声一叫。

“啊——”路于也大声一叫。

“啊——”

“啊——”

我与路于比赛似的尖叫着相互望着对方，全场同学目瞪口呆，系主任仿佛也被吓傻，呆呆地看着我们而不知劝阻。

我不清楚路于尖叫的含义是否与我一致，我终于明白罗素儿所说的惊喜是什么了。原来她在学校的教室等我，我有种天意弄人的郁闷，明明自己是她的领导好不好？这样的关系多么清楚明了，结果现在她又成了我的助理辅导员，这种关系顿时复杂交错起来。

尖叫声中，我看看路于，又看罗素儿，我有些挫败地将自己的头埋进叶琳的胸口，眼不见，心不烦，我觉得这是此刻最好的选择。

“强哥，别这样，大庭广众之下。强哥，你别这么急嘛……”叶琳声音羞答答的，身体上下扭动。然后我听见罗素儿开始讲话，具体说了些什么，我坐在下面一句也没听清楚，脑子里很混乱。

罗素儿终于演讲完毕，同学们一哄而散，每个人走出教室之前，都会奇怪地看看我与路于。我和路于心有灵犀地没有离开，叶琳也只能继续坐在我的身边任我摩擦。

然后，罗素儿竟然向我们走了过来。

12

“这位同学，你好啊……”

靠，罗素儿竟然走过来跟我说话，我慢吞吞地抬起头，她意味深长地看着我，我不知道该如何开口。倒是身边的叶琳站起身，大大方方地说：“罗辅导，您好，我叫叶琳。”

“叶琳……”罗素儿重复着，似乎有所明白的感觉，“这位同学，你叫什么名字？我问你话呢，难道你不知道站起身回答吗？”

“陈小强，”我麻溜地站起身，“你好，罗辅导。幸会幸会。”

“的确是幸会啊，”罗素儿慢悠悠地说，“陈小强同学，你现在跟我出来，我有些事情需要单独对你说。”

我的腿一哆嗦，她想干什么？就这样迫不及待？我求助地看着路于，结果这厮将头扭向一边，对我视而不见。

叶琳感到有些狐疑地看我，罗素儿已经转身走出教室，我顾不上解释，连忙追了出去。

我们没有说话，一前一后走着，我跟在罗素儿身后，穿过教学楼前的广场，然后来到一处树荫下，午后的阳光透过树叶让罗素儿身上有了很多斑驳的阴影，她转过身，我看见她脸上明暗相间的阴影，顿时有些恐怖，我暗叹一声这下惨了，之前自己有多嘚瑟，现在就会有多悲催。

“罗辅导，我……”

“我让你说话了吗？”罗素儿不紧不慢地说，她缓缓坐在树荫下的石凳上，

“还懂不懂规矩？你以为这是在你的公司吗？这是在学校，你要弄清楚自己的身份，你现在是我负责管理的学生。”

“是，是……”我点头哈腰说道，我感觉自己就剩下说“我有罪，请不要枪毙我，我会老老实实劳动改造”。

“怎么样？陈小强，惊不惊喜？”罗素儿问道，“实话告诉你，你以为我愿意来当这个助理辅导员吗？还不是为了你，就因为听说是给你们专业大三学生选助理辅导员，所以我才向学校申请，然后自告奋勇来到你们班。是吧，谁都不容易，你要明白我的苦心。”

“我明白、明白，您真是用心良苦。”

“明白就好，”罗素儿继续训话，“在公司呢，您是我的领导，是吧，错了也是对的，得服从领导。但是在学校里，你得清楚，助理辅导员也是辅导员，你也是受我管理的学生，你的表现得经我评判之后才能上报系里，所以，小强总，以后做什么事情可千万别冲动，冲动是魔鬼，一冲动就容易造成严重的后果，这个，可是有关你的前途哦。”

“是、是。”我继续点头哈腰，我就郁闷了，难道这就是传说中的杀手锏？我着急地低头想，得赶紧想个办法，好弥补我跟罗辅导的友谊，不然以后我就惨了。谁不知道女生都是小心眼，受制于人以后还不得时时刻刻夹着尾巴做人。

我灵机一动，赶紧上前两步说道：“罗辅导，您大人有大量，您别跟我一般见识。副部长，副部长怎么样？您没有意见我立即给董事会报告。”

罗素儿愣了一下，她瞬间明白了我的意思，试探地问道：“企划宣传部？”

我使劲点点头：“御景城的宣传策划，成绩有目共睹，您的能力大伙心服口服，您这种人怎么能委屈呢？副部长，您别有意见，慢慢来，虽然是副的，但工资也涨，而且也是领导层，您觉得？”

罗素儿笑了笑，笑容很干净，她笑眯眯地看着我，仿佛露出孺子可教的赞许，我心里的石头总算落了下来。罗素儿站起身，她拍拍我的肩膀称赞道：“年轻人，上道、懂事、大气！我看好你哟。”

这时，叶琳不知道从哪里冒了出来说道："罗辅导，强哥哥，你们……"

罗素儿从我身边走过，对叶琳说："叶琳，别误会，我给你强哥哥上了堂思想课，效果很不错。"她回头看了我一下："你们聊，我有事先走了，记住你的承诺哦。"

罗素儿走了，她的身影刚一消失，路于就从远处一棵大树背后冲了过来，他在我全身上下乱摸，并且问道："强子，没事吧，她把你没有怎么样吧？"

叶琳更加疑惑地问道："你们，认识？还有，什么承诺？"

我垂头丧气地坐在石凳上，没有说话。路于把叶琳拉到一遍，我听见他连说带演地将我与罗素儿之间的事情全盘托出，过了一会，叶琳走过，她蹲在我的身边，她问我："强哥哥，她就是你一直暗恋的人吗？"

叶琳的问题很突然，她盯着我，一时间我无法回答，罗素儿，究竟是不是我爱恋的人呢？

叶琳突然笑了，说道："没关系，是也没关系，从现在的情况看你们根本不可能，所以，强哥哥，我会一直等你的。"

叶琳说她会一直等我，说这话的时候叶琳的表情很纯净，我知道她是认真的，一时间我有些感动，我伸出手抚摸她的脸，叶琳露出幸福的笑容，她闭上眼，用脸庞在我的手上轻轻摩擦，我抬起头，看见路于欲言又止的表情，我抬起头看着天空，天空很蓝，白云浮动，像我们的似水年华般变化无穷。

分别的时候叶琳很开心，她破天荒地与路于拥抱一下，也许是感谢路于告诉了她有关我与罗素儿的一切，然后叶琳开心地离开。

我与路于离开学校前往大头酒吧的路上，路于问我，叶琳怎么办？我没有回答，然后他又问我，那么对于罗素儿，想明白了吗？我还是没有回答。其实我没有告诉路于，我没有告诉他，自己心中的那个冷面娇娃罗素儿已经渐渐地与现实中的罗素儿重合，我甚至已经开始接受，现实中的罗素儿就应该是那样：骄傲、冷酷，但又充满了吸引力，让人忍不住想去招惹她。

我说过路于是爱叶琳的，就像老鼠爱大米，但路于不同意这样的类比，他喜欢说，路于爱叶琳，就像叶琳爱小强那样。

很形象，但有些苦涩。

走进比斯特酒吧，已是傍晚，酒吧四处坐着三三两两的人，音乐响起，氛围显得静谧而暧昧，曼丽正在招呼客人，看见我们进来后连忙喊了一声大头，大头迎了上来，把我们领到最里面的座位。

“今儿喝啤酒，”我坐下来说，“心里那个苦啊。”

“你哪一次来乐过？”大头笑了一下说，“说吧，这次又苦闷什么呢？说来说去就那些破事，仔细想想，你们现在的大学生可真是幼稚啊。”

“幼稚个屁，”路于坐在我身边，脱下外套说道，“这次可真是郁闷了，你大头就是站着说话不嫌腰疼。”

“哟呵，”大头坐下来，抬高声音说道，“怎么郁闷了？这得好好说说。看你们表情还似乎真是遇到了生命里过不去的坎，说，说给哥哥听听，大头哥帮你出气。”然后他冲曼丽招招手，曼丽走过来，冲我们一笑，然后低下身子，附耳过去，估计大头在给她说拿什么东西。

大头说:“强子，知道我为什么爱跟你一起混吗？你吧，虽说是个富二代，但没有一点富二代该有的飞扬跋扈，跟我们老百姓一个德行，讲义气、真性情，我大头就爱交这样的兄弟。”路于惭愧地低下头，大头又笑出声:“低头干什么？你兔爷就这德行，胆小，脸皮薄，也就脑子够用，学习凑合，不然这世上你还真混不住。”

曼丽拿来啤酒，大头递给我们:“行了，边喝边说，咋的了？”

“反转,真真的反转。”路于打开啤酒递给我,又给自己开了一瓶,喝一口，然后将罗素儿反转成为我们助理辅导员的事儿告诉了他。大头听着，表情说不出地精彩，最后他猛地一拍桌子:“这叫什么？这叫不是冤家不聚头啊！”

“对啊，”路于表示赞同，“大头，看来最近你是加强学习了，说话也开始文明了，不错。冤家聚头怕什么？对吧，强子，你小强总怕过什么，跟她干就是。助理辅导员算什么，又不是正式的，别忘记你可是我们的兄弟，三T 集团的副总，你是小强你怕谁啊。”

“兔爷说得对。来，走一个，强子，别尿了，跟她干。我支持你。”大头附和着，他伸出手，和路于一起举杯等着跟我干杯。

我满嘴苦涩，抬起头看着他们，缓缓地说道："哥几个，对不住了，我今天真的认灰了。"

我告诉他们为了示好我准备向董事会提议，提拔罗素儿为策划宣传部的副部长，话说完，大头与路于目瞪口呆地看着我。

路于一听就不乐意了，他放下啤酒说道："强子，你就这样投降了？你太让我失望了。"他凑到我身边，巴结道："不过话说回来，罗素儿当副部长，那么我呢？你看看我适合当什么？罗素儿的待遇你都给解决了，你可不能忘了我，我们是兄弟。如果待遇不好给我解决，那也行，之前给你说的让三T集团投资我们搞科技公司的事情，你也该行动了吧？"

大头看着我跟路于，笑了笑，摇摇头说道："都不知道该说你们什么好。行吧，退一步也好，罗素儿能力有，你提议当副部长估计也没有难度，你这也不算以公徇私。不过路于，你丫的凑什么热闹。科技公司你以为跟我这酒吧一样，说投资就投资啊？那不得好几百万？你不要总念叨着让小强投资，你得先拿出可靠的产品。"

"我有啊，我这不是最近正研究开发呢嘛，"路于说道，"你们也别这样说，好像我占了多大便宜似的，实话说，就因为我们是兄弟，所以我才肯让三T集团投资，不然啊，等我开发出来，数不清的风投都会感兴趣，到那时候你们投不了可别怪我。"

"行了，行了，"我打断他说道，"投资开科技公司的事儿我心里有数，你别急。"

"既然你这样有信心，"大头说道，"等你们决定了，我也投一些钱进去，到时候我们兄弟三人一起干，高科技公司，想想都很牛，到时候我大头哥也算是IT精英了，哈哈，名字我都想好了，就是NB科技股份公司。"

显然，大头起的公司名字又一次遭到我和路于眼神的鄙视。嬉笑中，我们又度过了一个美好的夜晚，我很希望这样的日子不要中断，就这样凝固，到永远多好。

晚上十一点多，我和路于走出酒吧，准备回去睡觉。

夜晚的冷风让我分外清醒，我突然看见，在酒吧门口不远处停放着一辆摩托，旁边站着一名打扮得如同古惑女一样的年轻女孩。女孩看到我出来后将手中的烟甩掉，骑上摩托一溜烟地走了。

感觉女孩有些眼熟，我连忙问路于看见那个女孩没有，问他认识不认识。路于双眼迷离地说，什么女孩，女孩老多了，问我在问他哪个女孩。

我一听，路于明显喝多了，我们手挽手，一起往宿舍走去。

晚上睡在床上，我梦见比斯特酒吧门口的摩托女郎朝我英姿飒爽地走来，她和我握握手，然后说："天王盖地虎。"

"宝塔镇河妖。"

她俯下身子问我："糖葫芦多少钱一串？"

"一块钱三串。"

"我给你十块钱三串。"

"太便宜了，不卖！"

我们相互望望，她朝我嫣然一笑，然后跪拜在地说道："属下青龙分舵舵主酒井带子参见总舵主。"

怎么又冒出一个日本人？她怎么知道我们红花会的暗号？难道是路于这个叛徒把我给出卖了？

我没有戳穿，依旧很有风度地朝带子小姐颔首示意。

"总舵主对罗素儿究竟是怎么想的？可否告知属下，属下也好给您参谋参谋。"

"不用，带子舵主，罗素儿为人奸诈凶狠，你还是不要参与过多，否则会有危险。"

酒井带子明显对我的答复很不满意。

"总舵主……"她缓慢地站起身，说道，"可是妾身真的很担心您的安危啊。"

酒井带子猛地将我拥入怀中，我闻到了她身上特有的女孩香味。

“总舵主，您就告诉我嘛，免得人家担心你！”

哦，好丰满的胸部，哦，好温柔的女孩子，哦，受不了了，我轻轻抚摩酒井带子的秀发，在她耳边轻声说：“爱妾啊，总有刁民想害朕，告诉你之后你可不能给别人说，否则寡人有性命之忧！”

“不会啦，皇上，您就快告诉奴家嘛！”

当我正打算说出自己内心感受的时候，突然一声晴天霹雳，将我从梦中惊醒过来。

我睁眼一看，天已大亮，新的一天又开始了。

13

我与杨月红联系，告诉她以企划部的名义向董事会提交一份建议罗素儿担任副部长的议题，刚开始杨月红没有听清楚，她以为自己要被我秃噜掉，在电话那头大喊大叫，喊了半天，我说是建议提拔罗素儿为副部长，和你平级，杨月红顿时云淡风轻，说没有问题，她立即就办，开董事会的时候她提前通知我，临了，挂电话的时候，杨月红说："小强总，您别怪我多嘴，虽然您误解了罗素儿，您没有必要这么补偿她呀。是的，罗素儿是聪明能干，但感觉这丫头总是一副冰冷的模样，不好管教，所以，您就别琢磨她了。"

我纳闷我也没有怎么琢磨罗素儿，结果杨月红又絮絮叨叨了好久，最后建议我先与老陈通个气，说这样董事会过会就能稳当点。

挂了电话，我觉得杨月红说得有道理。于是给老陈发了一条信息，约他下午一起在老地方见面。老地方是个名叫"时光重现"的餐厅，每次与老陈见面，他都会选在那里，当然，也别想多了，那并不是老陈与我妈第一次约会的地方，那是他与现在的老婆萍姨第一次约会的地方。

作为老陈现在的老婆，萍姨是一个通情达理的女人，我见过她很多次，难怪老陈要跟我妈离婚，萍姨就是比我妈漂亮，而且温柔贤惠，她从不反对老陈做出的任何决定，包括他们结婚后与我见面，他们不要孩子等等。也许老陈说得对，萍姨是真的爱他，而不是图他的钱。我很少去他们的新家，但是只要我去了，萍姨都会热情款待我。

不过，萍姨漂亮是漂亮，只是我总感觉她身体似乎不大好，皮肤太白，额头上也总有点忧伤，我想这就是所谓的病美人吧。

来到“时光重现”餐厅,刚一进门,我就看见老陈已经坐在老位置上等我。

走过去拉开他对面的椅子，我坐下来，老陈问道:“你肯定有事，否则不会主动约我吃饭。说吧，什么事儿？”

“先吃饭，吃完再说。”我没好意思一见面就提要求。老陈一招手，侍应将准备好的牛排、蔬菜沙拉都端了上来。

“你妈还好吧？”

“嗯，还好。”我咬了一块牛排，可是怎么也咬不动。

“看来她还是记恨我，怎么也不愿意见我一面。”老陈有些伤感地说。

“没有，没有了，我妈没有那么小心眼！”我尽管这样在开导老陈，但心里还是有些怪他，既然离婚了就别再记挂我妈，这算什么事儿？这又怎么对得起萍姨？

“是我对不起你们母子！”老陈又开始忏悔。餐厅里放起了《梁祝》，仿佛是专门给老陈播放的一样。老陈情绪跌到低谷，我认为这家餐厅的经营者脑子有病，大好的日子他却播放悲伤的音乐，他要放也应该放“咱们老百姓，今儿真高兴”之类喜庆的。

“集团业务要尽快熟悉，不要怪我将你早早安排进来，以后三 T 集团还要靠你来领导，所以早学习没坏处。当然，大学课程也不能落下来，知道吗？”老陈提醒我说道。

“其他的还好，就是叶明浩，总觉得看不上眼。”

“明浩和他爸爸一样，都是爱争强好胜的人，或者说，都是为达目的就会采取手段的人，不过我们两家多少年的交情了，你可以看不惯，但还是要讲团结。你知道三 T 集团是我和你叶叔叔一起创立的，只不过我的股份占六成，他只有四成，所以你叶叔叔让叶明浩来三 T 集团接替他做总经理是没有问题的，但三 T 日后终究是要靠你领导的，”老陈有些感慨地说，“我跟你叶叔叔白手起家，奋斗到现在，也希望你和明浩能像我们这一代人一样，今后携手并进。”

我没有说话，上一代人目标一致可以放弃个人坚持，携手并进，但我们这一代人，由于过分讲求自我，所以更难融合，要我跟叶明浩携手奋进，真的很难。

“不说这些了，忘记问你，现在找到女朋友没有？”老陈突然话锋一转。

“没有。”我连忙回答。

“哦，和叶琳相处得还好吧？你就是太倔强，叶琳多好的姑娘，而且叶叔叔有心让你与叶琳好，叶琳之所以高中毕业后放弃出国深造的机会，完全都是为了你，否则人家怎么可能上西江大学？可是你呢？就是不知道好好珍惜！等你到我们这个年龄就后悔了。叶琳这个丫头太单纯，你可得好好照顾她，你别欺负叶琳，也不能让别人欺负她！”

“谁敢！”我表态很及时，老陈似乎很满意，点点头说道：“算你小子还有良心，人家叶琳为了你可付出了很多，你应该清楚。”

我本想告诉老陈爱情不是等价交换，她付出了我就一定得回报？何况一直以来我也都是把叶琳当作自己的小妹妹，怎么可能对她产生爱恋呢？但看见老头子好不容易高兴一会，我也就没有过多解释。

“其实今天见面是为了公事，”我擦擦手说道，“您知道企划部新招了几个人吗？”

老陈点头示意，说道：“我知道，不是还有那个路于吗？”

我主动将路于略过：“不是他，是那个罗素儿，御景城开盘宣传活动就是她策划的，效果很好，所以我准备向董事会建议让她担任企划部副部长一职。”

老陈表情变得严肃，他想了一会，缓慢地说：“罗素儿？那个姑娘我知道，御景城活动效果的确不错，很多同行开盘后都问我，哪里找的高手策划的，说活动形式很新颖，竟然和网络直播结合起来了，网络传播速度很快，影响力也很大，我原本正想和你商量给企划部嘉奖的事情。正好你提了这个建议，我原则上同意，你们按程序提交议题交董事会讨论吧。”

我点头，然后对老陈说：“企划部其他职员的奖励你拿主意，但不能亏了每个员工。”最后我又提议他把英姐的奖励也考虑进去，英姐招人有方，没有人才就没有发展的基础。老陈答应了，最后冷不丁冒出一句问道："即使罗素儿能干，你也不用这么快就重用吧。老实交代，是不是对人家姑娘动了歪心思？"

老陈突然发难令我很紧张，我连忙说："您想哪儿了？公事私事我分得清，您放心，我还不是个败家玩意。"

"真没有？"

"没有，绝对没有，我保证。"

老陈没有继续追问，但我真的没有公器私用吗？我内心有些惭愧，但想到罗素儿才华惊艳，所以我觉得自己确实分得清楚。

离开餐厅的时候，老陈叮嘱我，有空和他一起去叶琳家探望叶叔叔，我满口答应。叶明浩进入三T集团，叶叔叔就主动让贤，把自己的位置让出来给了叶明浩，所以叶明浩成了三T集团的总经理，而叶叔叔选择回家养老，所以我理解老陈对我望子成龙的焦虑。

与老陈分手后我给罗素儿发了条短信，告诉她副部长一事基本搞定，勿忧。

好久之后，罗素儿才给我回了一条短信，上面写道："你办事，我放心。"

都是一些什么人？我仰天长叹，上辈子自己得做多大孽，这辈子才能遇见这些人才。

晃悠悠地过了几天，周四下午，杨月红打电话告诉我，说董事会的时间定了，周五下午三点开会，让我准点来。

于是，周五下午我提早来到公司，先去了企划部，我嘱咐杨月红，到时候让她汇报议题，然后在董事们讨论的时候，我再帮罗素儿说好话，我是副总经理，本身也是董事会成员。为免杨月红沮丧，我告诉她，罗素儿提拔后我就会很快推荐她当企划部的部长，一把手，而且我说由于御景城销量喜人，不出意外，这次董事会上会讨论给企划部进行一定奖励。杨月红连听两个大好消息后，一把抱住我，喜滋滋地说："要不怎么说跟着小强总有肉吃，您放心，我永远是您的人。"

我推开她，擦了一把汗，然后拍拍她的肩膀，鼓励她说道："好好干，不单纯有肉吃，是有大肉吃！"

很快到了开会时间，我走进会议室，董事们基本到齐了，老陈坐在正中央，一侧依次坐着叶明浩、财务总监，另一边依次坐着三个公司副总，我走过去坐在了财务总监旁边。

财务总监是个胖胖的中年男子，叫夏历，明面上我喊他夏叔叔，私下里总喜欢喊他神车夏利。我坐下来，神车冲我一笑打招呼道："小强总来了。"

"夏总好，"我笑着说，"最近在公司里没有太见到您，忙什么呢？"

"还不是老一套，刚去几个分公司检查工作，"夏历说，"小强现在是渐入佳境了，我听陈董事长说，御景城的销售活动就是出自你的手笔，真不错。"

"夏叔叔过誉了，那是企划部一班人齐心努力的结果，跟我其实没有大关系。"

"谦虚，你这孩子，最大的缺点就是谦虚，太谦虚！"

夏历其实人很好，跟老陈征战多年，忠心耿耿，是三T集团的股肱之臣。老陈常说做企业就是识人、用人的过程，所以我对路于说过，有一天，我和他还有大头哥，我们一起开创一个企业，披荆斩棘，发展壮大，那是多好的愿景。

"那就开始吧，"时间到了，老陈给董事会秘书说，"议题一个个过，抓紧时间。"

随着老陈一声令下，董事会按部就班地开始讨论一个个议题，我很少发言，我傻呀，咱是后辈，得罪人的话还是少说为妙，所以基本都是老陈和几个副总在说，他们同意我就赞成。

叶明浩不同，英俊的叶明浩每次在董事会上都是直抒己见，他是总经理，所以他直接管理的部门也是公司几个重要部门，什么财务部、人力资源部、规划发展部、工程部，所以他的权力很大，权力大嗓门自然就大，每个议题他都会发言，不过老实说这家伙还是有两把刷子，每每都有几句话说到点子上，所以叶叔叔很高兴，觉得自己让位给儿子太明智了。

不知不觉，就到了罗素儿提任企划部副部长的议题，我原本以为也就是简单地走个程序，毕竟老陈已经同意，结果其他董事倒没有什么意见，叶明浩意见却很大：“我反对。不可否认，这次御景城销售业绩很好与宣传活动有关系，但销量好，最主要是我们质优价低的原因，宣传活动只是锦上添花。而且这个罗素儿入职才多久？不到一个月就提拔，我并不是不愿意唯才是举，但这速度也太快了吧？”叶明浩转过头，问我：“小强总，罗素儿是西江大学大四学生，现在还没有毕业吧？你说就这个条件，入职不到一月你就给提拔为企划部副部长，谁服气？再说企划部有好几个海归回来干了三五年的博士，要学历有学历，要经验有经验，一个都没有提拔，你倒好，这样一个初出茅庐的姑娘你就提拔？你能不能解释下为什么？”

叶明浩停顿了一下，然后看着我说道：“是因为有什么不可告人的目的，还是小强总你未卜先知，觉得这个姑娘就一定能够胜任这个职务，并且任职后能够给我们集团带来更大的效益？”

叶明浩的提问让我有些恍惚：这还是三T集团吗？我怎么感觉是在国企？三T集团不是老陈的吗？老陈都答应了，你叶明浩瞎咧咧什么？企划部副部长又不是多么重要的一个岗位，你说，至于吗？我无言以对。

叶明浩继续说：“小强总别介意，我是对人不对事，这是我个人意见，我只是想让集团在发展中营造更加公平合理的环境，而不是让一些乱七八糟的关系成为上位的捷径。是人才肯定得用，但用人也得经过考察锻炼，不是干好一件事就要提拔，那估计用不了多久，三T集团就是董事满大街、人人都称总了。你说，是吧，小强总？”

一时间，会议室气氛有些凝重。

14

“夏总，你的意见呢？说说，”老陈出声说，他没有表态，“其他人有意见也可以说说。”

“董事长，我这不是刚回来，情况还不是太熟悉，”夏历笑着说，“罗素儿，这个职员我也没有见过。没有了解就没有发言权，不过，我想企划部能够上这个议题也是经过充分的民主讨论后慎重考虑的，是吧，小强总。”

我恍然大悟地点点头，原来程序是这样啊？不是说家族企业公子哥就能把事儿定了吗？程序怎么这么复杂？我现在才明白扶自己上马，再送一程，老陈的压力该有多大。我看着老陈，他的头发似乎有些花白，依旧一脸平静，看不出喜怒，但我清楚此时此刻他的内心也是很难堪的。老陈说因为他与我妈离婚，所以没有给予我一个完整的家，他会尽力来弥补这一切，于是，无论我有怎样的要求，他都很少拒绝，我有些觉得自己这次提拔罗素儿可真的有些冲动了。

“所以啊，我觉得还是应该给年轻人机会，对吧，不拘一格用才才对，老眼光也不行，毕竟时代在变嘛，”夏历继续絮叨着，“当然叶总说得也有道理，年轻人要在锻炼中考验，在锻炼中成长，是吧。”

果然如此，夏历还是跟以前一样打着娴熟的太极，他的话听上去很有道理，但仔细想，他竟然谁也没有得罪，也没有明确表态。

“还有人吗？”老陈说，“都说说，这个罗素儿我也没有见过，不过通过御景城的宣传活动可以看出是个可造之才。有想法大家都可以谈。”

“董事长，我倒有个提议。”叶明浩突然出声说。

“说说，明浩，有想法就说。”

“就像董事长您刚才说的，罗素儿虽然年轻，但的确是个可造之才，所以我觉得也不应该一竿子打死，是吧，小强总。”

这厮实在可恨，我只字不说，他还是咄咄逼人，我看着他说道：“叶总有想法就说，不用绕弯子。”

“小强总的意思是让罗素儿当企划部副部长，但大家却顾虑她毕竟入职短、经验浅，所以，也是出于继续给她锻炼的目的，我建议副部长继续任命，但同时让罗素儿兼任三T广告公司经理，大家都清楚三T广告公司目前的困境，今年到现在业绩依旧很不理想，还在亏损。现在距离全年结束还有两个月时间，我们不妨就以俩月为期，只要罗素儿能在俩月内让三T广告公司扭亏为盈,她当副部长实至名归,如果不能扭亏为盈……”叶明浩停住了话声，他看着我，意思很明显，陈小强，你说到时候咋办?

“照着叶总的意思，如果不能扭亏为盈，你觉得到时候应该怎么办？”我毫不示弱地与叶明浩对视，小样，让着你你还不知道马王爷是三只眼了。

“简单，就看小强总对罗素儿有没有信心。如果俩月内不能扭亏为盈，罗素儿的副部长不仅要免掉，而且她必须从三T集团离职。罗素儿是小强总举荐的，如果不能扭亏，那么就请小强总去三T广告公司当经理，至于集团的副总您也就……”叶明浩笑着说，他转过头，问老陈，“董事长，您觉得?当然，最后的决定权在您的手里，我呢，也就是一个建议。主要是为了锻炼年轻人。”

“陈小强，你觉得呢？”老陈没有直接回答叶明浩的问题，调过头问我。

“可以，我没有问题，”我仰起头，抬高音量说，“如果广告公司两个月内不能扭亏为盈，罗素儿离职，我降职，我不再担任集团的副总，我去三T广告公司当经理。不过，如果两个月扭亏为盈呢？副部长是罗素儿本该得的，扭亏了仅仅就证明一下实至名归，那我觉得也太不公平。我建议，如果扭亏为盈就再升任罗素儿为企划部部长，同时继续兼广告公司经理，并且还要给企划部的所有成员多发两个月工资作为奖励。”

“呵呵，小强总聪明啊，这无形中是在给罗素儿找帮手，把整个企划部跟她绑一块了，一荣俱荣，一损俱损。行，我没有意见，我们的目的是为了集团发展，不是为了打击或者报复谁。”叶明浩慢悠悠地说。

“那就这样定了，”老陈一锤定音，“这件事由陈小强全权负责，俩月后看结果。下面开始讨论下一个议题。”

后面的议题我没有心思听，满脑子都是与叶明浩的对赌，我不知道罗素儿会不会怪我，一个副部长搞出这么大的动静，三T广告公司我也不了解情况就大包大揽过来。不过就一个广告公司亏损，轻资产公司，能亏多少？实在不行，到最后大不了我自个补贴，总能让公司扭亏为盈吧。谁让咱是富二代，就是这样任性，丢什么也不能在叶明浩这孙子面前丢面子。

这厮什么打算我能不清楚？不就是想借题发挥把我踢出集团董事会吗？狼子野心昭然天下，现在就是明知道是他挖的坑我也得跳进去！无论什么阴谋诡计，大爷我接着就是。

会一结束，我准备起身离开，结果叶明浩朝我走过来，他等所有人离开后冲我竖起大拇指称赞道:“小强总就是有魄力，这算是冲冠一怒为红颜吗？”

“行了，别装了，”我重新坐下来说道，“叶明浩，你心里怎么想我清楚得跟明镜儿似的，你丫也就别跟我演戏了。今儿你算爷们了一回，跟我明着来，我喜欢。知道我为什么这几年越来越不喜欢你吗？”

“为什么？”叶明浩也坐下来问道，“我其实也想找机会问你呢，小强，小时候我们哥俩关系还是可以，难道就是因为在三T集团里我和你是竞争对手？”

“拉倒吧，你丫如果跟我公平竞争，我巴不得呢，起码算君子所为。今儿算话赶话，既然赶到这里了，我就给你说清楚，”我挺了挺身体，“以前我们关系是很好，那时候你英俊潇洒、学业有成，多好，人见人爱，花见花开，可是自从你进三T集团当了总经理之后，你变化太大，变得令人不齿，变得让我快认不出你了。你玩女人不说，你跟那些小模特小明星的事儿，都不算事儿，那顶多就一花边新闻，我陈小强也是现代社会的人，我知道，总有些妄想一步登天的女孩自投罗网，最后怎么惨都是她们自找的。”

“你小子不是不明事理，既然你理解，那为什么还对我有成见呢？”

“别急，听我继续说。感情不专是你自个的破事，我不稀罕管，但你在集团做了什么？你以为我不知道？别的不说，御景城开发的时候，拆迁上你为了压低拆迁补偿款你什么坏事没有做？从社会上找一帮子混混去恐吓拆迁户，断水断电逼人搬走，还不让人来公司反映问题，甚至威胁人家。我说叶明浩，你为了出成绩就干这样的缺德事，你不怕遭报应啊？我就奇怪了，之前的那个花样美男哪里去了？你什么时候变得这样不择手段？”

“打住，”叶明浩说，“没有证据的事情可别乱说，强子，你可以看不惯我，但不能污蔑我。”

“做没有做，你自个心里清楚。你以为明面上拆迁户没有人闹，事情就过去了？真相永远是真相，你掩盖不住。”

“是呀，真相永远是真相，我赞成，所以我没有做过我为什么要承认？你看见我去威胁拆迁户了？你看见我去挖人家水电、堵人家大门了？你看见了？”叶明浩笑着说道，“强子，道听途说不行，什么事你都得讲一个证据。看在叶琳的面上我劝你一句，别再傻了，就你这性格迟早要吃亏，不懂得圆滑变通，脑门一热什么事都往自己身上揽，什么事都是自己冲在前面，做人不能这样，做生意更不能这样，得动脑筋，得懂得策略。”

“道不同不相为谋，你这种策略我不懂，也不屑于懂。既然你劝我，那我也奉劝你一句，做生意还是按规矩来的好，别玩火上身了。”

叶明浩站起身，他突然弯下腰，靠近我说：“还有一点你一定要记清楚，叶琳是我妹妹，她喜欢你，我绝对不允许你伤害她，我知道你喜欢那个罗素儿，但我建议你离她远一些，乖乖和叶琳谈恋爱、结婚生子，这是皆大欢喜的结局。还有，既然你要替罗素儿出头，那么如果三T广告公司的事情没有搞定，我建议你也别降职当经理了，干脆和罗素儿一起离职，我要是你，还有什么脸面待在集团呢？”

叶明浩冷笑几声，然后转身离开会议室，我清楚这是自己与他最后一次用心的交谈，自此之后，我们将正式分道扬镳。

15

董事会结束后，我立即让杨月红召集企划部所有人开会。包括罗素儿，包括路于。

杨月红电话里问我怎么了，我没有细说，只是催促她赶紧张罗人开会。

杨月红效率很高，一个小时后，四散出去跑业务的、待学校不来上班的人都到齐了，这时候已经过了晚上六点，所以一走进会议室，我说道：“对不住各位了，已经过了下班时间还把大家喊来。”

我看见罗素儿与路于都在，坐下来说：“想必大家都知道今天下午公司召开了董事会，原本只是提议让罗素儿担任企划部副部长，她的能力大家也是有目共睹的。”

我这样说其实是有些心虚，叶明浩其实说得对，罗素儿资历太短，没有知名大学的学历背景，根本无法服众，我话音刚落就看见企划部大部分同事一脸平静，但其中有一两个入职时间长、业绩突出的同事脸上表情很精彩，明显不服气。

我假装没有看见，继续说：“结果很普通的一个议题，事儿却搞大了。”

罗素儿没有出声，路于急忙问道：“小强总，怎么搞大了？没有提拔却给辞退了？”

我瞪了路于一眼，继续说道：“搞大的意思是一件有关个人的事情却变成了整个企划部的大事，需要大家齐心努力，如果成功了，大家年底会多发两个月工资的奖金。”

三T集团的收入好是全市有名的，所以别看就多俩月工资，那对一般职员而言也是一笔横财。所以我看职员们表情更加丰富，包括杨月红，我知道她今年春节打算去济州岛，这下明显是旅游费用有着落了，于是杨月红急忙问:“小强总,究竟什么事？您就别卖关子了,您想让我们干什么您直接吩咐。”

“明天，罗素儿会被任命为企划部副部长，兼任三T广告公司经理，董事会的意思是在今年剩余的俩月里，由罗素儿牵头，企划部全体协作，赶今年结束要让三T广告公司的全年业绩扭亏为盈，只要做到，大家多发俩月的工资作为额外奖金，同时御景城活动的奖励也会一并兑现，罗素儿会直接任命为企划部部长，空出的副部长由其他同事上位。这是一次难得的机会，大家一定要努力。”我感觉有人拽我的衣服，是杨月红，估计是听说罗素儿直接担任部长，杨月红有些急眼了，企划部部长可是我当初许诺给她的。我给她使了个眼色，让她少安毋躁，她的后路我已经想好，包她满意。

要不怎么说杨月红冰雪聪明，看到我的眼色，立马安静起来，并且帮腔说道:“这是好事啊，大家想想，俩月工资奖金再加御景城大卖的奖励，好大一笔钱呢。”

“小强总……”是我说推荐罗素儿担任副部长的时候，那个脸上表情格外精彩的女同事，“我，可以说两句吗？”

“请说，”我笑了下，“大家有任何想法都可以说，集思广益嘛。”

“您知道三T广告公司今年到现在为止，亏了多少钱吗？”女同事声音有些激动，“五千万啊，今年前十个月整整亏了五千万，这么大的亏损额，您让我们十来个人在俩月内扭亏为盈，您觉得现实吗？”

听到这个数字，包括我在内，所有人都是倒吸一口气，仿佛一块巨石将我猛砸一下，我顿时感觉浑身无力，跌坐在椅子上。

“怎么亏这么多？”杨月红问道。

“就是，就一个广告公司，关门大吉养着人，也不可能亏这么多吧，”路于说道，“五千万，这得怎么亏才能亏成这样啊？”

没有人解释，没有人说话，会议室陷入一片平静。

谁也没有想到三T广告公司的困境竟然如此严重，谁能预料到竟然有如此大的亏损，这么大的亏损应该是要上报董事会知晓的，为什么我到现在才知道！

我出声问道：“亏损五千万，你从哪里听说的？为什么我从来没有听到过？”

“我有个朋友就在三T广告公司，是公司会计，说上个月前，今年全年也就累计亏损了三百万，不多。不知道为什么，最近几天突然有好几笔违约，需要赔偿四千多万，算上这四千多万下来不就五千万了，亏损的总数字也是这两天才出来，还没来得及给集团上报呢。我朋友还担心呢，说这报上去不知道集团要怎么严肃处理了，今年奖金肯定没有希望，就怕广告公司都被解散了。”

女同事说完，再傻的人也听出了阴谋的味道，我心里一凉，这还扭亏为盈个屁啊，这分明是叶明浩给我下的套啊。这厮也够本事，企划部的提议上周才打上去，一周时间内就布局完毕，我第一次开始佩服叶明浩的手腕。

也许他说得对，我还是太年轻，习惯将所有事情想得过于简单，商场如战场我算领教了，但是，我真得感到十分憋屈，有种出师未捷身先死的感觉。

所有人都傻看着我，我无力地挥挥手，示意大家都散了吧，这明显不是他们，或者说我们所有人可以顺利解决的难题，大家准备离开的时候，我出声安慰大家：“你们也别担心，广告公司的事情即使解决不了，对你们也没有任何影响，无非就少了俩月工资奖金，御景城的奖励不会少，所以大家继续安心工作，就当这件事没有发生过好了。”

我明显看到他们轻松的表情，然后陆续离开。

“小强总，我能帮上什么吗？”杨月红在身边问。

“你回吧，最近费心把企划部的日常工作搞好就行，其他的你不用管了。”我叮嘱杨月红，杨月红没有再说什么，迅速离开了会议室。

我环顾四周，人基本走完了，除了路于与罗素儿，路于朝我走过来，罗素儿依旧坐在我的对面，看着我，一言不发。

“你怎么不走？”我冲罗素儿说，“不好意思，承诺的副部长可能当不了，你可以用助理辅导员的身份来报复我，我没有意见，真的。”

路于不甘心地说道：“强子，我们不能这样认㞞啊，这分明就是叶明浩布的局啊。你应该找他去，应该给集团董事会报告，这个赌局不公平。”

“找叶明浩干什么？”我苦涩地说道，“就是他布的局又能如何？赌局为什么不公平？打赌的时候并没有限制亏损范围啊。”

听我这样说，路于愣了愣，然后狠狠地朝空中挥了几下拳头，我清楚他不甘心，还没有开始游戏就让你失去胜算的游戏，是谁都不甘心。

“强子，你别这样，”路于无奈地拍拍我的肩膀安慰道，“我们不是还没有查广告公司的账目吗？也许是他们算错了呢？也许我们可以找到叶明浩布局的蛛丝马迹呢？即使真亏损近五千万，我们还有时间，我们还可以跑业务，也许会有奇迹出现呢？”

我苦笑一声，摇摇头，我说：“路于，没有用的，既然叶明浩要布局整治我，就不可能给我们翻身的机会。跑业务？根本不用想，叶明浩肯定给跟广告公司有业务往来的公司都打了招呼，你不相信可以去试试，起码这两个月之内没有任何一家公司会给我们业务，没有大单我们怎么扭亏为盈？如果不能扭亏为盈，罗素儿会离职，我呢，在全集团丢了威信，说是降职，但你觉得我还有脸在集团待下去吗？五千万也不是个小数目，老陈也不会因为我跟叶明浩的一个赌局就私下帮我填上窟窿，他肯定是劝我去给叶明浩道歉，服软，事情也就过去了，但我怎么能跟这个孙子低头呢？”

“强子，你别泄气。”路于继续不依不饶。这时罗素儿开口说：“对不起，都是我害了你。”

“不关你的事情，谈不上害不害的。让你当副部长是我的提议，只不过没想到叶明浩这孙子会利用这个机会布局踢我出局，”我站起身，笑了笑，“但不得不承认，叶明浩真的有本事，时机抓得够准，计划也很周密，速度快，环环相套，现在看来，叶明浩在集团还是很得人心，这么短的时间内要实现所有安排，不是他一个人就能做到的，估计有很多人在配合他。回吧，都散了。

谁爱玩玩去，老子不玩了不行吗？至于费这么大劲搞事情！”

“强子，你丫什么时候这样泄气过？你不能轻易认输啊，我们还有时间，我们可以争取。”路于继续鼓励。

“路于说得对，陈小强，我们可以尝试努力一下，也许真有奇迹出现呢？”罗素儿也劝我说。

“有个屁奇迹，那是你们不了解叶明浩，他肯定不会让我翻身，除非我假装没事降职去广告公司当经理，否则，我就得去求他，让他主动提出赌局作废，”我疲倦地说，“还有什么办法？找老陈也不行，就是把我们三个人卖了，卖了也不值五千万，算了，我累了，我认输。”

“陈小强，你太令我失望了。罗助理说得对，我们为什么不努力就主动放弃呢？”路于有些生气，开始批判我。我说：“兔爷，你丫搞清楚你跟谁一伙的，别忘记自己的立场，罗素儿说得对，那你就跟她折腾去啊，你们俩如果能在两个月内把广告公司扭亏为盈，我喊你们大爷、大妈。”

“陈小强，原来你是这样没有担当的人。一个小圈套你就认栽，你还是不是男人？”罗素儿出声说。

爱谁谁去。我一把推开站在面前的路于，快速走出会议室。

乘电梯到一楼，走出大厅，天色已黑，我望着天空，月光很亮，天气渐渐变冷，我竖起衣领，突然想起了老陈，我拿出电话，给老陈打电话，我想问问他，为什么这么一个小事儿能搞这么复杂。

电话没有响几声，老陈的声音传来出来：“强子，正准备给你打电话呢，董事会上你太冲动了，为什么要和明浩对赌？这样很容易下不了台的。”

“先不提这个事,就一个小部长,怎么会弄成这样？”我有些生气地说,“您也不看看当时叶明浩那副嘴脸，爸，他只是总经理，您才是董事长，您提前没有给他安排吗？为什么董事会上您不拍板决定呢？”

“我和明浩提前沟通过，说得好好的，谁知道这孩子临时怎么变了主意？而且会上他那番话也有道理，我怎么直接反对？我是董事长，但我们只是大股东，其他股东的意见不能不考虑，”老陈解释说，“倒是你啊，我一直叮嘱你干事情要学会沉得住气，你沉住气了吗？总爱强出头，罗素儿不提拔就不提拔，你为什么要坚持？还大包大揽广告公司的事情。你不知道，董事会结束，你刚离开之后，我就接到了广告公司亏损近五千万的报告。这么大的亏损，你们怎么能在两个月内扭亏？”

“会上不知道，还以为就一个小公司，顶多亏损几百万，结果会后我也知道了，亏损近五千万。不可能扭亏的，爸，这就是个圈套，您没有看出来，叶明浩就是给我布的局。”

“所以一直说与明浩相比，你确实嫩太多了。你还一直对明浩有成见，我觉得你其实更应该向人家学习，”老陈说，“上一课也好，免得你不了解生意场上的变幻莫测。不过你也别有压力，我都想好了，大不了就让罗素儿离职，至于你，可以先做个董事长助理过渡，也算给你降职了，明浩的面子也顾及了，董事会更不会有什么意见。”

“不行，罗素儿不能离职，她离职的话我也不干了，”我慢慢地说，“爸，现在不是谁离职的问题，现在是我已经没有威信在集团继续待下混日子了。”

“你这孩子，怎么这么倔强。就一个赌局而已，至于这样严重吗？咱家的企业你就怎么就不能待了？别忘记，我退了之后接班的人是你。”

“是我没有错，但三 T 集团现在还是咱家的吗？您管不住叶明浩不说，您清楚集团里有多少人是他的吗？”

“什么叫我管不住明浩！你这孩子，思想怎么这么阴暗？做生意就得讲道理，明浩没有说错，我凭什么强行干预？我现在后悔就不该跟你一起胡闹，罗素儿是有点才华，与你还是校友，此外跟你有什么关系？说你喜欢罗素儿，你不承认，那么你又凭什么这样替她出头？”

老陈的发问让我陷入了沉默，是啊，罗素儿似乎真像他说的那样，什么都没有，没有经验、没有高学历、没有人脉，我为什么要挡在她的面前呢？我到底喜欢她吗？我看着天空，长久以来对传说中的罗素儿的爱恋，在这个时刻，在这个夜空下，逐渐变得清晰可见，我想起罗素儿说，她想和我玩玩，我想起自己对她刻意的刁难、莫名的担心、暗自的想念，我突然想明白了什么，于是，我坚定地对着电话说：“爸，谢谢您，这件事让我确定，是的，我喜欢罗素儿，很久很久之前就喜欢她了。”

挂了电话，我感到浑身无比轻松，我觉得叶明浩的圈套也并非只是坏事，他让我第一次审视了自己对罗素儿的感情。

站在三T大厦楼下，我转身向楼上望去，我看见离开的会议室依旧灯火通明，我想肯定是路于与罗素儿还在协商对策，希望做最后的垂死挣扎，于是我笑了。

我步伐轻松地离开，我想去找大头，我想与他不醉不归。

16

我赶到比斯特酒吧，一见门就发现气氛有些不对，店里聚了好多人，也不知道大头这厮搞什么名堂。

“怎么了？围一大帮子人干吗呢？非法集会啊！”我大喊一声走过去，但似乎没有什么效果。

往里走了几步，我才看清楚里面的情况。几个彪形大汉围站着，一个光头男坐在大头的对面，还没有走到跟前，我就听见那个光头男叫嚷的声音。

“你他妈别装傻，也不去打听打听，这条街上，谁不给我们兄弟面子。今儿是哥哥缺钱了，给你面子才问你借点，哥哥不缺钱的时候，你想巴结还没有机会呢，是吧？”那人回头望望自己身后的几个大汉狂笑道，“只要老子高兴，西江大学的女学生还不是想玩哪个就玩哪个？”

大头看见我走了过来，连忙站起身，站在他身后的曼丽面无表情地看着众人。叫嚷的男子也看到了我，轻蔑地笑了笑。

“你怎么来了？回去，这儿没你事，”大头低声对我说，“这些人我自己摆平。”

“没事。”我坐到了大头的位置上，迎面望着眼前的光头男以及四周站着的彪形大汉，都是一些与我年纪一般大的小青年，头发染得红得跟火鸡似的，每个人嘴里都叼着烟，一脸玩世不恭的表情。对面的光头男分明是老大，天气也不热了，还穿着衬衫，纽扣大开，胸膛上有个牛头的刺青，看起来很凶猛。

“哥几个这是唱的哪出呢？”我冲光头男笑着问道，“大哥，您带人到这里闹事是什么意思？”

“得，又冒出一个小帅哥！好，有意思，够热闹，我喜欢，”光头男放肆地笑着说道，“小兄弟，你可以喊我牛哥。哥哥今天来没有那么多意思，就是哥几个缺钱花了，想找大头兄弟借俩钱花花！”他身后的兄弟也扬扬得意。

“借俩钱？到底是借呢还是勒索呢？”我顿时气不打一处来，奶奶的，在公司里叶明浩欺负我，给我下圈套，想安静地喝个啤酒，结果又遇见牛哥这帮孙子。我拿叶明浩没有办法，作为富二代，我拿几个小混混没有办法吗？老子用钱砸也能砸死你。于是我抬头问大头：“你说借还是不借呢？”

大头的神色有些慌张，刚要出声说话，我示意他住口。

“牛哥，是吧？”我转头看着光头男，“您是想借几个钱呢？借了什么时候还？利息怎么算？”话没有说完，我一把抄起桌子上的啤酒瓶朝他头上砸了过去，只听见一声惨叫，鲜血猛地从他的脑门上流了下来。

牛哥仿佛被吓蒙了，吓蒙也正常，这些人本就是欺软怕硬，在勇敢面前他们往往就会退缩。

倒是牛哥身后的弟兄，先愣了愣，其中一个反应过来叫喊道：“靠，你找死啊，敢打我们牛哥，兄弟们抄家伙，废了他。”

“都别乱动，否则我报警了，”我大喊一声，“你们也不打听打听这是谁的生意就敢来闹事，信不信老子一个电话，就把你们一个个送进去关上五年八年的？个个身强力壮，学什么不好，非要学人敲诈勒索。不知道现在有打黑除恶，不知道现在是法治社会吗？胆子真够肥的啊！”

我用纸擦了擦手上的血迹，然后缓慢地抬起头盯着牛哥问道：“牛哥是吧？”我微微一笑：“西江大学的女生想玩哪个就玩哪个，是吧？”

我站起身，走到他面前，牛哥一脸横肉地望着我：“你干什么？你小子有种再动我试试！”

“我就动了怎么着？”我顺手又提起一个瓶子砸了过去，“就动了，怎么着？”

又挨了几酒瓶，牛哥彻底老实了，他捂着鲜血直流的脑袋，望着我，有些怕怕的样子，他身后的几个男子也是欲进又退。

我坐下身来，从衣兜里掏出一沓钞票，我说："就两个选择，要么现在拿着钱就滚，就当是医药费了。要么我立刻报警，然后我们去派出所把事情说清楚，该怎么判就怎么判。"

牛哥脸色铁青地看着我，一时间他摸不清我的路数，于是示意一个男子过来拿上钱，然后牛哥狠狠地说："算你狠，我记住了，我们走着瞧。"

"牛哥，您走好，不送，记得缺钱了常来啊。"在我的喊声中牛哥等人迅速离开，我感觉无比爽快，第一次感觉到了作为一名富二代的优越性，但我清楚，自己并不适合这样恣意妄为的人生。

牛哥带着小弟们仓皇而逃，我回头望望大头，大头满脸感激，我发现曼丽在看我，表情却有些怪怪的。

当天晚上我没有去学校，决定回家睡觉。第二天早晨还没有到起床的时刻，手机就响了起来，迷糊中接了电话。

"小强，麻溜起来，来学校附近的好吃街一起吃早餐啊！"电话那头传来路于撕心裂肺的号叫，这小子今天不知道犯什么病，大清早喊我吃早餐。我说不用了，我还想睡会，路于却一再号叫，说我不出来他就一直打电话骚扰我。没有办法，我只能郁闷地起床，收拾完毕后匆匆忙忙赶往学校。

清晨的风有些凉爽，想起昨晚在酒吧的壮举，仿佛梦境一场。

到了学校小吃一条街，我老远就看见路于在冲我招手，边招手边向我跑来，路于跑到我跟前，二话不说就伸出大拇指给我点了个大大的赞："为广告公司的事情，哥们昨晚与罗素儿商量了半晚上，可惜错过了你英勇不屈的场面，真是人生遗憾啊。"路于上下打量我："你没事吧，昨晚？跟你这么久了，怎么就没看出你竟然还有英雄气概？不过话说回来，你丫这么有勇气，怎么就没有勇气与我们一起想想办法，好挫败叶明浩的阴谋呢？而且，你不能怪人罗素儿，这事儿说起来是你挑的头，你给人准备弄副部长，得，现在副部长没有弄上，眼看快要下岗了，结果你却撒手不管了。"

“别扯那些没用的，我什么时候说过这事怪罗素儿了？谁不知道这是叶明浩冲我来的，跟别人没有关系。至于连累罗素儿下岗，你放心，哥们有担当，我一定会补偿她的，”我突然一想，“我说兔爷，这事跟你也没有关系，你丫跟上凑什么热闹？还吃不吃早餐？不吃我回去了，没有空听你这唠叨。”

“别呀，强子，不是我请你，是我们大头哥请你。”正说着，大头在餐厅里面，隔着玻璃冲我们挥手，我和路于走了进去。我看见曼丽也来了，坐在大头旁边小鸟依人。

“来，强子，快坐。赶快吃，早餐都快凉了。”大头招呼我们，我坐下来端起豆浆一声不吭地喝起来。

“强子，昨晚真得谢谢你，你不出手，我一个人对付牛哥那伙人，还真有些搞不定。嘿嘿。”大头摸摸自己的后脑勺，傻呵呵地笑道。

“真谢我也不能就一顿早餐打发了啊，说明不是真心的，”我打趣道，“不过话说回来，那个牛哥为什么去你那里？还向你勒索钱，他戴个墨镜真以为自个儿是黑社会呀？”

“牛哥是大学城这一片的一个混混，手下有十来个人，混吃混喝的，要么偷鸡摸狗，要么就敲诈勒索，这一片做生意的谁没有受过他的气？”大头说道，“估计你昨晚金字招牌一亮，牛哥随后一打听，也就清楚了我们酒吧的背景，我估计他是不敢再来骚扰了。不过强子，你昨儿砸了他几酒瓶子，鲜血乱溅，估计他对你可就算记恨上了，你自个儿进出操心点，可别让人下了黑手。”

“放心吧，谁敢给我下黑手，我剁了他，”我吃了俩包子说，“早餐吃了这事就算过了，以后谁也别跟我再提，谁提我跟谁急！大家兄弟一场，我帮你们是应该的。”

“不会了，不会了，”大头说，“这早餐也不是我请的，是曼丽说请你的，表示感谢。”

大头温柔地看着身边的曼丽，曼丽冲我一笑，说道：“强哥，你昨晚可真勇猛啊！”这女的怎么看怎么来路不正，一脸媚相，逮谁勾引谁的样子，我胡乱点点头。

“强哥，以后有时间就多来酒吧坐坐，这样人家才安心嘛！”大头还傻哼哼地跟着点头，我没说什么，拉着路于离去：“大头，你跟曼丽慢慢吃，我们先走了，早上还有课，快考试了，得复习复习。”

“对，对，好好学习，天天向上，学习第一。你们先走，我和丽丽吃，你们先走。”我轻轻地叹了口气，心想大头看来彻底完了，不知道曼丽给他灌了什么迷魂汤，一看就是真的喜欢上了这妖女。不成，得找时间再给大头提提醒。

接下来一个月时间对我而言是平淡无奇，三T集团我再没有去，广告公司的事情我也再没有过问，只是每天忙着复习考试。有几次在学校里碰见叶琳，这丫头估计也听说了我跟她哥哥的赌局，每次见到我都是泪眼婆娑地说着对不起，我给她反复解释这与她没有关系，但叶琳不听，她总觉得对我很抱歉，多傻的一个好姑娘啊。

路于与罗素儿很忙，我几乎再没有见过他们的人影，只是与路于通过几次电话，路于说他和罗素儿在争分夺秒地跑业务，妄图天上掉馅饼，好把巨额亏损奇迹般地在两个月内补齐，我告诉路于别折腾了，根本不可能成功的。我甚至问他，是不是对罗素儿有什么歪心眼了，否则怎么天天跟人屁股后面跑。路于表示很愤怒，他愤怒地说这全是为了我不被降职。我说降职就降职，有什么关系，大爷早不想伺候了。结果路于说，你降职没事，三T集团都是陈家的，但罗素儿呢？人姑娘容易吗？千军万马通过招聘面试，明明干得好好的，却受了我这个无妄之灾，眼看就要丢工作了。路于说，出于人道主义，他都应该帮罗素儿一把。

一听这话我就非常来气，这还叫没有歪心眼？还要人道救助。我对路于说，随便你们，爱怎么折腾就怎么折腾去吧，我让他放心，到最后我肯定给罗素儿一个交代。

我没有告诉路于其实自己已经确定了内心真实的想法，我没有告诉他，我其实是喜欢罗素儿的，我更没有告诉路于，我准备用一生去补偿罗素儿。

我妈发现我最近情绪有些低迷，问我怎么了。我简要叙述了发生的事情，之后我恨恨地说："妈，您说，我这算什么？好心没有好报啊。不对，应该是没吃上羊肉惹了一身臊。我算看出来了，路于这厮肯定是对罗素儿有了什么想法，所以卖力帮助人家。路于还质问我为什么不和他们一起跑业务，五千万啊，连老陈电话里都说两月内扭亏根本不可能，我已经上了叶明浩的圈套，还垂死挣扎让他看笑话吗？"

"你这个死孩子，"我妈责备我说，"人家路于是在帮你，你可好，非但不领情，还说人不安好心。不过话说回来，强子，你搞这么多事，现在又这样生气，你是不是真喜欢上罗素儿了？"

我没有回答我妈的问题，而是在使劲琢磨路于的心思，我越琢磨越觉得路于叛变的可能性很大，这家伙知道我很多过往的事情，万一为表忠心全部告诉罗素儿，那可就麻烦了。虽说其中不乏好人好事，但我却对路于会在罗素儿面前歌颂我的伟大品质没有一点信心，以这家伙的尿性，指不定怎么编派我呢。

不觉之中，我脑海里浮现出一段情景：

在一座破旧的古庙里，我身穿破烂衣服，手里拿着一把生锈老刀左顾右盼，突然冒出一伙歹徒将我挟持，为首的正是路于。

"你个狗财主，竟然辞退我，今儿就让你尝尝你路爷爷的厉害！"路于戴着他那顶狗皮帽子，一跳一跳地指着我破口大骂。

我被这伙歹徒推搡着抓进了一座山洞，然后他们用一根又粗又长的绳子将我悬吊起来。路于操一条皮鞭开始抽我，我悲惨地号叫。

"住手！"犹如天外飞仙，山洞里突然出现了一名彪形大汉，大汉虎虎生威地阻止了路于的暴行。

"大王，他可戏弄过您啊，小的只是……"路于献媚似的上前对大汉说。

大汉转过头看着我，正是罗素儿："你不用多说了，本王自有分寸！"

大汉上前几步，走到我的面前。

“浪子强，你倒不愧是名真汉子！”

我倔强地把头一甩，不予理睬。

“浪子强，想你在江湖上也知道我‘辣手摧花’（嗯，嗯？怎么换名号了？）罗素儿的厉害，你为什么要害本王？你真不知道‘死’字怎么写吗？”

“哼！”在我的律师没有来之前，我继续保持沉默。

“浪子强，别嘴硬啊，你以前做过什么路于全部告诉我了，你狡辩是没有用的。”

“我呸！”我睁大眼睛盯着路于，“别让我活着出去，如果老子出去了，总有一天宰了你这小子！叛徒！可耻！”

路于吓得躲到罗素儿的背后，小声叫嚷：“看什么看？没见过帅哥啊！”他继续媚笑着对罗素儿说：“大王，现在已经抓住他了，我们要不要……”

路于做出杀头的手势，我大声呼喊：“要杀要剐由你们！你陈爷爷哭出声就不是浪子强！”

“哈哈！”路于看见我这样大笑道，“死蟑螂，怕了吧！哼哼！早看你不顺眼，今儿就把你做了，以后叶琳师妹也归我了，看你怎么跟我抢！”

靠，你个路于，暗恋叶琳就算了，竟然敢明晃晃打叶琳的主意，我大叫一声：“路于，你敢！你敢动叶琳师妹一根毫毛，我做鬼也不会放过你！”

“哈哈，到阎王那去耍酷吧！”路于拿出一把鬼头大刀向我劈了过来。

说时迟，那时快，只听啪的一声枪响，路于应声而倒。我看见罗素儿手中的枪冒着黑烟，是她救了我。

“同志，辛苦你了！”

呵，原来罗素儿是乔装打扮故意试探我的，她把我放下来，狠狠地抱紧我：“强哥，你真没让我失望啊！你真是威武不能屈，贫贱不能移的真丈夫啊。”

“罗妹……”我摸着罗素儿的披肩长发深情呼喊。

“强哥……”

我与罗素儿手挽着手往卧室走去，经过路于尸体的时候，罗素儿踢了几脚，告诉我：“这就是奸细的下场！”

想到这里，我放声哈哈大笑，吓了我妈一大跳，她一个箭步跑过来，摸摸我的额头，奇怪地问道："这也没发烧啊，孩子，就这么点事情，不至于给气糊涂了吧？"

我推开我妈的手："放心吧妈，怎么会。我就是想起一件事情，所以不由自主地笑起来，您放心，我真没事。"

我妈坐在我身边，眼睛闪烁着狡黠的光，意味深长地问我："想起什么事了？你跟罗素儿的？你还没有回答我，你是不是真喜欢人家姑娘？什么时候带回家让妈妈看看？别说不喜欢啊，不喜欢能搞这么大动静，都搞到董事会去了。"

我纳闷我搞什么了我？董事会上明明是叶明浩搞了我，我才是受害者，但我没有反驳我妈的话，只是嘿嘿一笑："再说，再说吧。"

17

一个多月时间很快过去，时间进入了十二月中旬，那天上完课，我在去往宿舍的路上，终于碰见了许久不见的路于。一月多没有见人，我发现路于似乎沧桑了很多。这一个多月时间，路于几乎全部翘课，晚上也不回宿舍休息，我从杨月红那里听说，路于和罗素儿依旧在为广告公司的事情奔波，业务如预期中难谈，到后面罗素儿几乎放弃，但路于还在坚持，我第一次对路于的恒心有所惊讶。

他明显是在路边等我，看见我过来，他主动一把抱住我，连声说道："强子，对不起，兄弟真是尽力了。"

路于的声音很沙哑，听得我有种心酸的感觉，我拍拍他后背："你丫就是不听老人言，吃亏在眼前，怎么着？现在知道胜利无望了？早说了那是叶明浩做的局，你们硬不信邪，觉得自己是奥特曼，能够拯救世界？"

我感觉路于似乎在用我的肩膀抹鼻涕，一把推开他："有完没完，差不多行了啊。"

路于抽泣着说道："叶明浩真够孙子的，提前给所有客户打了招呼，谁都不能给广告公司业务，我和罗素儿能想的办法都想了，我们甚至还帮人搞婚礼策划、印刷学习资料，但那能有几个钱？强子，叶明浩这次可真是费尽了心思。"

"我知道。"

"你知道个屁。你以为路爷我吃饱了撑的跟罗素儿跑业务，你以为罗素儿离不离职真跟我有半毛钱关系，路爷其实都是想保全你的面子，你是谁？陈小强，未来三T集团的董事长，你不能丢面儿。”

路于这样解释，他以为我不清楚他所做的一切是为了谁？其实我一直都清楚，我怎么可能不明白路于东奔西走的目的，我过去主动抱了抱路于，我说：“我知道，兄弟，我都知道。你放心，叶明浩想当众削我面子，他想都别想，强爷压根不会给他这个机会。至于罗素儿，我肯定会给她一个交代。”

路于认真看了看我严肃的表情，然后恍然大悟道：“我明白了，陈小强，你这个孙子，你其实喜欢罗素儿，对不对？你老实交代。”

“对，我考虑清楚了，现在不是罗素儿想和我玩玩的问题，而是，我想跟她谈谈。”

“你有种！”路于赞赏道，然后认真地问我，“想明白了？都想清楚了？”

我点点头，路于说：“想清楚就去追呀。可不能继续傻等了，你已经傻等了好多年。不过……”路于皱皱眉头说：“你跟了罗素儿，叶琳怎么办？”

“不知道，还没有给她说呢，要不你去追求叶琳，你不是也喜欢她吗？”我建议道。

“你可拉倒吧，”路于在路边席地而坐，缓缓地说道，“我是喜欢人家，可人家就能看上我？我清楚自己与叶琳之间的差距，这是无法越过的鸿沟。所以说你肤浅，不一定喜欢就得占有，所有以占有为目的的喜欢都是耍流氓。强子，你要明白，路爷对叶琳的喜欢是高尚的，是纯粹的，是没有掺杂任何坏心眼的。说白了，我就是希望叶琳幸福快乐。”

多好的一个孩子，真是说的比唱的好听，我摸摸路于的头，俯身坐在他的旁边说道：“是啊，叶琳可怎么办？有时候想想自己真够混蛋，但是，路于，你明白的，感情这事情真的无法勉强，我是真的只把叶琳当作妹妹。”

路于没有说话，我们并排坐在路边的草地上，看着远处三三两两走过的同学，我突然感觉自己在一瞬间长大了，也突然明白了很多，也许人的成长往往就是在经历过某件事、遇到过某个人，或者看过了某个风景之后的一瞬间。

我站起身，拍拍身上的尘土说道：“走吧，所有事情总得过去，眼看要考试了，你也得好好抽时间复习。”

路于站起身，他突然问我：“罗素儿，你妈见过她吗？”我摇摇头，路于说：“抽时间带回家让你妈见见，让老太太也高兴高兴。”

“再说吧，”我无奈地说，“等广告公司的事情尘埃落定后再说了，现在毕竟八字还没一撇，直接喊她去我家里，罗素儿不一定愿意。”

“是得想个办法。”路于说完话，我们一前一后往宿舍走去，事情聊过了，人也就没有那么郁闷，日子总得继续，该来的依旧要来。

随后一个月时间里，我与路于过着正常而平静的校园生活，至于罗素儿，我再没有见到过她，有一次杨月红告诉我，最后的半个月时间里，罗素儿也放弃对广告公司的努力了，已经十多天没有来过公司，似乎她已经做好了离职的准备。我沉默了，但没有说什么。

很快，两个月的时间过去。过完新年的第一天，公司通知我去参加董事会，是叶明浩提议召开的董事会。叶明浩终于要图穷匕见了，但我不怕他。我告诉董事会秘书，会议我会准时参加。

开会那天早晨，在前往公司的路上，我给老陈打了一个电话，告诉他会上一定不要为我降职的事情为难，这不符合他的身份，老陈在电话里告诉我不要冲动，虽然是董事会上定的赌局，但我让一步，叶明浩也不一定非要把我怎么样，顶多让罗素儿离职，事情源于她，应当由她结束。

我没有过多说什么，挂掉电话，急忙来到公司。

站在三T大厦的楼下，我摸摸口袋，望着这座略显陈旧的大楼，逐渐坚定了自己的决心，我想这恐怕是自己最后一次走进这栋大楼。

走进会议室，董事们到齐了，没有开场白，叶明浩直奔主题，他首先宣读了广告公司的年度财报，亏损四千多万，然后叶明浩看着我，问道：“小强总，你没有什么要解释的吗？”

我环视四周，最后将目光定格在叶明浩的脸上，慢慢说：“没有解释，广告公司年度亏损已成定局，我也无话可说。所以，我决定辞职。”

集团财务总监夏历连忙劝道："小强，广告公司亏损又不是你造成的，不要意气用事，在座的都是你的叔叔，都是自己人，你和叶明浩打赌不过是个善意的游戏，目的也是为了集团发展。现在广告公司没有出现年终扭亏为盈的奇迹，我想，让那个罗素儿离职就行了，你没有必要跟着辞职。你说呢？叶总。"

"我当真，"叶明浩面无表情地说，"抱歉，董事长，做企业不是过家家，承诺就得负责，我想小强总也不希望搞特权，不希望让员工知道我们董事会只是对人不对事。当然，小强总倒没有必要辞职，就按照当初说的，你去广告公司当经理，不再是集团副总经理，不再是集团董事。"

老陈没有说话，只是看着我，我可以读懂他目光里的意思，但我不可能向叶明浩道歉，更不可能向他服软，而且我知道叶明浩的真正目的是什么。

"抱歉，"我站起身，从口袋里掏出写好的辞职信，"请董事会批准我的辞呈。"

我将辞职信轻轻放在会议室的圆桌上，然后点点头，转身走出了会议室。

离开公司的时候企划部的同事都来为我送行，杨月红眼睛红红的，同事们内心都很惭愧，他们至今还认为，我是为了给他们争取奖金失败而被董事会踢出局，甚至有个别人对于老陈颇有微词，觉得再怎么说我也是他的亲儿子，未来三T集团的掌舵者，老陈怎么可以这样不讲情面。有同事用怀疑的眼光打量着我，我听见她嘀咕道："难怪陈董事长与老婆离婚，就是因为小强总不是他亲生的？"

这种怀疑让我无言以对，我安慰他们别为我担心，然后仓皇离开。

不可否认，我的离开缺少了悲壮的英雄色彩，反而多了一丝诙谐的意味。

我并没有选择回家，我怕我妈知道我离职的消息后大发雷霆，于是我偷摸着回到学校，没有想到刚到宿舍收拾完，就接到了罗素儿的电话，电话里罗素儿问我在哪里，我说在学校，罗素儿说那就在学校畅想湖边上见一面，我同意了。

对于与罗素儿即将到来的见面，我其实心里早有预期，说是一场闹剧也罢，说是人祸也好，她的离职终究是我在没有征求过她的意见的前提下自作主张的结果，虽然我认为与她一起离职多少可以给她一些安慰，但这终究只是我的想法。

我有些忐忑不安地来到畅想湖边，畅想湖是学校里的一处人工湖，取名畅想的初衷就是为了鼓励学生大胆设想、小心求证，但我与路于私下里总说，畅想之名实际是告诉学生，即使是条咸鱼，也要追求成为最咸的那条咸鱼。

我环顾四周，因为是冬季的早晨，人影稀少，在湖边一处垂柳树边的长椅上我发现了罗素儿的身影，她端坐在长椅上，望着湖水，这一刻的画面美好而和谐，于是我下定决心要告诉她，我喜欢她，无论她是否乐意。

我径直走了过去，绕过长椅的时候罗素儿应该感觉到是我，所以她并没有回头，我过去坐在她的旁边。

有风，所以微冷。

我们看着湖水，好一会没有说话，气氛有些尴尬，我决定率先打破沉默。

“对不起，罗助理，这次是我连累了你，”我说，并且快速地组织词语，“但我不是成心的，并不是刻意要打击你，我以为广告公司顶多亏损几百万，我们一帮人俩月怎么搞也能扭亏为盈，结果是叶明浩这孙子给我挖的坑。”

等了一会，罗素儿还是没有开口，我有些着急道：“你得相信我，我真不是针对你，我陈小强虽然有些小顽皮，但人不坏。”

“我知道，”也许是我态度足够诚恳，罗素儿缓慢地说，“这事不怪你。今早我去公司办理离职手续的时候，听同事说，你也辞职了。其实，你根本没有必要这样做。”

“那哪儿行！虽说三T集团我家占大头，但是叶明浩要削我面子那不可能，”我愤愤地说，“他挖坑让老子往进跳，我不知道自己爬出来吗？再说了，我得给你一个交代，咱不是殃及池鱼的人，这次你受了无妄之灾，我肯定得跟你同甘共苦。”

“说的好！不愧是我的哥们，”一个很突兀的声音突然打断了我与罗素儿的交流，我内心暗恨，谁这样没有眼力见儿？

转头回看，竟然是路于这厮。他不知道什么时候就站在了我们背后，我不敢保证他是否偷听了我与罗素儿的全部对话。

我噌一声站起身，说："你属狗啊，怎么偷摸到这里了？"

罗素儿也站起身，看了看路于，路于连忙解释道："我可不是专门来偷听你们墙角的，我也是刚从公司回到学校，准备去宿舍，结果老远看见在这山水如画的风景里，有两个格外般配的熟悉身影，过来一看，老熟人呀。"

"你去公司干什么？"我连忙问，自动省略了路于的赞美。

"辞职呀。还能干什么？你们都走了，留我一个实习生干什么？"路于潇洒地说道，"尤其是你小强总，你都一怒冲冠为红颜了，没有你罩我，我等着被叶明浩往死里欺负吗？"

我用赞许的眼光重视路于，人还是那样人模狗样，但我发觉，此刻的他，从内到外散发着一种光芒，仿佛迫不及待地要告诉大家，我是路于，我忠肝义胆、义薄云天。

但我还是说："你跟着起什么哄？你继续干多好，我和罗助理的事情你跟着瞎掺和什么？"

"哟，罗助理，您说，这是不是传说中的狗咬吕洞宾不识好人心呀？"路于阴阳怪气地问道，罗素儿扑哧一笑，随即又板住脸，说："陈小强，这事儿不怪你，所以你也不用对我内疚。"

我一想，这不是要原谅我的节奏吗？我心中窃喜不已，这时候发现路于在拼命给我使眼色，我恍然大悟，说道："罗助理，您大人不记小人过，之前很多事情是我对不住您，您放心，随后的岁月里我一定听您指挥。为了表示我真挚的歉意，我诚恳地邀请您到我家做客。"

要不怎么说路于智商高，要么怎么说我也智商不低，他一使眼色我就知道他想干什么，我看见路于暗暗冲我竖起大拇指。

"去你家？"罗素儿狐疑地问道，"去你家干什么？我们又不熟。"

"家访啊，"路于小步上前，解释道，"罗助理，您是助理辅导员，您有责任也有义务了解走读生的家庭生活，尤其是陈小强这种欠收拾的，您必须家访，跟家长良好沟通，好让家长配合学校管教。”

罗素儿更是一头雾水，问道：“你们究竟在搞什么？大学生还需要家访？”

“需要！”我怎么没有料到路于会说出这样的解释？这家伙，头脑格外灵光，就冲这一点，路于之前提过的什么三Ｐ三Ｑ信息科技公司，我陈小强投资了。我趁热打铁，继续动员罗素儿说：“罗助理，我落后，我需要政府教育挽救。所以呢，您做家访，一来了解我的情况，方便制定方案治病救人，二来请您吃顿饭，就当给您赔礼道歉。”

罗素儿还在犹豫，我明白机不可失、失不再来啊，一个箭步上前拉住她的手，用力摇晃道：“罗助理，您一定得答应我啊，您得救救我啊。”

“撒手，有话说话，动手干什么？”罗素儿没有想到我这样热情奔放，有些慌乱地说。

“不撒，您不答应我，我就不放手，”我倔强地回答，路于在旁边不断鼓励我，“对，就这样，陈小强，不答应坚决不放手，你可拉紧了啊。”

这时，一道厉声从天而降。

“放开你的狗爪子！”

18

惊吓中我与路于纷纷回头，看见不远处停着一辆红色摩托车，车上下来一个人，边走边取下头盔，我和路于同时大叫了起来。

“酒井带子！”

“蒋二哥！”

在我和路于吃惊的目光中，摩托女郎快步走到跟前，一把打落我抓住罗素儿的手，然后将罗素儿护在身后，气冲冲地问我：“陈小强，你想干什么？”

我看着眼前的女子，脑海中一幅幅画面闪过，我记起路于给我看过的直播软件里那个阴柔俊秀的娘炮，曼丽说那是女扮男装，我想起了那晚在比斯特酒吧喝完酒，我扶着路于在酒吧门口看到的摩托与人影，原来摩托女郎就是蒋二哥！但这并不令我吃惊，令我吃惊的是，她与罗素儿又是什么关系？

“蒋二哥，真的是你吗？蒋二哥，”路于又惊又喜地跑到摩托女郎身边，赞不绝口道，“像，真像。蒋二哥，我知道你是女扮男装，我叫路于，是您的忠实粉丝。二哥，我有几个问题想问你，请问你为什么有了女扮男装的念头？你看你一个挺漂亮的姑娘干吗假扮男人？是为了博眼球好让自己的直播火吗？还是因为……”

“你闭嘴！”蒋二哥呵斥道，路于兴奋的声音戛然而止，他憨笑着解释，“没事，你们聊，你们先聊，不急，我不急。”

蒋二哥看着我，问道：“怎么回事？你干吗要纠缠罗素儿？陈小强，你胆肥呀你。”

“陈小强？”我疑惑地问道，“你认识我？你又是谁？不会真是酒井带子吧？”

“什么酒井带子？”罗素儿出声介绍道，“她叫蒋月凤，是我的闺蜜。你别乱说。”

“蒋月凤？蒋二哥？酒井带子？”我默念这些名字，然后哈哈大笑起来，笑过之后我抱拳说：“蒋月凤、蒋大侠，久仰大名，久仰大名。”

蒋月凤明显江湖经验不足，也不知道回敬久仰我，她上前一步质问我：“为什么要纠缠罗素儿？”

“谁纠缠了？”我解释道，“我跟路于明明在向罗助理汇报思想动态。倒是你，你为什么知道我叫陈小强？”

“我告诉她的，”罗素儿继续解释，“而且，月凤是个专业的模特，那次御景城开盘就是靠她帮忙带朋友来走秀、做直播的。”

原来如此，我算明白了。路于面部表情很丰富，他叹息说：“一个精通传统文化的专业模特，真不简单。枉我还在苦苦找寻蒋二哥的踪影，原来楼盘开盘活动上就与你擦肩而过，造化弄人、造化弄人啊。”

我表示呵呵，然后就听见蒋月凤说：“嬉皮笑脸的，男生没一个好东西！”说完，蒋月凤拉着罗素儿的胳膊说道：“素儿，我们走！”

我眼看罗素儿就要被蒋月凤拉走，急忙大声喊道：“罗助理，您还没有给话，刚才的请求究竟答应不答应啊？”

罗素儿没有回头，右手扬起来挥一挥，回答道：“我考虑考虑。”

我心中一乐，差点跳了起来。

路于也跳着说：“蒋二哥，回头给我签个名呗，我可是您的粉丝啊。”

回答路于的是一阵刺耳的摩托车发动声，以及一股黑烟和呼啸而逝的背影。

“你也别难过，”蒋月凤与罗素儿离开后，我安慰路于道，“起码你见到活人了，起码你见到了不是美颜下漂亮的真人，你应该感到庆幸。既然蒋二哥是罗素儿的闺蜜，你还怕没有再见她的机会吗？”

“你可拉倒吧。你是高兴了，可我呢？好不容易见到蒋二哥，结果人压根不理我。”

“所以一直告诫你别追星，你不听，给直播达人当粉丝，你不觉得寒碜？现在满足了？蒋二哥根本不稀罕你这根粉条，所以路于，别再迷恋她了，她就是一个传说。”

“放屁！”路于啐了我一口，“你把路爷当成什么人了？既然支持她，我就不会轻易改变，而且你说得对，与其他人相比我算幸运的，因为蒋二哥就生活在我身边。”

很纯粹的信仰，很高尚的人。

我与路于离开畅想湖的路上，路于问我离开三T集团了，接下来有何打算。我问，你呢？路于说他要继续开发程序，早日让科技公司成立起来。路于说他仔细考虑过了，他还是老老实实做个快乐的程序员，然后随便找一个老实姑娘嫁了得了。我说，那你赶紧开发，我决定与你们一起创业，我决定要投资他的科技公司，并且承诺他，我把罗素儿追到手之后，我们就开张大吉。

路于对我的承诺嗤之以鼻，从他的眼睛里我看到了怀疑之情，好吧，我清楚他是在怀疑什么。

追到罗素儿，一个多么伟大而艰辛的目标啊。

晚上回到家，我给我妈说出了一切，包括叶明浩的圈套，包括我的无能为力进而愤愤辞职，包括，我喜欢上了一个姑娘。

我妈的兴趣明显被那个姑娘所吸引，至于我失业与否此刻并不重要，她泪眼婆娑地拉住我的手，挤下几颗眼泪，然后哽咽地说：“好啊，多好，我的小强终于长大了，总算有人要了。”

我一身冷汗，什么叫总算有人要了？况且，罗素儿现在并没有说要我，令我惭愧而忧伤，我听见我妈继续问道：“啥时候带回来让妈帮你掌掌眼呢？”

我说我已经给她说了，约好时间我就提前告诉您，我妈愉快地接受了。她站起身准备上楼睡觉，突然问道：“你刚才说是明浩这小子给你挖坑？这个小兔崽子胆肥了，竟敢套路你。你放心，我明儿就去问问老叶，问问他是怎么管的儿子，明天你跟我一起去。”

我说算了，妈，也怪我学艺不精，叶明浩能在那么短的时间里布好局，说明三T集团上下帮他的人不是一个两个，再加上我也仔细考虑了，虽然我看不上叶明浩的人品，但他的能力却不能否认，他的确比我更适合管理三T集团。

“什么是比你更适合？那是你没有好好学，缺少锻炼，那是因为你老实，”我妈说，“所以，小强，别泄气，男人不能说不行。你放心，妈一定找机会让老陈把你再弄回集团去，明天你先跟我去找老叶，能力强有什么用？总得先学会做人。”

我妈没有给我推托的机会，转身上楼，我坐在沙发上发呆。

叶明浩、罗素儿，还有叶琳……

第二天是周末，一大早，我妈带着我出门去叶叔叔家。临出门前，我妈给叶叔叔打了个电话，问他在不在，叶叔叔说自己在家。于是，我妈带着我一路气势汹汹地杀了过去。

叶叔叔家也在我们住的这一片别墅区，我们住在山脚，叶叔叔的别墅在半山腰，越高的地方因为景观好，所以房价就越贵，叶叔叔一家都很重视享受，用他自己的话说，不重视享受，他干吗要早早退下来，把集团总经理的位置让给叶明浩。

到了叶叔叔家，令我没有想到的是，在门口迎接我们的除了叶叔叔、叶明浩和叶琳之外，还有老陈。很显然，老陈是猴子搬来的救兵。

我妈对老陈视而不见，她上前与叶叔叔寒暄。

我对叶明浩视而不见，走向叶琳，叶琳脸上布满忧虑，我轻声说：“没事的，不是兴师问罪，我妈这个人，你还不清楚，发发牢骚也就过去了。”

叶琳轻声说：“强哥哥，对不起。”

我看着眼前这个清秀的姑娘，突然感觉有些难过，像她这样纯真的年纪原本应该无忧无虑地跟心爱的男孩花前月下，可惜现在硬要被夹在我与叶明浩之间左右为难。

我正想着这些，就听见叶叔叔说：“别站门口了，我们进去聊。”

穿过庭院的时候，叶明浩刻意放缓脚步与我并行，叶琳不远不近地跟在我们后面。

“其实这也没有什么不好，你不适合做生意，早早从董事会出局对你是好事，否则后面你更难堪，”叶明浩淡淡地说，“不过没有想到，你竟然为了那个罗素儿干脆辞职了。陈小强，没有想到你也有认真的时候。不过你千万别忘记我给你说过的话，叶琳喜欢你，你就不能做出伤害她的事情，所以我建议你再仔细考虑清楚。”

叶明浩突然拉了我一把，于是我们面面相觑，叶琳手足无措地站在一旁，她不知道接下来会发生什么事情。

叶明浩盯住我的眼睛，一字一句认真地说：“我知道你看不上我做事的手段和方法，觉得有时候过于阴暗和现实，这不重要，我想要告诉你的是，不管你怎么看我，我叶明浩只有一个妹妹，她叫叶琳，她是一个单纯、可爱的姑娘，这都不重要，最重要的是她从小到大只爱一个男人，这个男人就是你，就是你陈小强……”

“哥……”叶琳怯声喊着。

“你先别急着说话，”叶明浩温柔地说，示意叶琳不要紧张，然后继续严肃地对我说，“我们三个一起长大，我必须说，你陈小强放荡不羁的外表下其实有颗正直的心，叶琳喜欢你，我不仅不反对，而且一直很赞成，可是陈小强你呢？我是她的哥哥，我必须保护她、疼爱她，所以你一定不要伤害叶琳，我建议你尽快把自己的感情理清楚。”

这是叶明浩第一次与我说这么多有关叶琳与我的话，从始至终，我都看着叶明浩的眼睛，我第一次从叶明浩的眼里看到真诚，我相信他对叶琳的疼爱之情，我相信他会为了保护叶琳做出任何事情。我突然有些羡慕叶明浩，他有足够的能力可以保护他所爱的人，而我呢？

我苦涩地笑了一下，但是，这是有关感情、有关爱情啊，我怎么可能因为他的几句威胁就违背自己的初心？

“其实我不止一次说过，我一直以来都是把叶琳当作妹妹，”我说，“我不能违背自己的内心，因为不想伤害她就选择与她在一起。你也是成年人，你应该清楚这对叶琳不公平，这才是对她最大的伤害。”

“那是你的问题，”叶明浩粗暴地说，“那你就从现在开始学着如何爱她！我不管这么多，我只要叶琳开开心心地和你生活在一起，她开心我就满足了。你放心，等以后你们成婚了，你们就去环游世界，尽情地享受美好生活，三T集团有我管理只会越来越好，我们，所有人，都会越来越好。”

“哥，你别逼小强哥哥，其实我都明白……”叶琳狠咬嘴唇，双眼闪烁着泪花。

“你哭什么？傻丫头，这不是你的错。好吧，好吧，没事了，哥不说了还不行吗？走，我们一起进屋去。”叶明浩安慰着叶琳，揉了揉她的头顶，拉着她向前走去。

我默默地跟在他们身后，阳光洒在他们身上，泛出金黄的光芒，在此刻，我竟然有了一丝自惭形秽的感觉，叶明浩对叶琳的爱护是发自内心的，很让我感动，但是我没有说出自己想要问的问题。

叶明浩始终坚持让我与叶琳在一起，难道就只是为了叶琳幸福一生那么单纯吗？就没有自己的私心杂念？也许，这一切他永远不会说出口。

19

走到门口，就听见里面传出的声音。

“老叶，你必须得给我一个说法，明浩清楚广告公司亏损巨大，为什么还要让小强去负责扭亏？这不是害人吗？”是我妈的声音，老霸气了。

“嫂子，您先别动气，动气对身体不好，”是叶叔的声音，“知道这件事我也很生气，不过我问过明浩了，董事会之前，他的确也不清楚亏损这么大，否则肯定不会在董事会上和小强较劲。亏损报表是广告公司在董事会结束后才报上来的，之前谁都不知道真实情况的，对吧，老陈。”

“是的，这事儿也不能全怪明浩，而且也没人逼着让小强辞职，是这小子自己倔强。”老陈的声音说。

我叹了口气，走进客厅，环形沙发上，我妈坐一边，老陈与叶叔坐一边，叶明浩和叶琳站在沙发旁边。众人看见我进来了，叶叔站起身，笑着说：“小强啊，不是叔说你，你可真是又倔又硬。三T集团是你爸爸和我共同打下的，还不是你和明浩的，一个玩笑你就当真了，还辞职？费这些劲干什么，要我说，把那个罗素儿和广告公司经理直接开了不就行了？要我说啊，你们年轻人就是爱面子。”他回头对叶明浩说：“明浩，明天召开董事会，你当面给小强赔礼道歉，你就说广告公司财务恶化，之前大家都不知情，所以才有了那个玩笑，既然是玩笑就不算数，让小强继续回集团当副总经理，我觉得这样办就很好。”

“不用，”我妈出声打断，“好马不吃回头草，现在我们小强也没有心情再回三T集团了。国家提倡自主创新，万众创业，小强为什么非要回三T？

完全可以自己创业，你说是吧，强子。”

要不怎么说我妈是我亲妈呢，我感激地冲她点点头，我妈得意一笑，我好声好气对叶叔解释道：“叔，我知道您为我好，不过我妈刚说得对，我想准备准备，自己创业，响应国家的号召，我想试试。”

“认真的？”叶叔叔问。

我点点头说：“认真的。”

他哈哈一笑：“我一直说什么来着？看看，小强就是有魄力，我打小就说这小子不安分，爱折腾，你们看……”叶叔重新坐下来，对老陈说：“多好，多像我们年轻那会！”

“老叶，你别夸他，他才是准备阶段，谁知道最终能不能搞成。”老陈谦虚地说。

“谁说搞不成？怎么就搞不成？”我妈怒了，“我还没有说你，陈明胜，谁批准你来的？你不是在家跟狐狸精卿卿我我的吗？跑这里凑什么热闹？”

“我为什么不能来？还有，你不要乱说话，这是在老叶家。”老陈声音一高。

“在老叶家怎么了？到哪里你都护不住儿子，我算明白了，你现在心思就在那个狐狸精身上。”

“你真是不可理喻！”老陈噌地站起身，“老叶，我有事先走了。改天我们一起喝茶。”

老陈走到我面前说：“要创业就用点心，别又是虎头蛇尾，回头给我说说你的计划，我帮你出出主意。”老陈说完就离开了。

“嫂子啊，你看看你这脾气，说你什么好呢？多少年前的事情了，你还要揪住不放。”叶叔责备道。

“老娘就这脾气，爱咋地咋地，”我妈也站起身，“回了。明浩，你回头跟叶琳来家里玩。”

我妈扭头出门，我赶紧说，叶叔叔再见，回头来看您。叶叔叔笑笑，说：“叶琳，送送你小强哥。”

我和叶琳并排走在院子里，往大门外走去。院子很大，四周种满绿色植物，中间有一大片池塘，里面养着一群色彩斑斓的锦鲤。

“别因为我埋怨你哥，你哥对你是真心好。”我提醒叶琳。

叶琳踢飞一块石子，说：“我知道，我哥从小都这样，什么都想争第一，什么都要听他的，他的掌控欲很强，但就像你刚才说的那样，他到底是我亲哥哥，对我很好，所以，强哥哥，对不起了，我代替我哥给你道歉。”

我摆摆手：“不用，这不关你的事情，你别乱想。”

走出大铁门，我妈速度飞快，已经找不见她下山的背影，我说：“走了，你回吧。”

“你走吧，我看着你离开。”叶琳坚持道。

我没有说话，缓慢向山下走去，叶家一行，我妈如我预料般的只是发泄一通却于事无补，但也不是没有收获，对于自己感情的选择我越发坚定，我内心是喜欢罗素儿的，想到这里，我停下身，回头去看，冷风中叶琳的身影显得格外孤单，这个画面让我突然感到狠狠的心疼。我猛地回过身，快步走上去，一把将叶琳拥入怀里，我喃喃地说：“对不起。”我感到叶琳的双肩在轻微颤抖，我想这或许是哭泣的缘故吧。

与叶琳分别后，我不想回家，给大头打电话，想去他的酒吧喝几杯，结果大头说酒吧在装修，不对外营业，该干吗干吗去。于是我给路于打电话，结果路于说他在努力开发程序，早日完成我们公司也好早一天成立。

猛然间，我变成了孤家寡人。我突然发现，身边的人都在朝着自己的目标努力前行，只有我，还在原地踏步。顿时巨大的紧迫感将我压住，我觉得自己必须做些什么，起码，我得先实现追到罗素儿这个人生小目标。只不过，对于自己提议的家访，罗素儿又是怎么考虑的呢？

我想问问她，于是拨通罗素儿的电话。电话响了好久，才听到一个女人的声音。

“罗助理。”我连忙开口说。

“我不是，你打错了。”听声音似乎真不是罗素儿。

我狐疑地看了看手机屏幕，没错啊，是罗素儿的电话号码，难道她为了躲避我连手机号码都换了？要是这样可就有些麻烦了。我连忙确认道：“你真不是罗素儿？”

“你这人有病啊，给你说我不是罗素儿，也不是罗助理，你傻啊，听不懂吗？”电话里的女子呵斥我。我越发确信罗素儿换号了，忐忑不安地问：“可以请问你是谁吗？”

“我是蒋月凤啊，陈小强，你真够傻的。”无情的嘲笑声从电话里传出来，我顿时气不打一处来，我喊道：“蒋二哥，你丫有病啊，我找罗素儿，你接什么电话啊。”

我听见手机挪动的声音，然后一个熟悉的声音传了出来：“陈小强，找我什么事情？”

是罗素儿，我欣喜不已，我胆怯地问：“也没有什么大事，就是想问问您，上次说的那个事儿您决定了吗？”

“上次什么事儿？”

敢情全忘了啊，我急着说：“就是家访的事儿。”

“哦，家访，对，我想起来了，上次你主动请求过。”罗素儿声音不紧不慢，我听见蒋月凤在旁边喊道：“别答应那孙子，摆明了是黄鼠狼给鸡拜年，没安好心。”

这蒋月凤真是根搅屎棍，我越发坚信所有光彩照人的主播后面都有不为人知的阴暗，所以信别人不如信自己。我担心罗素儿被蒋月凤搅乱了，连忙说：“罗助理，您别听蒋二哥的，我是真心请您去我家做客。”

“家访，是家访，不是做客，不要偷换概念，”罗素儿纠正道，“那就下周六吧。”

惊喜来得太突然，要不怎么说上帝总喜欢捶你一下，然后再给你一个甜枣，让你含泪笑得甜蜜。

我挂了电话，有种满血复活的感觉，我暗暗告诉自己：加油，少年！

兴高采烈地回到家，我将罗素儿即将驾临的消息告诉了我妈，我妈高兴不已，不断说要好好准备准备，得给人一个惊喜。

对此，我没有发表意见，我也希望见识见识我妈口中的惊喜。

我抱起贝贝回到自己的房间，我对贝贝轻声说："一切都会越来越好。"

晚上，我做了一个奇怪的梦，我梦见自己站在白雪飘扬的山顶上，手中执一把玉箫，吹出的曲子悠扬动听。突然，我的背后出现了一个人影，人影温柔地呼唤我："强哥……"

我猛地回过头，竟然是我的素妹，我上前握住罗素儿的小手："素妹，可把哥哥想苦了。"

罗素儿的脸上浮现出朵朵红云，不好意思地说："强哥，你别这样，让人看见多不好啊！"

"怕什么！"我豪气万丈，"俺们红花会的兄弟都是热血男儿，对爱情至死不渝，难道还怕被别人看见？"

我温柔地对罗素儿说："妹子，俺们这是自由恋爱，旁人管不着！"

然后我把罗素儿拥入怀抱，寻思用自己的嘴巴粘住罗素儿的嘴巴，突然，山顶上又冒出一个人影。

"靠，谁啊！怎么学不会敲门啊！"是谁谁都生气，我准备使出自己的独门暗器"降龙十八钉"好好教训教训这孙子，天突然放晴，雪花瞬间消失，小鸟叽叽喳喳地啼叫，我看到一个身穿黄军装，手里持一把驳壳枪的女子。

又是阴魂不散的蒋二哥。

"蒋二哥，你想干什么?！"我大叫一声，罗素儿的眼睛也呈现出扑朔迷离的神色。

"陈小强，你还知道自己是红花会的总舵主啊！没想到你竟然为了儿女私情，干出这等不要脸的勾当！"

"蒋二哥，你血口喷人！"我大声反驳，伸手拔出自己的红缨枪，准备与之一战。

"哈哈！反贼，你今天死到临头还这样猖狂！罗素儿，你过来！"

"不要，素妹，别过去。"

罗素儿没听我的阻止，乖乖地走到蒋月凤身边，满眼泪水地回望我。

“陈小强，你这个猪头，她不叫罗素儿，她真名是罗素儿子，她是我们派去埋伏到你身边的卧底，啊哈哈。”

蒋月凤话音刚落，我的头就嗡嗡作响起来，我大叫着：“不，不，这不是真的，不是真的！”然后将自己的红缨枪奋力投了过去，只听见“砰”的一声。

我惊醒过来，发现自己不知道怎么的竟然从床上掉了下来，可见斗争之激烈。俗话说日有所思，夜有所梦，我有些担心自己被家访的好事会让蒋月凤破坏掉。

20

随后的日子我无疑是在期待与担心中度过，一会儿害怕罗素儿食言，一会儿又怕蒋月凤出来搅局，一会儿又担心自己第一次与罗素儿见面不欢而散，她对我的印象不好，反正是胡思乱想了很多，就这样，时间终于来到了周六早晨。

这天，天气很晴朗。我给罗素儿打电话，问在哪里等她，我好带她去我家。罗素儿说就在学校门口会面，三十分钟后她就到。

我立即骑着摩托车去学校大门口等待，大约过了四十分钟，我看到罗素儿迈着轻盈的步伐向我走来。我仔细瞅瞅她的身后，幸亏没有发现蒋月凤的身影，我非常担心她会把蒋月凤也带到我家去，那样的话，结局只有悲催。

说是家访，罗素儿穿得真跟中学老师一样。

我指指手表，意思是你迟到了，罗素儿看看自己的手表，说："嗯？早到30秒，嗯，不好，我应该严格遵守时间。"

时间上有差距，交流上是不是也存在障碍？我悲哀地闭着眼睛，嘴唇不断抽动。罗素儿没有理我，自顾自地走开，我连忙大喝一声："姐姐……"

她回头瞪了我一眼，我连忙改口道："罗助理，我家在这边，您走错方向了，我们用摩托车带你。"我指着停在自己身旁威武的雪狼牌摩托车，一脸得意。为了应对本次家访，我将大头的爱车也借了出来，大头很大方，给我钥匙的时候说，随便骑，撞坏了也没事儿。我有些不明白他这是好话，还是坏话。

"不用了，我车在那边，我去取车。"罗素儿拒绝道，多难得的机会，一想到我骑着摩托车，载着罗素儿迎风前行，她用双手搂着我的腰，她的脸贴住我的后背，我就感觉兴奋不已，结果……

我骑上摩托车，刚闷闷不乐地发动好，旁边就飞来一辆红色甲壳虫汽车，车窗摇下，竟然是罗素儿，她戴着一副紫色墨镜，感觉很是摩登，这个时刻的画面更像一幅香车美女图，老子心里甚是喜欢，我正憋足劲欣赏，美女取下墨镜，冲我喊道："陈小强，前面带路啊！怎么了，你没傻吧你？"

罗素儿开着汽车去我家，这分明就不是一般的家访，是挑衅，是严重的藐视！看看自己的摩托车，一时间仿佛变成了一辆老式三八自行车，我心里那个委屈真是没法表达。难道要我这样的帅哥开着一辆摩托车，给一辆小甲壳虫鸣锣开道？

事实的确如此，一路上我与罗素儿你追我赶，充分体现了不公平竞技精神，因为基本上都是我在追赶她，谁让她是四个轮子，而我却是两个轮子呢？

我无比辛苦地带完路，好不容易到了家门口，我们各自停车，我上前对罗素儿说："你把车停车库里吧。"

罗素儿在我的指挥下停好车，走出车库，她环顾四周打量了一会，然后说道："陈小强，你家挺大的，挺不错！"罗素儿的称赞很让我受用，但我还是表示谦虚地说道："哪里，哪里，不大，不大，大吗？不大呀。"同时，我用自己的余光看着祖上留下的基业：一幢二层小洋楼，一楼有间独立车库，小洋楼四周被名贵树种包围，充满了大自然绿色和谐的气息。现在是冬季，景色差强人意，如果是春夏时节，更是景色撩人。难怪路于和大头都羡慕我，说我日后如果落魄了，变卖家产也可以挥霍好久。

趁着罗素儿观赏风景的时候，我上前一步按响门铃，门铃响了半天也不见开门。难道是我妈没有在家？还是她没有听见？狐疑之间，门突然开了，伸出一张熟悉的面孔，她说："哦，少爷，您回来了。"

竟然是我妈，这是什么情况？我妈怎么穿成这副模样？朴素的深蓝色布衫，宽阔的直筒裤，蹬一双棉布鞋，头上还扎一朵花，活脱脱一个进城做工不久的乡下大妈，这不重要，关键是她还叫我少爷。

罗素儿一头雾水地看着我，她在等我解释，我也是一头雾水地看着我妈，我在等我妈解释，这就是她所谓的惊喜？

“少爷……”我妈看着罗素儿说道，“这是今天的贵客吧？罗助理，请进，快进来，我是张妈，是陈家的管家。”

张妈？管家？我开始佩服我妈的天马行空般的想象力，不觉对今天见面的效果很是期待。

我绅士地伸手示意：“罗助理，请进。”

老妈在前面带路，罗素儿偷偷拉住我问道：“陈小强，你们家还有管家啊！”

我很有风度地点点头，心里想这傻丫头，谁家没有管事的人？管事的不是管家是什么？我妈作为管事人，自然就是管家呀。

走进一楼客厅，我和罗素儿坐在沙发上，我妈在一旁问道：“罗助理，您是要喝茶，还是咖啡？”

“哦，哦……喝茶。”罗素儿显示不习惯这样的招待，红着脸说。

我觉得既然已经进入剧情模式，那我就得配合我妈演好这出戏，所以我轻描淡写地说：“罗助理，您别拘束，有什么事您尽管吩咐张妈就是，她是乡下来的，招呼不周，您别见怪。”

我看见我妈回头狠狠瞪了我一眼，我假装没在意，大声说道：“张妈，把茶倒上，没什么事你就忙别的去吧，我和罗助理有正事商议！”

我妈显然对自己的戏份太少不满意，但也没过多表现，谁让我是少爷呢。我妈将茶杯放在桌子上之后对我笑里藏刀地说：“少爷，那我先退下了，有事您喊我。”

我大手一挥：“下去吧，下去吧，没事就别来打扰我们。”

先过足瘾，大不了晚上遭我妈报复。

“陈小强，你这是演的哪一出，你老实交代！”我妈刚一退场，罗素儿就冲我发飙。

“没啊，罗助理，什么哪一出啊？”

“那个张妈，她到底是谁？”

“罗助理啊，张妈真是我们家的管家，现在人民生活水平好了，怎么？聘请个管家都不成啊？”

“嗯。”罗素儿似乎是看我表现得无懈可击，于是她低头喝了一口茶，然后又问道，“其实在三T集团的时候，我听同事说过，说你父母在你小的时候就离婚了，你现在跟着你妈一起生活，那么你妈呢？今天怎么没有见到？刚才那个张妈该不会是你妈吧？”罗素儿捂着嘴巴，惊讶道，“你该不会就是这样虐待你妈吧？把你妈当下人对待，陈小强，我告诉你，你这可是在犯罪！”

“打住，别多想，罗助理，我是那样的人吗？”我急着分辩道，“那的确是我们管家张妈，真对不住您，我妈临时有事出国了。”

“临时有事？出国了？既然你妈都不在，那你还邀请我对你家访，陈小强，你这是玩我啊？你妈不在你为什么不告诉我一声？我们也好另约时间，结果你不吱声，你妈都不在那家访什么？你老实交代，究竟想干什么？”

我站起身，走过去坐到罗素儿身边，赔礼道：“罗助理，您别生气，家访其实就是托词，其实，我就是想趁我妈不在的时候请您来家里吃一顿饭，为之前的事情真心真意给您赔罪。”我站起身又回到自己座位上说道，“您想想，我们都是成年人了，还家访什么？您今天来都来了，就赏脸吃顿饭好吗？”

罗素儿有些生气，但总算勉为其难地答应了。我暗暗高兴，连忙喊道：“张妈，给罗助理添茶水。”我妈立即精神抖擞地应声而出．罗素儿不好意思地说谢谢。

我与罗素儿有一句、没一句地干聊着，我妈在厨房做饭。正说话的时候门铃突然响起来，怎么今天还有别的客人？我有些疑惑，但依旧叫道：“张妈，去开门。”

我妈挪着小碎步跑去开门，门一打开，竟然是路于，他急匆匆地跑进来，边跑边喊道：“强子，不好了，出大事了。”

我站起身，顿时紧张地问道："怎么了？你说清楚，谁出事了？"

这时候路于仿佛才看见罗素儿，惊讶地说："罗助理，原来您也在呀？你们在干什么？哦，我想起来了，罗助理是不是正对陈小强进行单独辅导……哦，不是，是家访？"

我心里一急，不是出大事了吗？路于怎么还扯这些不三不四的，我催他说："赶紧的，说正事。"

"是啊，路于……"罗素儿问，"到底发生了什么事？"

路于这才想起主题来，连忙说："大头出事了！"

"大头怎么了？"我一把拽住路于问道，"大头出什么事情？昨儿通电话还都好好的。"

罗素儿看着我，问道："大头出事了？大头是谁？"

"大头是我朋友，很好的朋友，"我解释道，又问路于说，"大头出什么事了？"

"大头最近不是在装修酒吧吗？自个钱不够，学人家网贷，说好周转一周时间就还的，结果今天时间到了，人家上门要账，你知道网贷的利息，那真是很高，而且结息的算法也不合理，大头觉得自己很吃亏，就不愿支付多算的利息，和人家就争执起来。借贷公司来的人多，他们把大头堵了起来，说今天不把本息都还清楚，就让大头生活不能自理。无奈之下，大头只能给我打电话让我帮忙凑钱，可是你清楚，我哪儿有钱啊，我知道大头是没脸跟你说，所以才告诉我，接了电话我就过来找你，我们赶紧凑钱去赎人，去晚了我怕大头玩完。"

"什么！"我猛地拉住路于，"大头装修酒吧钱不够为什么不早跟我说？就他那猪头也跟人学网贷，那不是自寻死路是什么？他傻了还是疯了，不看新闻吗？不知道那种公司利滚利吗？滚到最后他一辈子都还不起，大头真是扯淡。"

"陈小强，你们这是……"罗素儿看起来更加迷糊了。

"少爷……"我妈也站在我身边哀求道，"您可得救救大头啊，这孩子也真够不容易！”

我妈竟然潸然泪下。

“是啊，强哥，现在只有你能救大头了。”

“救，当然得救！欠账还钱那是天经地义，吃亏占便宜现在都别提了，谁让大头自个往套子里钻，”我安慰道，然后问，“路于，算下来大头究竟欠了多少钱？”

“听说本息加一块总共八万六！”

“八万六，”罗素儿吃惊道，“这可不是一笔小数目。”

“张妈，赶紧把我的银行卡拿来，你和路于一起去取钱，让路于拿钱去赎人，八万六就八万六，现在最重要的是把大头捞出来，”我跌坐在沙发上，狠狠地说，“等他回来看我怎么收拾他，跟别人借钱不跟我张口，活该啊。”

“强子，你别生大头的气。”路于轻声说。

“还不去捞人？还杵在这里，等大头回来我再收拾他。”我生气地说，我妈连忙领着路于出去了，路于退场时还猛地回头望我一眼，那种临别的眼神有些悲壮。

21

“陈小强，没想到你真够义气！”客厅里只剩我和罗素儿两人的时候，她略显讽刺地说。

“罗助理，你这话说得。大头、路于都是我的好朋友，他们俩谁出事我都不会坐视不理，钱财是身外物，交几个朋友真不容易。当然，罗助理，以后你有事需要帮忙你吱声，我陈小强皱皱眉头就不是男人。”我解释道，但很明显罗素儿有些不信，但现在我已经顾不上她的想法，开始担心路于是否真能顺利地把大头赎回来。

应该问题不大，既然求财就不会主动伤人，路于把钱还了，大头应该就没事了。我着急地来回走动，贝贝不知道什么时候窜了出来，跟着我的脚后跟也在客厅里来回跑动，罗素儿看到贝贝，笑眯眯地冲它招手，贝贝立即凑了过去，罗素儿抚摸着贝贝，时间一分一秒地过去。

等了一会，我妈终于回来了，安慰我别担心，钱已经给路于了，相信路于把钱还给了，大头肯定没事。

就这样大约过了半个小时，门铃再次响起。我连忙上前开门，拉开门，路于和大头果然出现在我的面前。

大头面红耳赤，嘴唇有些斑斑红色，整个人显得精神低迷，衣服上也沾满泥土，我让他们进门的时候，在大头的后背上我看到几个脚印。

走到客厅中央，当着众人的面大头突然跪了下来，抱住我的腿哭着说：“强哥，您真是大好人啊！对我大头的恩德没齿难忘！大头只求下辈子做牛做马报答强哥。”

罗素儿明显被大头的破锣嗓门震呆了，看看我，又看看大头，然后看看路于和我妈，脖子转动得比松鼠还灵活。

我看着跪在地上的大头，很生气地说：“滚远点，现在知道我的好了？早干吗去了？装修酒吧钱不够你早说啊，你有多少身价敢沾高利贷？我现在恨不得抽死你。”

“强子，我错了，我以后一定不会了。”大头一把鼻涕一把眼泪地保证。我拉了他一把，说：“起来说，还跪着干什么？”

我妈也眼睛红红地说道：“是啊，大头，我苦命的孩子，快起来说话，这是在自个家，你就别太见外了。”我妈把大头拉起来，扶到沙发上坐下，给他一杯茶水说道：“喝吧，我苦命的孩子！”

大头应声而哭，扑进我妈的怀抱，在场的所有人都被他们之间真挚的情感所感动，我不觉一阵心酸，不忍直视。我真没有想到今天与罗素儿的见面会是这副光景，我走到罗素儿身边，小声道歉：“罗助理，实在不好意思，原本想请您吃顿饭，结果会这样。”

“没关系，这不是你的错，”罗素儿说，“不行我就先走了，你好好陪你的朋友。”

路于听说罗素儿要走，连忙上前说：“罗助理，实在不好意思，您今天第一次来强子家就这样，实在对不住了。”

路于话音刚落，大头仿佛发现新大陆似的，他马上站起身，一把拉住罗素儿说道：“罗助理？您就是强哥的老师罗素儿？”

罗素儿如遇疯人一般受了惊吓道：“你要干什么？别拉我，陈小强，还不让你朋友撒手？”

我也被大头的举动吓了一跳，连忙上前拽开大头的脏手，说：“大头，大头，你这是做什么？罗助理是我的辅导员，你抽什么风呢？”

大头仿佛拉住罗素儿上瘾了，我死活拽不开，路于上前帮忙，才把大头肮脏的大手扯开。路于责备大头道：“大头，你干什么啊？没看见吓着罗助理了吗？”

在我们拉扯的过程中，大头挣扎着叫喊：“你们不要拉我，我想请求罗助理，强哥是名好学生，成绩好，人长得帅，而且从不拈花惹草，品性淳良，年轻有为……罗助理，您可一定得在学校对强哥的英雄事迹进行宣传啊。我现在经营的酒吧都是强哥出钱为我开的，罗助理，这样的好男人真是天下少有、人间极品啊……”

我的心肝开始颤抖，我甚至开始怀疑，大头在要账的人的摧残下有些精神分裂，他赞美我，但我却越听，越觉得现实中的自己如此不堪，距离大头口中的标准差距好大。

我拉着罗素儿，在我妈的掩护下冲出客厅。

上了车，罗素儿摇下车窗对我很认真地说：“陈小强，你那个大头朋友八成有精神问题，你那么有钱，可真得给他好好治一治。”

我深以为然，保证道：“您放心走，我明天就给大头去看病，只是今天真对不住你了，原本想给你赔罪，结果遇上这事。”

“没事，跟你没有关系，吃饭下次了，抓紧给大头治病。”

罗素儿开车走了，我觉得她对我的看法开始有一点点转变，所以说，今天这事究竟是好事还是坏事呢？我该给大头治病还是不治病呢？

摇摇头，回到客厅的时候，我看到我妈、路于还有大头三个人四平八稳地坐在沙发上喝茶聊天，看到他们若无其事的样子，我顿时气得直发抖，我大声喊道：“这都是怎么回事？大头，你丫没事借什么钱，借钱你问我借呀？你还当不当我是兄弟呢？还有你路于，大头装修没有钱你为什么不早告诉我？你就眼看着他往火坑里跳吗？”

这时，我看见我妈竟然还在笑，我冲到她面前，一把摘掉她头顶的小红花说：“还有您，您跟着添什么乱？还把自个打扮成这样，我可真是服了你。”

发泄完毕，我无力地坐在沙发上：“现在好了，原本把罗素儿请来准备跟她烛光晚餐，没想到竟然是这个结局。”

好半天，客厅里寂静无声，我低下头，想到这也不是他们的错，索性说道：

“算了，听天……”

我的话没有说完，就听见一阵震耳欲聋的哄笑声，我抬起头，看见我妈笑得前俯后仰，路于和大头互相拥抱在一起大笑，我头皮一阵发麻，这个世界怎么了？是他们疯了，还是我疯了？

笑声渐渐停止下来，我妈挪到我身边，拍拍我的肩膀说：“好小子，有眼光，罗素儿，这个丫头果然很漂亮。”

我张开口，还没有反应过来，就听见路于说道：“强子，惊喜不惊喜？要不怎么说姜还是老的辣，伯母就是伯母，策划的这出兄弟之情就是精彩，比那些名导演可强多了。”

伯母、策划、兄弟之情？突然之间我仿佛明白过来了，敢情就我一个人被蒙在鼓里，不对，应该还有罗素儿，原来这一切都是他们三个人自编自导的剧目。我一气之下顿时跳了起来喊道：“有这么玩的吗？你们这是安的什么心啊。”我欲哭无泪地说：“妈，我总算明白了，这就是你说的惊喜吧？”

我对大头和路于说：“还有你们俩，跟上瞎起哄，你们就是帮凶。”

大头与路于发现我开始真生气了，说声“再见”撒腿就跑，我妈拉住我，说道：“别紧张，今天的事儿是我策划的，他俩就是配合，你别生他们的气。小强，妈导演这一出可不是为了破坏你和罗素儿的事情，妈只是想试试她的反应，顺便在她面前拔高你的形象，让你成为一个有情有义的男人，没有一个女子可以抵挡住这种形象的吸引。”

“可是，您至少得提前跟我交个底，我也好有所准备。”我埋怨道。

“交底了你表演能这样自然？率性而为，才不会露出破绽。”

“可是妈，难得的晚餐就这样没有了，再说，我喜欢她，她并不一定喜欢我，今天这一闹，指不定罗素儿对我又有什么新的看法。”

“这你不用担心，强子，你要明白，生命在于折腾，生活如此，爱情亦然。真正的爱情就像用水泡茶，水越沸腾茶味越浓，温度越高也越难入口，你可以选择倾倒也可以选择烫伤，你可以改喝咖啡或者选择橙汁，但是如果你选择喝茶就得忍耐住煎熬。所以，只有不断冲突与摩擦后你才能确定自己真正的感情，否则，怎么说不是冤家不聚头呢？”

“可是，娘，”我出声问，“我明白您说的这些，但不是也有人说，爱情只有甜蜜与幸福吗？”

“呵呵，儿子，那只是书本或者电影里的解释，世间的真相并不如此。时代在发展，爱情也在改变，有人相信有人不信，但是所有的人都在接受。爱情的原因千奇百怪，也许因为你太英俊，或者因为你的财富，要么在她落难的时刻你伸手援救，要么你在失意的时候与她糊涂上床。于是你们成双结对进进出出，结婚的宴席上你大声说你爱她，于是你们有了一对孪生子女，家庭幸福而且美满，很多朋友纷纷称赞，小子，你好有福气。可惜，只有你清楚自己的内心感受，因为你总在有意无意之间回想起高中一年级的那次相遇，她红着脸请教你一道难题，偶然之间你碰到了她的指端，那种心跳让你如同撞鹿，你会询问自己为什么现在的婚姻没有那时的感觉。你醒悟了，但是太迟，你与很多人一样，寻找爱情只是结婚成家的借口。”

我妈一口气没喘上来，暂时停顿了一下，她的言论让我大惊失色，我仿佛看到了多年后自己那颗孤单落寞的心。

“儿子，真正的爱情就是一种辛苦的感动，有了它你会觉得心烦意乱，没有的时候觉得自己孤苦伶仃。而爱情最终的归宿只有亲情，如同东西的保质期一样，区别在于有人善于经营，所以保质期很长，有人不善于经营，保质期很短。如何经营？就是人们口中常说的惊喜。”

我妈上楼去休息，只留下我在客厅里发呆，我时而生气，时而迷惘，渐渐地，回想着今天发生的一切，我露出笑容，仔细想想其实很精彩，不是吗？我想起罗素儿开车离开时候说出的下次吃饭的约定，我感到一种淡淡的情愫，那是期待与思念的味道。

22

家访之后，最初的几天路于和大头都在刻意躲避我，无论我用什么方法呼叫他们，他们都不接我电话，无奈之下，我只能去比斯特酒吧堵大头。

酒吧还在装修，装修工人进进出出，我站在门口准备对大头来个守株待兔。

其实，从开始我对酒吧装修就觉得纳闷，开业不到两年应该没有必要装修，大头说要扩大营业面积，弄得高端、大气、上档次，我觉得不划算，来这里消费的人基本都是附近几所大学的学生，大学生有几个钱?

但我尊重大头的决定，既然他在经营，装修自然有他的道理。

在酒吧门口，我等了大约半个小时，从街道那头我隐约看见了大头与曼丽的身影，我快步冲上去，大头发现是我，转身准备跑掉，我大喊一声:“孙子，你再跑一次试试。”

曼丽使劲拽住大头，冲我叫喊:“强哥，快来啊，我给您逮住了。”

在他俩撕扯的过程中我冲到大头面前，撕扯幅度有些大，曼丽衣冠不整，原本穿得就不多，经过撕扯更加暴露，我连忙阻止道:“行了，行了，差不多就行了，再拉扯就曝光了。”我催促曼丽说:“赶紧把衣服拉整齐，不然白便宜了人。”

曼丽冲我一个媚笑，娇声说:“您又不是别人，便宜就便宜，肥水不流外人田呀。”

“扯淡，”我骂了一声，一把将大头拽到一边，问他，“你跑什么啊？我又不是催债公司的，有那么可怕吗？”

大头脸色不定地说：“没跑啊，我是忘拿东西了，准备回家取去呢。”

“你就是嘴硬。我也没说什么啊？你看看自个和路于都是什么德行，打手机死活不接，你们能躲到天涯海角去？”我恨铁不成钢地说，“那天你们走了，我妈都将一切告诉了我，你们是帮凶，但罪不当诛，所以这次就算了，以后再有事记得得提前给我说，免得我当真了为你们担心。”

我说，免得我担心，大头突然蹲下来痛哭流涕。我看着大头，看着站在大头身后的曼丽一脸疑惑的表情，其实我明白大头为什么哭。家访的闹剧与其说是一场闹剧，其实更是一场对我与大头之间兄弟情意的测试。

我的毫不犹豫，我的忐忑不安，我的担惊受怕，都成为大头愧疚的负担，我没有去劝大头，我想索性就让他痛快地哭一场吧。这些眼泪更多是因为激动与欣慰，就像大头觉得有我这样的兄弟高兴，我又何尝不是呢？我想如果有一天，我遇到了人生过不去的坎，我的兄弟大头还有路于肯定会为我挺身而出。

我给大头说酒吧装修好了记得通知我，有难处记得说。然后我就转身离开，我必须要面见大头的原因就在于此，只有我当面说过无所谓，大头的思想包袱才会卸下来，否则他无法面对我与他真诚的友情。

曼丽在身后喊我：“强哥，一起吃过饭再走呗。”

我挥挥手：“不当电灯泡了，你们去吃，我走了。”我没有回身，所以没有发现曼丽眼中哀怨的眼神。

在回家的路上我给路于发了一条短信，告诉他再不出现，就等着华山论剑。

要不怎么说有些人啊，好的不行，就要来横的。短信发出没有几分钟，路爷的电话就来了，在电话里自然是一通道歉，我告诉他你就别惺惺作态了，赶紧把程序搞好，我打算我们的科技公司不日成立，公司名字我都想好了，就叫远方科技股份有限公司。

路于满口答应，说再给他一个月，他一定搞定，然后我们就开张大吉。

寒假将至，随后的日子里我就抓紧复习，以应对即将到来的期末考试。其间我与罗素儿见过一次面，那是罗素儿主动约见我，那天没有蒋月凤、路于等无关人员搅局，就我们俩站在畅想湖边，罗素儿问了问大头的情况，我说休息休息就没事了。看着罗素儿认真的表情，好几次我都想说出实情，但最终还是没有勇气说出口，我害怕罗素儿一气之下对我也产生误会，认为是我自导自演，那我就会被她斩立决。

之后，罗素儿问我以后有什么打算，我告诉她我准备自主创业，准备与路于、大头一起成立一个远方科技，我说希望在远方，所以不要放弃，未来终究属于我们。

过完春节后六个月，我就会升到大学四年级，罗素儿也即将迎来毕业，于是，我问罗素儿毕业后有什么打算，罗素儿告诉我，她准备出国深造，或者是直接就业，她说她想离开这个城市。

听到罗素儿说她想离开，我在想如何才能让她留下来，我突然冒出邀请罗素儿也加入远方科技的念头，如果她选择与我们一起创业，不就是证明她想给我同甘共苦的机会吗？于是我问她有没有兴趣加入远方科技。罗素儿沉默了，许久之后，她说考虑考虑。

她没有一口回绝，这让我信心大增，但那天，在畅想湖边，我依旧没有勇气大声告诉她，我喜欢她。

我必须得承认，在爱情面前，我没有大头那样勇敢，我其实就是一个懦夫。

之后，就是复习、考试，然后放寒假。

放假第一天，我接到了老陈的电话，他约我在“昨日重现”餐厅见面。按照约定的时间，晚上七点我走进餐厅，依旧是老陈先到，依旧是那个老座位，我看见老陈跟以前一样，早早坐在老位子等我。

我沿着走廊朝老陈走去，他背对着我，应该还不知道我已经到了。我看着老陈的身影，突然觉得他的后背有些弯曲，有些老态龙钟的感觉，当我站在距离他只有两三米的地方，我发现他乌黑的头发稀少了好多，发现无论使用何种染发剂，总有许多无法掩盖的白发四散开来。

我轻轻喊了声:“爸……”老陈转过头来看见我,招手说:“强强,来了,坐,傻站着干什么。”

我坐下来,菜已经点好,依旧是我爱吃的几样菜,我吃了几口菜,就听见老陈问:“上次在你叶叔叔家,你说要自主创业是认真的?”

“认真的,”我放下筷子,说,“我准备做科技公司,和路于、大头他们一起做,路于您知道,编程高手,他最近在弄一款程序,开发成功我们就上线,从社会发展的趋势看,信息化产业大有可为。”

老陈点点头:“这个方向不错,三T集团也一直在说转型,但体积太大,不好掉头。再说,我们这一代人做企业,就希望做实业,感觉看得见、摸得着,才算踏实。至于你们年轻人说的什么信息化高科技我不懂,也学不会。但你们不同,你们还年轻,你们的路还很长,你们有足够的时间和更多的机会去实现未来。说到科技公司,你知道西江高科吗?西江高科就是几个年轻人搞的科技公司,现在已经上市了,市值还不错。所以我赞成你做远方科技。”

我说是的,先做起来,然后再说以后。

老陈从口袋里掏出一张银行卡,递给我:“暂时也帮不上你太多,这张卡里有两百万,估计也够你开公司了。”

我说“爸”,老陈摇摇头:“不要拒绝,这是我与你萍姨商量好的,你把远方科技搞好也是好事情,可以向三T集团董事会证明自己,随后你想再回来就没有难度。小强,爸爸老了,终究以后得靠你自己单打独斗,所以钱你拿上,其他的目前我也帮不上更多。”老陈随后笑了笑,说道:“不过你放心,回头我琢磨琢磨,把西江高科收购过来,然后你们远方科技就可以注入西江高科,你们就可以上市,你也就有了一个更好的平台大有作为。”

“爸,不用的,远方科技做好了可以自己独立上市,没必要走弯路,您别操那么多心,西江高科现在股价很高,收购得一大笔钱。您别冒险了,我就打小公司一步步做起来。”

“这件事随后再说了,你把钱拿上,寒假期间可以先把远方科技注册做起来。”

我点点头，随后又说："您还是要多注意身体，年纪大了，得学会保养。"

老陈哈哈一笑，挺豪迈地对我说："我们强强长大了，知道关心爸爸了。爸爸自有分寸，你不用为我担心。"老陈喝了一口咖啡说道："强强，你知道爸爸为什么每次约你见面都要到这家餐厅吗？"

我摇摇头，说不知道。

"你妈跟我结婚的时候，是在这家餐厅办的酒席，那时候，这里还是个又小又不够档次的餐厅，那时候我们没钱，所以不能去高档酒店办婚礼啊！"老陈闭上眼睛仿佛回忆起什么，他的脸上有一种幸福的表情在回荡，"所以，在我与你叶叔叔拼搏几十年后，我有钱了，我就把这家餐厅买下了，并把名字改为'昨日重现'，这个餐厅其实是我们陈家的产业。"

我吃惊了一下，但转眼间心里有种说不出的难受，我轻声问老陈："你还爱我妈吗？"

"不爱！"老陈坚定地说，"我只爱你萍姨。"

"那为什么还……"我环视着四周，疑惑地问。

"这只是一种纪念。是种纪念，你明白吗，儿子？"老陈望着我说，"每个人一生都会经历很多，大多如流水般消失，但是总有那么几件事、几个人是一生无法忘记。所以，在买下这家餐厅的时候，我是以你的名义买的，换句话说，这家餐厅，'昨日重现'从一开始就属于你。"

"爸……"

老陈挥挥手，示意我继续听他说："强强，爸爸到现在这把年纪了，也没什么祈求，只希望你能平平安安，然后顺顺当当地接管三T集团，爸爸就心满意足了。"

我看着眼前的老人，发现他真的老了。我勉强一笑，说："爸，您身体硬朗，至少活过一百岁。你还得等着与我一起参加远方科技上市敲钟仪式呢。"

老陈笑了笑："好的，我一定等到那一天。不仅要上市，而且超过西江高科，要做就做西江市高科技企业龙头。"

我说："好，好，我一定加倍努力，远方科技回头把红苹果、淘一淘等公司都给您收购过来，那时候，我就安心做好自己的公司，至于叶明浩，他就留在三T集团，我们井水不犯河水，各干各的，我到年底等着他分红就行了。”

老陈听到这里，暗暗叹了一口气，没有再说什么。

分别的时候，我让老陈先走，我想看着他离开，老陈没有拒绝。傍晚时光，华灯初上，我站在餐厅门口，看着老陈步履蹒跚的背影，不知不觉，我的眼泪一下就流了下来。

我独自一人回到了学校，一进宿舍，路于也在，我看见他在复习，我问他程序怎么样了。我把银行卡拿出来扬一扬说道：“公司启动资金可是有了，现在就等你的程序了，你可别掉链子啊。”

路于立即站起来，跑过来问道：“这钱哪儿来的？”

“门口捡的，还有好几张呢。”

“哪儿捡的？我也去捡一张。”路于急忙往宿舍外面跑，我一把拉住他，真是个傻孩子，哥说什么都信。

我说：“别去啊，逗你呢，这是两百万，老陈给的启动资金，他让我们寒假的时候把企业搞起来。”

“太好了，”路于一把搂住我喊道，“咱爸真给力。”

“打住，打住，是老陈，别‘咱爸咱爸’的。”

“你爸是老陈，咱爸是咱爸，这不冲突。”

这厮可真够厚颜无耻，我拿过银行卡，说：“赶紧复习，复习完了赶紧捯饬你的程序去，究竟是什么程序，还不告诉我，用得着这么神秘吗？”

“马上就编好了，你别急，等着看惊喜，一个改变人类生活的程序即将横空出世。所以，强子，您别不信，跟我合作，您算捡到宝了。”

“好吧，宝贝，加油啊，看好你哟。”我鼓励路于，路于抖抖肩膀，不可一世的样子。我突然想起老陈经常说的一句话，年轻就是资本啊。

23

第二天早晨，去教室的路上，路于问我家访之后与罗素儿见过面没有，我说见过一面，我说罗素儿有可能毕业之后就出国深造了，为了挽留她，我邀请了她加入我们远方科技。

路于赞赏地说："这个办法好，罗素儿看起来也不差钱，人多力量大，钱多好创业。"我捶了路于几拳："你掉钱眼里了，老陈给了两百万还不够啊？不是说信息产业都是轻资产吗？您这倒好，多少是个够？我们才起步，要慢慢来，摊子不能铺得太大。"

路于笑着说："我知道，这不是为你高兴嘛，罗素儿入股了她就不会出国了，你就可以事业爱情两不误。"然后，路于很严肃地问我："你真的喜欢罗素儿？"

我点点头。

"那就去表白啊，约她出来蹦蹦迪，唱唱卡拉OK，喝点酒，糊里糊涂地再发生点什么，不就得了，用得着这么费劲吗？"

我吃惊地望着路于："你小子总算发育成熟了，还知道生米煮成熟饭的道理，不简单啊。"

"你这是什么话？又取笑我！强子，我是真希望你拿出勇气，要有坚定的信念，要相信别说罗素儿是座冰山，就是一座石头山也能被你给融化了。"

路于的鼓励如同一把坚硬的榔头，上课期间不断敲打我的心头，把我的心差点敲碎。我觉得他的话有道理，我觉得路于说得对，隐晦的爱情不是爱情，真爱就要大声说出口，我不能再这样磨蹭了，万一被别人捷足先登了，我哭都没有地方，所以我准备鼓起勇气向罗素儿正式表白。第四节课一结束，我马上窜出教室，路于在身后追问我干什么去。

“大人的事情小孩子少管！”我边走边说。

路于明显不服气，一路小跑追击我，这小子也不知道累，我们在操场上跑了一圈又一圈，他硬是死缠着我不放。我气喘吁吁地回头对路于说：“爷们，你就放过我吧。”

“不行，你得告诉我你要干吗去，瞧你鬼鬼祟祟的样子，就知道不干什么好事去。”

“爷们，我做什么关你什么事啊？你就别再追了啊，”我实在累得支持不住了，猛地停下身说道，“你究竟有完没完啊！我们又不是练习马拉松，你至于嘛你！”

“不行，告诉我你这么迅速地甩开我，打算做什么坏事去。”路于还是不依不饶，得，今儿我还真遇上一个不要命的主儿了，跟我横，成，看谁把谁先累死。

我脱掉上衣，光着膀子对路于说：“比赛是吧，来吧，我今儿还就奉陪到底了。”

话说完，我撒腿就跑，路于继续紧追不舍，天气冷了，我们在操场上的追逐自然吸引了很多围观的群众，我听见他们纷纷赞扬。

“看，那两人练长跑呢。”

“是啊，好有体育精神，那光着上身的男生好帅哦。”

“……”

听见赞美，我越跑越来劲，路于在身后喊我慢点，别这么快，我才懒得管他，继续绕着操场狂奔，我心里充满了黎明的曙光，仿佛自己正行进在一条通向希望的康庄大道上。这期间，学校体育老师招呼我：“同学，等等啊，有没有兴趣加入学校长跑队？我看你资质不错，你叫什么名字？哪个系的？我保证你一进长跑队立马就当主力，日后夺个奥运冠军也说不定。怎么样，有没有兴趣啊？”

体育老师跟在我身后追，我两圈就把他累得不成人样，他只好选择当观众，站在人群中用崇拜的眼神看着我。

我继续跑啊跑，一会我发现路于也不行了，坐在跑道边两眼无神地望着我，只剩下我一人继续在跑。渐渐的，同学们也没有了兴趣，人群逐渐散去，一女生临走时看着我，我听见她说：“这人真有病，跑步跑得停不下来了。我们学校也真是的，怎么什么样的人都招收！”

我顿时火冒三丈，毫不犹豫地朝她冲了过去，冲到跟前，我低头就往女生身上撞，还敢在背后诋毁我，不吓吓你，不知道马王爷三只眼。

只听“啊”的一声，女生应声而倒，我停下身子，准备扬扬得意地奚落她。结果，定睛一看，不好，出交通事故了，我怎么把罗素儿给撞翻了？这可真是邪风阵阵啊，原本就想找她表白，结果她自己却撞到我的枪口上来了。

“对不起，罗助理，我不是故意的，你没事吧，”我伸手想扶她起来，结果罗素儿不搭理我，她坐在地上气愤地说，“陈小强，你走路怎么不注意，直接往人身上撞？你是成心的吧？”

“罗助理，我真不是故意的，这是个美丽的误会。不过，我真有事准备去找你，结果你就从天而降了。”我有些不知所措地说道，双手揉搓着，都怪路于这个死小子，谁让他死命追我，我就是要找罗素儿表白，也不能选择这种方式啊。

感觉有人在身后拉我，我回头一看，是路于，他小心翼翼地问我：“强子，干吗傻站着？还不赶紧扶罗助理起来。”

我想对啊，傻站着干吗，赶紧搀扶姑娘起来，我俯下身子，准备把罗素儿搀起来，突然，一个声音从天而降。

“别碰她！”

一个身影将我笼罩，我抬起头一看，又是蒋月凤，她不知道什么时候出现在罗素儿身边，她一把推开我，轻轻扶起罗素儿，替她把屁股上的灰土拍落，然后直起身子，双眼如铃地瞪着我："陈小强，你想干吗？我那天不是告诉过你别再纠缠罗素儿吗？怎么？把我的话当耳旁风啊？哎哟，还脱光个膀子，你想做什么啊？"

我连忙从路于手里接过自己的上衣，穿戴整齐。蒋月凤果然是女中豪杰，教训起人来不逊于男生，那次在畅想湖与蒋月凤第一次正式见面后，我曾拜托大头私下里打听过蒋月凤，路于了解的蒋月凤仅仅停留在直播室，过于肤浅。

打听一番后，大头告诉我，蒋月凤也是一个有钱人，和罗素儿同一年级，两人是闺蜜，关系特瓷实，蒋月凤不仅仅是个名主播，还是圈内出名的模特，爱慕与追求者无数，可谓是有钱有貌有实力，所以对于蒋月凤，说实话我就有些怵得慌，您想啊，一个漂亮姑娘却喜欢女扮男装，那得多爱作弄人啊。这种人能不招惹最好不招惹，行走江湖什么最重要？安全最重要。

想到这里，我有些心虚地不断道歉："蒋姐，真误会，误会啊。"

我把身后的路于一把拽到眼前："不相信，您问他？我们俩练长跑呢，谁知道会不小心撞翻了罗助理，对不住，实在不好意思！"

路于也是一脸媚笑，说："蒋二哥，您别生气，强子也不是故意的，您大人不记小人过。"所以说，路于的情商与我一样高，逮住机会就向蒋二哥献媚，的确是个合格的粉丝。

"可是我刚才明明听见你说，你有事找罗素儿？"蒋月凤狐疑地问。

路于跳起来朝我脑袋上就是一捶，说道："好你陈小强，老子追你半天，问你干什么坏事去，你打死也不说，原来是想找罗助理，赶紧交代，你鬼鬼祟祟地找罗助理什么事？"

如果眼光可以杀死人，请相信我，路于现在已经被我千刀万剐了。我真是欲哭无泪，这都什么狐朋狗友啊，关键时刻就会出卖我，难道江湖传言是真的？兄弟就是用来出卖的。

我飞起一脚踢路于，还击道："要不是你拼命追我，我能把罗助理撞翻吗？现在你倒怪起我了，你丫真有才华啊。"

跟我单挑，路于明显不敢，他只能委屈地看着蒋月凤，希望二哥能替自己出头，结果蒋二哥喃喃说：“这都是些什么人啊，俩傻子吗？怎么就打起了。”

“算了，月凤，我们走吧。”罗素儿终于开口说了一句话。我伸长脖子还想跟她多交流几句，但触及她的眼神，想说的话又缩了回去。

“陈小强，最后一次警告你，离罗素儿远一点，否则我让你知道姑奶奶的厉害。”蒋月凤气鼓鼓地跟罗素儿走了。

看着蒋月凤逐渐走远，路于这才缓过气来，巴巴地凑上来说：“强子，别生气，蒋二哥不是故意的，我代她向你道歉，你放心，回头我就说说她去，她这臭脾气很不好，有损她的形象。”

我用怒火燃烧的目光盯着路于，一直盯，死命盯，在我的震慑下，路于终于𡦂了，他开始承认错误：“刚才是我不对，我应该向着你，我不是东西，背叛了友情背叛了你，你把我枪毙得了。”

我苦笑着摇摇头，还能说什么？我看着罗素儿消失的方向，刚刚鼓起表白的勇气仿佛泄气的皮球，乱窜着飞向远方，只能暗叹一声，心爱的姑娘啊，难道我们真的有缘无分？

我垂头丧气地与路于回到宿舍，躺在床上满脑都是罗素儿的身影，还有蒋月凤飘来飘去的凶样，路于在宿舍里一直给我道歉，我甩给他几本书后他才闭嘴，开始若无其事地继续编写程序。

床上没有躺一会，结果大头打来电话，说比斯特酒吧装修结束了，今晚正常营业，让我去看看。大头说记得喊上路于，我答应了。

下午上完课，与路于草草吃完饭，我们两个一前一后地来到了比斯特酒吧。

站在门口，我感觉自己似乎走错地方了，之前门楼上挂着比斯特酒吧的招牌已经换成了比斯特 KTV，夜幕初上，门牌四周的霓虹灯不断闪烁，比斯特 KTV 的入口显得妖娆而暧昧，仿佛一处妖怪的洞窟。

与路于走了进去，映入眼帘的是一处舞池，灯光闪烁，劲爆的音乐声中，我站在舞池中央顿时有种眩晕的感觉。穿过舞池，碰见了几个年轻男女，我问，大头呢？其中一个长相腼腆的男孩说，大头老板跟老板娘都在二楼包厢。路于小声说：“比斯特不是只有一层吗？怎么这次装修整出了一个二楼。”

我没有说话，与路于顺着楼梯上了二楼，果真有好几个包厢，应该是唱卡拉 OK 的地方。其他房间都是灯光黑暗，只有一处灯火明亮，我听见杂乱的声音从里面传了出来。

推开门，包厢里面竟然坐着好些人。

“哟，强哥来了。”曼丽率先起身朝我走了过来，我发觉曼丽越发具有迷惑力了，我想此处最大的妖怪应该就是她吧。

“你们来了，”大头突然从身后冒了出来，“我刚去了洗手间。别站着，进去坐。”

大头拉着我跟路于进了包厢，我看见好几个不认识的男女正在猜拳喝酒。他们看见大头带着我们进来，纷纷起身，我环视一周，都是年轻人。

“叫强哥。”大头给身边的几个小青年说，神情跟电视里的发哥差不多。我低声问大头：“这都什么人啊？怎么比斯特被你装修成这样了？”

大头拍拍我肩膀说道：“先喝酒，等会我们再聊。”大头招呼一个女孩：“春燕，把酒拿过来。”

一个女孩扭着身子端着啤酒走过来，姑娘长相还算清秀，就是多了几分有违年纪的成熟与沧桑。我和大头坐下来，拿起啤酒喝了一口。环视四周，我看见路于坐在另一边的沙发上，和一个穿着保守的女孩兴高采烈地聊天，路于满面红光，似乎与这个女孩相见恨晚。

果然，在夜色迷离的夜晚，喝酒发泄的地方能够让人迅速变得热情奔放，并没有任何违和感。我记得自己帮大头刚投资开酒吧的时候，我对大头讲，我们一定要营造具有文化气息的娱乐产业，要开连锁店，要给郁闷的大学生提供一处心灵的港湾，大头那时像个无家可归的孩子，头点得跟小鸡啄米似的飞快，现在看来，是大头进步了，还是我变得落后了？

我对大头说，包厢里太闷了，我出去呼吸新鲜空气。

夜晚很冷，三三两两的学生不断在“堕落街”里闪烁，我一个人站在比斯特外边，一路望去，数不清的滚滚红尘。

我听见身后走过来一个人，站在我旁边，我没有看也知道肯定是大头，他明白我要问什么。

“为什么？”我说，“为什么要把好好的酒吧改造成 KTV？之前那样不好吗？是因为酒吧没有利润吗？没有利润你可以说，我们可以干点别的。”

“酒吧和 KTV 没有本质差别，”大头站在我身边，急忙解释道，“强子，这都是喝酒放松的地方。之前开酒吧倒也不亏损，但赚得太少，赚的钱大部分交租金了。你知道我们租的这个地方层高六米，所以曼丽提议，不能浪费了，改造成两层，一层喝酒跳舞，二层唱歌娱乐，我听了也觉得不错。不仅地方利用了，而且多了唱 K 的包厢，之前有很多学生来问过比斯特能不能唱歌，这样一改造咱也算业务齐全了，是好事。强子，我不能再混日子了，那次牛哥来勒索让我明白了一个道理，得赶紧变得强大起来，否则一个小混混都可以欺负你，上次要不是你出面搞定，指不定出什么事呢。我现在不抓紧努力，难道以后再有什么事情还躲在你身后，让你继续替我出头？不过你放心，违法乱纪的事情我坚决不碰。”

大头深深吸了一口气，然后看着我，认真地说：“其实我真希望有一天，自己强大后，可以为你做点什么。我希望有一天，让所有人都说，陈小强，你有大头这样的兄弟，值了。你明白吗？”

不知道为什么，我似乎看到了大头眼中有泪光闪动，我感觉嗓子堵得慌，我原本想对大头说，我明白，我懂。可是就是说不出话。

我跟大头沉默地站着，我突然想到了曼丽，我问大头：“你该不是真喜欢曼丽吧？”

“嗯，”大头不好意思地点点头，“曼丽文化程度虽然不高，但对我是真心的。来比斯特也帮了我不少忙，现在生意一天比一天好，她是功不可没。”

我提醒大头说道：“那姑娘毕竟我们不是知根知底，所以你还是多留个心眼。”

“你放心，我自有分寸。倒是你，和那个罗素儿如何了？搞不定你也别装专一了，至于在一棵树上吊死吗？要不这样，我明儿开始帮你物色几个？”

我说，算了，大头，我根正苗红，虽说外表长得多像花花公子，其实骨子里特朴实。大头仰天大笑，笑得八面玲珑，然后严肃正经地问我：“强子，你刚说什么？我老人家耳背，没听清楚。”

我本想帮大头他老人家活动活动筋骨，结果曼丽突然走了出来，喊我们进去喝酒。

“兄弟，走，”大头搂着我，“进去我们接着喝，不管世界怎么改变，无论什么时候，我们永远都是好兄弟！”

那晚，我们喝了好多啤酒，与大头、路于认识以来，我们还没有如此畅饮过，到最后路于简直醉得一塌糊涂，追着一个姑娘直喊妈妈。大头也喝醉了，反反复复给我讲了好多，说自己多么喜欢曼丽，说以后我有什么事尽管跟他说，临末了，大头又叮嘱我，罗素儿实在啃不下就算了，他一定帮我介绍一个比罗素儿更加风情万种的女孩。

“你们学生嘛……”大头指着我的鼻子，“青春期的懵懂就不要搞得太撕心裂肺！”大头说这话的表情特严肃，跟哲学家似的。

那晚曼丽也向我敬了好多次酒，并且趁大头不注意的时候，偷偷在我耳边说：“强哥，你真的好帅，好有男人气概。”曼丽花枝招展，身上的衣服越来越透明，紧紧贴住我，我能感觉到她的体温，我想她可能醉了。于是我站起身离开，我看到曼丽的眼中有一丝失望闪过。

走出比斯特，冷风一吹，我的胃里便开始翻江倒海，我蹲在地上不顾形象地吐了起来，越吐心里越难受，越难受却越想吐，我吐啊吐，脑子却分外清醒，我猛地想起自己离开包厢的时候，曼丽那妖精在我脸上突然亲了一下，然后对我说：“强哥，我喜欢你！”

然后我瘫坐在地上，抬头看着墨蓝色的天幕，我想自己内心是不是过于邪恶，总喜欢把人想得恶毒无比，曼丽只是打扮得像一妖孽，骨子里并不坏，有时间给大头说说去，要真喜欢曼丽就赶紧把她拴住，省得没事还想勾引别的男人。

休息了一会，我挣扎着起来准备独自回家。

突然，两辆黄色面包车停在我面前，从里面冲出一伙打家劫舍的好汉，二话没说,就把我抬起来扔进车里,其中一个拿出一条布带,蒙上了我的眼睛。

24

当我重见光明之后，才发现自己被带到了一座废弃的工厂，我被捆绑在一根柱子上，对面空荡荡的厂房里站着几个人。

为首的竟然是蒋月凤。

“二爷，就一个小瘪三，您用得着我喊好几个兄弟去逮他啊？”一个尖嘴猴腮的年轻人嬉皮笑脸地对蒋月凤说，“这小子真难堵，哥几个在酒吧门口等了大半夜，他才出来。兔崽子……”尖嘴猴腮走到我跟前拍打我的脸，说道，“你他妈在里面跟姑娘花天酒地，爷们在外面冷风吹，帅哥就没一个好东西。”

“好了，你们走吧，”蒋月凤出声制止了尖嘴猴腮对我的骚扰，从包里抽出一沓钞票给他，说道，“哥几个辛苦了，这些钱拿着，回去了好吃顿好的，休息休息。”

“您客气了。那我就却之不恭了，谢谢二爷，谢谢您了。”尖嘴猴腮回头望望我，意味深长地笑笑，然后一挥手，这群好汉转眼间撤得一个不留。

我有些心虚，双手使劲想松开绳子，无奈修炼不够，身子依旧被捆得死死的，我脑子里不由浮现出青春少年惨遭女魔头凌辱的场面，我对蒋月凤说：“你要干什么？……你可别胡来，我们……勉强没有幸福的。”

“别他妈臭美了，怎么着，你以为老娘看上你，想蹂躏你啊？”蒋月凤嘲笑道，我就纳闷，这么美丽的姑娘心灵咋就这么不美丽呢？

“帅哥，老娘见得多了，以为自己有几个臭钱就喜欢拈花惹草。陈小强，你觉得自个是富二代，就了不起啊？”蒋月凤走了过来，拍着我的脸继续说道，

“招惹谁不好，竟然招惹素儿，我警告过你了，别招惹她，你怎么就不听呢？非要我动真格的你才知道怕吗？”

一听这话，我心想完了完了，今晚就算能守身如玉，被折磨摧残一番总是难免的。摧残都无所谓，就怕不能活着走出去，按照电视剧的情节，一般这种事情，结果都是受害人赤身裸体的被杀了灭口，凶手则心满意足地扬长而去。

巨大的悲伤涌上心头，我紧紧闭上双眼，脑海中浮现出一幅画面：

一名衣着性感前卫、长发飘飘的女主持人出现在电视屏幕里，她鲜红的小嘴唇一张一合解说道：“各位观众，各位观众，大家早上好！这里是早间报道。我现在身处本市一座废弃厂房为您做现场报道。在这里，昨天晚上发生了一起罕见的奸杀案，死者正是本市富商陈明胜的儿子陈小强。”

电视镜头移向了我的尸体，一丝不挂，摄影师对我的身体进行特写，当然仅仅局限于上身，尽管很多人想看到全部。摄影师不断照射我被马赛克的脸孔和胸部结实的肌肉。

“该尸体是今天早晨被一个捡破烂的老太太发现的（为什么每次都是老头老太太发现，怎么不说是被一位年轻姑娘发现的？）。据警方推测，这是一起有预谋的劫色杀人案，从现场无打斗痕迹推测，陈公子有可能是被挟持而来，由此警方怀疑，应该是一个经验丰富的暴力团伙所为。”

性感主持人重新跳出画面，她的身后是我裸睡的姿态，她回头望望我，希望自己能与我的尸体配合出最佳的视觉效果。我安静地仰卧在性感女主持人的脚下，我的头部正上方就是女主持人轻轻飞扬的超短裙……

“但是据我分析，”镜头重新对准女主持人的性感樱桃小嘴，“这应该是情杀！死者陈小强英俊潇洒，并且家境富有，称得上是所有少女心目中的白马王子，从警方检查的结果看，死前死者曾与女子发生过亲密行为，所以，我们有理由相信，这肯定是情杀，作案过程估计为某女子要被陈小强抛弃，所以她故意约陈小强来这里做最后的告别，然后他们开始最后的缠绵，在陈小强筋疲力尽之时，被其一举杀害。”

女主持人说得眉飞色舞，她略微休息了一下，继续报道：“只可惜大富豪陈明胜，自从婚姻破裂之后，陈小强成为他与前妻情感的唯一寄托。可惜，现在……唉，”女主持假惺惺地抹抹眼睛，“白发人送黑发人，那叫一个惨啊！”

镜头里出现了老陈和我妈的身影，一个个痛哭流涕，看得人好不心酸，女主持人重新出现在屏幕上。

“所以，通过陈小强死亡的案例，本台记者友情提醒天下帅哥，千万不要玩弄感情，否则会死得很惨。好的，谢谢大家收看早间报道，有关陈小强被杀一案我们将持续做跟踪报道。谢谢大家，请您继续收看本台接下来的节目。”

只听“啪”的一声，什么也看不见了，我以为电视黑屏了，睁开眼睛，感觉左边脸火辣辣的，我看见蒋月凤顽皮地冲我吐吐舌头，扬扬自己的右手。

她竟然打我，摧残正式开始。

“你可别乱来啊。”

“我警告过你别纠缠罗素儿的，你个王八蛋死活不听，姑奶奶今儿就教你怎么学会听话。”

“那不是纠缠，我是喜欢她！”

“你喜欢她？你再说一遍？你们这些富二代见谁都说喜欢，你怎么不说你也喜欢我呢？”蒋二哥不屑地说，“你省省吧，我还不知道你们，见到漂亮姑娘就说喜欢，追到手了就又想甩掉，就像……算了，不说了。反正警告你，你喜欢谁都可以，但不能招惹罗素儿，听明白没有？”蒋月凤一字一句地说：“即使素儿想谈恋爱，我宁愿她找一个普通的男孩过一生，也别跟你们这些富二代有瓜葛。”

“为什么？到底为什么？”我问道，“蒋爷，我和您无冤无仇，您不能将我和别人归为一类。你这样太武断了，你不了解我就直接下结论。没有调查就没有发言权啊。”

我的反驳令蒋月凤很生气，她生气地在厂房里转圈圈，似乎在找什么。

没一会儿，她从一个角落捡到一根铁棍，蒋月凤手持铁棍，恶狠狠地冲到我的面前，她扬扬凶器说道:“臭小子，我让你嘴硬。这是你自找的，说了不听，那我就给你加深一些印象。”

蒋月凤举高铁棍，抡圆了就向我抽过来。我恐惧地闭上了眼睛，这下自己真的惨了，这是个真敢动手的暴力分子啊。

“月凤，住手。”救星从天而降，我看见罗素儿仿佛仙女一般飘到面前，我以为她会帮我解开绳子，安慰我说，陈郎，你受苦了，然后与女魔头决一死战，结果当然是我们夫妻双双把家还。谁知道罗素儿却是问道:“你刚才说什么？你喜欢谁？”

“我，喜欢你。”我低下头，像个做错事的孩子。

“你喜欢我什么？”罗素儿问道，我心情一放松，看来天底下的女孩都逃不过这个问题，于是我脑筋飞快转动，酝酿后说道:“我喜欢你的冰冷，喜欢你的才华，喜欢你对我不屑一顾的眼神，喜欢你敢说敢做的勇气，反正，你的一切我都喜欢。罗助理，你知道吗？其实三年前刚入校的时候我就听说了你的传说，那时候我就已经被你深深吸引，可惜造化弄人，你被那个卑鄙的动力王子捷足先登，而且，最后你们还是不欢而散！不过你放心，你跟了我之后，我一定对你好，无论你说什么都是对的，我会心甘情愿为你做任何事情。”

在剧烈的惊吓与狂热的表白之后，我整个人变得无比清醒，日思夜盼的表白没想到会在这种场景下，一处废旧的厂房，当着心爱的女孩和一个电灯泡的面前说出来。

仔细想想其实也挺浪漫的，我有些感激地望着蒋月凤，我有些认同路于给她的评价，真是义薄云天蒋二哥。

罗素儿盯着我看，眼神令我有些紧张，难道是我表白不够彻底？正准备再说几段的时候，罗素儿突然说:“为我去死都义无反顾？”

我连忙点头，姑且不论死不死，这种环境下不赶紧点头就真的死了。

“你少跟素儿贫嘴。”蒋月凤手中的铁棍又想抡过来，被罗素儿制止了。

罗素儿看着我说:“记住你今晚说的话,为我去死都可以。”然后她对蒋月凤说:“月凤，放他走吧。”

什么，我没听错吧。这就完了？为她去死和做我女朋友有直接关系吗？这算是答应了还是没有答应呢？我有些郁闷地想到，罗素儿怎么不摧残我啊？我宁愿被罗素儿摧残，没想到她却放我走，我很不情愿，当然蒋月凤也很不情愿地帮我解开绳子，一边解绳子一边嘀咕道:“小子，我不管素儿怎么说，记得离她远一些。再不听话，下回逮住你就不是绑一绑这么简单了。”

好好的一个漂亮姑娘就是不好好说话，也许罗素儿早已习惯了蒋月凤的粗俗,一言不发地看着我们,我觉得她应该与我告别啊,什么晚安,路上小心,或者拥抱一下，谁知她一点表示都没有。

我磨磨蹭蹭地走出废旧厂房，夜色中厂房外面一片荒芜，很明显，这是在城郊，我没有发愁自己该怎么回去，而是站在厂房门口生气，我越想越气愤，怎么会是这样的结果呢？退一万步讲，即使罗素儿不想蹂躏我，她也应该把话说清楚，她应该告诉我，今晚的绑架是不是她对我的一个测试呢？

我站了好久，胡思乱想，转眼想到时间这样晚了，两个姑娘待在野外也不安全，我想我不应该这样扭头走掉，我应该保护她们，怎么也得送她们回去，显示一下自己广阔的胸襟。于是，我又扭头往里跑，还没有进去，就听见里面人声嘈杂。

“靠，放开老娘，你们这些王八蛋要干什么？素儿，素儿，放开她。”

是蒋月凤的声音，我一听出事了，这厂房八成是一犯罪集团的据点，今儿真他妈的倒霉了，女色魔没遇见，倒真碰见男色狼了。我没有犹豫，顺手捞起一根铁棒冲了进去。

冲进厂房里面，我看见好几个不认识的小青年在那里一脸淫笑，其中一个拉住蒋月凤，另外两个按住罗素儿，旁边还站着几个做观众。蒋月凤拼命挣扎，罗素儿躺在地上一动不动，面无表情。

我的血性噌地一下就冒了上来，我大声叫喊:“放开她！”

小流氓们看见我进来了，起先怕了一下，发现就我一个人，他们相互看了看，其中的一个笑着说道：“兄弟，没你什么事，别耽误大爷寻乐子，哪儿凉快哪儿待着去。”

“寻你爷爷个头。”我抡起铁棒就冲了过去，几个小青年也迎了上来，我一棒敲在最前面那厮的肩膀上，只听一声惨叫，血如泉涌，后面的几个稍微迟疑了一下，其中一个喊道：“靠，今儿遇见一不怕死的。兄弟们，抄家伙，给他点教训。”

小青年们全部掏出匕首，向我四面扑了过来，我毫无惧色，只有一个念头，今天晚上不摆平这几个人，我们三个都得玩完。也许是因为想赶紧救出罗素儿的原因，我下手很重，铁棒抡得呜呜作响，我一边抡铁棒一边暗自高兴，我觉得自己今晚特像一英雄，我想自己的英雄形象怎么也能感动罗素儿一下下，我看见罗素儿已经站起身了，还是面无表情地望着我们，脸上连一点仓皇与恐惧都没有，倒是蒋月凤像只战斗的麻雀一般，叽叽喳喳地讲着电话，我估计她可能在喊人过来帮忙。

因为自己分神，不知道哪个兔崽子偷袭得逞，我的一只膀子开始哗啦啦流血，蒋月凤已经打完电话，发现我受伤了，叫喊着：“陈小强，你受伤了。”

我一点都不疼，看着自己的血像自来水一样流淌，我觉得挺光荣，我特牛地冲她们说：“没事，你们先走，这儿交给我了。”

我看了看剩下的几个人，狠狠地对他们讲：“哥们，现在不走，我们可就不死不休了。”

那几人相互对视，然后用整齐的目光盯着我，问道：“爷们，为俩妞至于这么拼命吗？成，今儿我们就看谁先死。”然后又向我扑了过来，我用力挥舞着铁棒，胳膊上又是一刀伤痕，我发现蒋月凤竟然还没有带罗素儿逃离，我生气地大喊道：“你们两个傻蛋啊，快走啊。”

又添一道伤痕。

我有些迷糊了，看见流氓们狰狞的笑容，我觉得自己快要支撑不住了，我感觉自己在缓慢地如同没有骨头一样滑落。我好担心罗素儿，我想自己不能倒下，我倒下了，她怎么办？我想站起身，可是没有力气。

我闭上眼睛，我听见四周好像来了很多人，蒋月凤在撕心裂肺地喊：“抓住他们，一个都别放走！”

我感觉有人抱起了我，感觉到有东西滴在了我的脸上，怪冰冷的，我听见一个声音说：“陈小强，你好傻啊！”

25

也不知道躺了多久，当我睁开眼睛的时候，映入眼帘的却是我妈痛哭流涕的脸，我问她："妈，发生了什么事？没事您哭什么啊？"

"你可算是醒过来了，吓死妈了，前天晚上你被送回来的时候，整个人都是血淋淋的！"我妈又要哭，贝贝蹲在一旁，情绪也很低落。我仰头看看窗外，夜幕四合。想站起身，却发觉全身酸痛得厉害。

"两天？"我问道，"我已经睡了两天两夜了？"

我妈泪流满面，我想我确实够能睡的，大好光阴让自己一晃悠就把两天晃悠过去了。我说："妈，您就别哭了。哭什么嘛，我这不是累得慌嘛。"

"什么啊，你差点吓死妈，你到底得罪了什么人？他们怎么就能这样狠心呢？"

我很严肃地告诉我妈，维护社会治安是每个公民应尽的责任，我妈明显不相信，什么责任？你小时候放爆竹都会吓得屁滚尿流，还维护治安呢。我妈的藐视让我很生气，我很认真地告诉她，人是会成熟的，知道不？

我妈笑眯眯地看着我，看着看着却又泪眼婆娑，她说，我们小强真的长大了，可以保护自己心爱的姑娘。

听得我又难受又羞愧，我保护谁了我？我是被人劫持到那里才有了后面的事情，有时候想想，一切就像上天安排好的一样，罗素儿刚问完我是否愿意为她去死，结果，我就差一点英勇就义。我有些后怕地问我妈是谁送我回来的。

“好几个人呢，其他的我都不认识，就看到了你们的罗助理，还有另外一个漂亮姑娘。”

呵呵，她送我回家，我多不好意思，应该是我送她回家才对嘛。我的心像喝了两斤蜜汁一样甜，我扭捏了一下，然后问道：“妈，罗助理临走时没留下什么话吗？”

“留什么啊？就嘱咐我好好照顾你。”

一听这话，我的心又空荡荡的了，我想罗素儿怎么着也得跟俺妈客套两句，比如预约一下哪个黄道吉日她再来看我啊，她可好，就敷衍几句，难怪人都说美女蛇呢，敢情打她那来的。

我一脸的落寞逃不过我妈的法眼，她笑嘻嘻地拉住我的手，问我：“强强，你是不是真喜欢上你们罗助理了？”

我扭捏地说：“有这个想法，不过还不知道人家是什么意思。”

“那姑娘不错，前天晚上送你回来的时候我看到她一脸紧张，亲自把你扶上床，安顿好一切才离开的。和她一起的那个漂亮姑娘似乎还有意见，临走的时候，罗助理让我好好照顾你，说等你妈从国外回来之后她再来探望。”

我有些搞不清楚状况，我妈，国外，您不是在这里吗？

“你忘记了？我是管家张妈呀。”

我一抚额头，想起来了，家访的时候我妈假装成管家，我亲妈假装出国有事，罗素儿不知道真相，所以她现在还认为我妈是管家张妈。

我跟我妈同时捧腹大笑，笑着笑着，我突然发现生活真的很美好，似乎一切都在朝我想要的方向前进。

笑过之后，我妈温柔地抚摩我的头，轻轻说：“强强，爱情就像自然天气，有时艳阳高照，有时电闪雷鸣，四点一刻你们还在卿卿我我，五点不到突然提出分道扬镳。感情来的时候无法抗拒，如果假装逃避，受伤最深的只能是你，所以，如果你认准了就去争取，哪怕结果只是委婉拒绝或者伤心哭泣，但是你不会后悔终生。”

“儿子，妈一定支持你！”

我妈温暖的笑容让我感到很安详，我对她说：“妈，您别走，我想睡会，您别走，我睡醒了我们接着聊啊。”

我妈点点头，我便迷迷糊糊地睡着了。

我做了一个奇怪的梦。

在一望无际的大草原上，我一人傻瓜似的没命地跑，酒吧里被我砸烂头的牛哥领一伙人疯狗似的追赶我，我跑啊跑，突然，在我的前面出现了一支队伍，高唱着革命歌曲，雄赳赳气昂昂地向我开拔过来，走在队伍前面的正是路于那小子。

“兄弟，你什么时候参军了？”我迷惑地问路于。这厮却是故作深沉地说道：“一切都是上天的安排，同志，你为何如此仓惶？”

我才想起牛哥那伙人不是正在追杀我吗，我还浪费时间跟这傻蛋废话。我连忙说：“很好，你们继续前进，还有更多人等着被你们去解救。我先撤了，后面还有人追老子。”

路于仿佛想起了什么，突然拦住我的去路，说道：“我想起来了，你就是陈财主家的大少爷陈小强！好你个狗财主，你杀害我爹娘，今儿可让你路爷爷逮到了。”

这都是什么情节啊？比改编剧还玄乎，我什么时候杀害过路于的爹娘？路于一把揪住我的衣领叫喊着：“同志们，把这个狗财主就地正法了。”队伍里一片喧嚣，我看见所有战士全部撕掉伪装，露出身上的狗皮大衣，原来他们是土匪啊！

“说对了，爷爷现在占山为王，从此之后大碗喝酒，大口吃肉，好不欢快！”

话音刚落，牛哥就赶了上来，看到路于，双手抱拳说道：“哟，我当是谁呢，这不牛头山路当家，路老爷子嘛。”

路于也招呼道：“呵呵，野猪林牛当家。”

他们热烈地拥抱，开始猜拳喝起酒来。我被绑得跟粽子似的，我把头一横，说道：“你们这伙土匪，你强爷今儿落到你们手里我也认了，要杀要剐给个痛快的，别他妈像群娘们。”

牛头山路当家高声大笑：“好，好，没想到陈少爷还有几分本色，你既然这样说，可别怪兄弟们无情了，”他回头一招手，“兄弟们，把大炮推出来，现在就送陈少爷归天！”

我看到几个土匪哼哼唧唧地推出一架土炮，朝我瞄准。野猪林牛当家说道：“路老爷子，就让我手刃仇人吧！”

路于点点头表示同意，牛哥立马拿出一把钢刀，“嗖”的一声跳进土炮里。我听见一个破锣嗓子喊道：“人间大炮，一级准备！”

我靠，这都什么跟什么啊。

马上破锣嗓子继续喊道：“人间大炮，二级准备！”

我知道三级准备后我就得死了，我闭上眼睛心灰意冷，没想到我堂堂红花会总舵主，竟会死在一群土匪手里。反正横竖是个死，要死我也要死得有尊严，我举起双手，大声喊道：“狗土匪，你们来吧，强爷不怕死，十八年之后又是一条英雄好汉！”

“人生自古谁无死，留取丹心照汗青，”我把头一甩，甩起飞一般的感觉，我不觉又多甩了几下，说道，“杀了我一个，还有后来人。”

“说得好，陈小强，真丈夫也。”一个女声娇滴滴地赞美我，我顿时不想死了，我看见罗素儿与蒋月凤款款而至。罗素儿白衣如雪，蒋月凤怀抱一挺重机枪跟在后面。

“关东双煞！”路于与牛哥同时大惊失色，路于大手一挥，“弟兄们，卧倒，准备射击！”

啪啪一阵枪响过后，土匪全部被剿灭，路于倒在牛哥的身上，两人呈殉情状死去，罗素儿深情地走到我面前，猛地扑进我的怀抱，一声“强哥”，喊得我整个人骨头都酥软了。我拍拍罗素儿肩膀，安慰道：“没事，没事了，别怕，有哥哥在，别怕……”

正说着，我看见蒋月凤端着自己冒黑烟的机枪，对准我和罗素儿，笑容狰狞道：“现在轮到你们这对狗男女受死了。”

我靠，她该不是杀红眼了吧，我连忙出声喊道：“蒋同志，我们是自己人啊。”

罗素儿也说：“月凤，你怎么了？刚才战斗吓傻了？”

蒋月凤愤愤不平道：“我呸，狗男女，谁和你们是自己人！罗素儿，你背叛丈夫与这狗财主公开偷情，今天我代表月亮毙了你！”

蒋月凤举起枪，扣动扳机，我看到一串子弹仿佛《黑客帝国》里的镜头一般，缓慢地向我们射来。

我大叫一声：“不要啊！不要……”

感觉有人用力拍打我的脸，睁开眼睛，是路于与大头，还有叶琳不知道什么时候来我家探望我了。天已经大亮，我妈看我醒了，不再拍打我，责怪道：“昨晚还说让我等你醒来我们继续说话，结果你睡着跟死猪似的，摇都摇不醒，害我白等了大半夜。”

我坐起身，发现伤口不怎么疼了，只是浑身纱布包裹，让我看起来像一具木乃伊。我不好意思地说：“妈，谁让你那么老实，你不会也偷偷去睡觉啊。”

“死小子，还怪我老实了。”我妈伸手打我，疼得我龇牙咧嘴。

“路于他们也来好久了，等你自己醒来，结果不见你醒来，所以只好让我手动唤醒。好了，现在你醒了，你们几个聊，我给你们做早饭去。”我妈刚出门，叶琳可算逮着机会了，搂住我就号啕大哭，还用手摸摸这，摸摸那，问我疼不疼，怎么会搞成这样。

“强哥哥，你还疼不疼啊，你怎么会这样啊！”叶琳的鹰爪功弄得我痛楚不堪，眼泪直冒。叶琳更加心疼了，回头给大头说：“大头哥，你看看，强哥哥疼得都哭呢。”

大头呵呵一笑，没有接话，路于坐到我身边问道：“强子，到底发生了什么事？你怎么会搞成这样？”

我将那晚的事情一一说给他们听，我说这只是一个美丽的误会，我只是在一个阴差阳错的时间里勉为其难地充当了一回英雄。

大头咬牙切齿地说："这帮龟孙子，听说现场就被110控制住带走了，现在正是扫黑除恶的时候，竟然还敢为非作歹。可别让我逮住，逮住一个弄一个！"大头问我记下那伙人的模样没有，我沮丧地摇摇头说没有，那时候我只顾抡棒子救人了，谁还有心情看他们什么模样。叶琳一听这话就急了，说道："强哥哥，你可真是的，你只顾救罗素儿她们，就没考虑过自己的安危吗？你要是有个三长两短我可真不活了。"

叶琳开始哭，死去活来的那种哭法，我怎么看怎么觉得这丫头真像我未过门的媳妇，我心里有些感动，安慰道："这不是好好的嘛！再说，就那几个孙子，能把我怎么着啊。"

"还是得小心点，听说你出事了，可把我们担心坏了，"路于说，"我已经在学校给你请了假，你安心养伤，伤好了再去学校，反正期末考试还有十来天。可别捆得像一个粽子似的还去学校招摇，那些暗恋你的小姑娘还不得跳楼啊！"

叶琳用犀利的眼光警告路于，路于怕怕的不再说什么。

"学校不打算给我开一个表彰大会啊，我可是见义勇为啊！"

路于说不打算，一个半夜群殴的例子，值得表扬个屁，我感到很委屈，还有没有天理！

"那罗素儿来看过你吗？"叶琳问我，真是哪壶不开提哪壶，不过我还是装作很大度地说："看什么，又不是没见过，再说了，为人民服务还讲求回报啊？"

我听见叶琳小声嘀咕了一声"狼心狗肺"，我觉得她骂得多少有些道理，便假装没听见。

我们四个人正闲聊着，我妈走了进来，后面竟然跟着罗素儿和蒋月凤。

"小强，你们罗助理来看你了。"我心跳得飞快，刚想开口打招呼，叶琳虎着个脸噌一声就站了起来："你们聊吧，我有事先走了。"

叶琳气呼呼地走出门，与罗素儿擦肩而过的时候停下身子，说道："我说罗助理，你终于舍得来看你的救命恩人了？"

叶琳的话让所有在场的人都感到吃惊，我妈尴尬得不知所措，罗素儿却当什么话也没听见，面无表情地走过来问我："好点了吗？"

她竟然当着这么多人面关心爱护我，我瞬时感动得差点晕倒，小时候我妈就说我这人心太软，总是心太软，人给我一棒棒糖，我就能给人十块钱，也不知道这十块钱能买多少根棒棒糖，小时候我总算不清楚这笔账，等我大了点我告诉她，情义难道是可以用金钱来衡量的吗？硬是把我妈说得哑口无言。

我很激动，用颤抖的声音回答罗素儿："没……没事了，您要不相信，我现在立马给您跳段连踢带踏舞。"叶琳在门口看见我这般奴颜婢膝，气得没顾上哼哼，抬腿就走。大头和路于也说自己有事，要先走一步，我立即高声喊道："妈，送客，不用留他们吃午饭了。"

26

“哈，没想到你这个小白脸还挺能打的啊。”路于和叶琳刚走，蒋月凤笑眯眯地说。

“哪里，哪里，蒋二哥见笑了。”我想起梦里她拿机枪扫射的情景，心想，再能打也不是你的对手啊。

“看在你救了我们的分上，以前的恩怨一笔勾销，但是，这并不代表你就可以追求罗素儿，”蒋月凤继续说道。我心想我追不追罗素儿关你屁事，但是我依旧微笑着一言不发，罗素儿也不说话，在我房间转悠，隔一会她说：“你好好休息吧，我们走了。”

一听罗素儿要走，我急了，跳下床也顾不上疼痛劝道：“罗助理，要不吃了饭再走吧？”正好我妈进来，这老太太就是有眼力，一听罗素儿要走，看看我渴望的眼睛，微笑地说：“罗助理，你们还是吃了饭再走吧，我还没感谢过你们那天送强少爷回来呢。”

我说是啊是啊，吃过午饭再走吧，你们不吃顿饭，张妈她老人家心里多内疚得慌。

“张妈您别客气，”罗素儿微笑地对我妈说，“我就是过来看看陈小强，饭就不吃了，您还得照顾他呢，你看看他现在，纯粹生活不能自理，最近一段时间可得辛苦您了。”我妈连忙说，不辛苦，不辛苦，这是她应该做的，罗素儿一句“生活不能自理”说得我很不好意思，我本想挠挠头皮做害羞状，谁想胳膊举到半空，疼得再也无法升空。我不由得有些埋怨罗素儿，这孩子太不地道，这不成心让我老人家为难嘛。

我们几个人顿时不说话了，像女士精品服装店里的模特，站着一动不动。蒋月凤是个好同志，打破僵局，说道：“那就吃了再走，吃了再走。”她拉着罗素儿：“又没蒙汗药，怕什么。”

靠，敢情以为我们母子俩是开黑店的啊。

吃饭的时候我越吃越生气，我妈无所顾忌地给罗素儿夹菜盛汤，我可好，简直就路边一棵无人问津的小草，我伸出无敌鸳鸯腿，狠狠踢我妈一脚。

“哎哟……”蒋月凤龇牙咧嘴了一下，嘴里的一口汤无所保留地射了我一身。我奇怪自己也没练成隔山打牛的功夫啊，难道我踢错人了？

“哪个龟孙子踢老娘，站出来！”蒋月凤大声叫阵。我妈惊讶万分地看着蒋月凤，这姑娘才意识到自己在我妈面前还算不上老娘，不好意思地吐吐舌头，继续埋头喝汤。

蒋月凤吃了哑巴亏，大爷我心里可乐开花了，总算找机会替自己出了一口恶气，我开始轻声哼着小曲，俺娘问俺：“少爷，哼什么呢你？”

“没什么啊，就哼这汤真好喝，真呀嘛真好喝啊。”我嬉皮笑脸地对我妈说，迎头遇见的却是罗素儿如刀子般尖锐的目光。

在家继续休息了几天，活动活动觉得已无大碍，于是去了学校。期末考试很快开始，我糊里糊涂考完试，学校就宣布放寒假，让学生如硕鼠一般回家过冬了。

离校前最后一天，我去学校领成绩单，天空飘着雪花，当我从学校出来，站在校门口回看的时候，突然发觉时间过得真快，大好年华如水般匆匆流逝，我想起了自己与罗素儿第一次见面时的情景，想起了在旧厂房里自己跟一个英雄似的抡大铁棒救罗素儿的情景，想到她对我总是冷冰冰的，一句话都不肯跟我多说的神情，想起自己为她处心积虑像一个傻瓜一样演的几场戏，我突然觉得自己特委屈，下学期人家姑娘就要毕业了，寒假里再想多见几面都是困难，假如按现在的情形发展下去，别说让她做我女朋友，就是做一个贴心朋友估计也难。

我垂头丧气地看着成绩单，看着上面用各种颜色钢笔填写的八九十分，我觉得自己只配当一好学生，也许老师说得对，好学生之所以好，就是因为把心思全部放在学习上了。我决定无论如何要赶紧把远方科技注册起来了，然后一定要把罗素儿拉进来当股东，这样她就逃不出我的魔爪。

就在我对人生充满绝望又心生希望的时刻，手机突然响起来。

“喂，谁啊？”我很不高兴地问，因为有些打扰到我抒发情怀。

“强哥哥，是我啊，琳妹妹。”电话那头传来叶琳的童声，我的心情不觉为之一亮。

“什么事哦？”

“明天就放寒假了，我爸过两天也过生日，他让我邀请你来家里聚聚，吃顿便饭。”

原本我不想去，因为我很不想再见叶明浩，但叶琳在电话里头哀求了好多次，无奈之下我只能答应，我告诉她，过生日那天让她提前给我发短信，我好准备礼物。

第二天早晨还没睡醒的时候，我接到大头的电话，大头问我寒假打算做什么，没事过去帮他照看几天比斯特，他想和曼丽出去旅行，一听旅游我就来劲了，我对大头说，前两年你选择退学去环球旅行，就是为了撒播智慧，顺便还泡到一个西藏妹妹，怎么，现在又去旅行？又有了新智慧？

大头在电话里臭骂我一顿，说，到底成不成啊？我说我得和路于忙远方科技成立的事情，真没有时间啊。

大头一听我这样说，就没有继续坚持，反倒是劝我赶紧把远方科技搞起来，他必须占一定股份。挂了电话，我准备再睡会，冬眠就得有冬眠样，谁见过一大清早起床打扫卫生的硕鼠？

没五分钟，电话又响了。

“喂，强子，出来吃早餐啊！”一听路于的邀请，我的肺差点气炸了，我说：

“对不起，你打错了。”本想好好教育他一顿，想想算了，何必跟一个白痴较劲。

刚挂电话，又响起来。

“强子，你睡糊涂了啊？我是路于啊。”

“你神经病啊，告诉你，你打错了啊，”挂了，电话又响，我接起电话张口就骂，“你他妈有完没完，跟口香糖似的，还让不让人活了？”

谁知道这回是叶琳的电话，叶琳关切地问我是不是又做噩梦，说梦话了，我连忙“嗯嗯”，临末挂电话的时候，叶琳说她也没什么事，就是提醒我放假了别忘记早睡早起吃早餐，多好的一个姑娘，操心到如此无微不至，我苦笑着说，放心，没问题，我正准备吃完早餐出门锻炼呢。

通完电话，我跳下床，发现时间还早，所以我没有打扰我妈，我决定拉贝贝出去遛弯，顺便路上把早餐解决了。

把贝贝从窝里拉出来可不是件容易的事情，贝贝显然没睡醒，不情愿地低声咆哮，屋外天寒地冻的，我估计它是不乐意出去。我假装没听懂，三两下就把它拽出门。

清晨大街上行人很少，夜里似乎下过雪，白茫茫一片。我和贝贝慢慢走着，不知不觉来到了城市广场。冬天的早晨，因为天气寒冷的缘故，广场上也没有几个晨练的人，我记得夏天的时候，天刚亮，假装热爱生命的老头老太太一拨一拨的，成群结队，舞剑打太极，神情专注得和一代宗师差不多，天冷了，却都销声匿迹。看来，锻炼身体也得有个好天气。

贝贝在前面领路，我低着头，很认真地踩着脚印。走着走着，贝贝突然停住了，我顺势踢了踢贝贝的屁股，督促它快走，走完好回家。磨蹭什么？遛弯也就是个形式主义，大冷的天，待久了容易感冒。

谁知道贝贝肉体上受到迫害，身体却纹丝不动，我有些纳闷，抬起头想教育它，我突然发现，在不远处，一个熟悉的女孩出现在我的眼里。

不是罗素儿还有谁呢？

罗素儿侧着身子对着我，穿着厚厚的羽绒服，戴一顶白色帽子，围着一条粉红色围巾，冬天看起来很醒目。她仿佛戴着耳机在听歌，所以并没有注意到我们。

我拽着贝贝绕到她的身后悄悄前进，一时间心如撞鹿，天啊，大清早都能和罗素儿相遇，谁敢说这不是命运的安排？

天意，天意，我决定相信迷信。

我很紧张地前进，走到她背后，我小心翼翼地伸手拍拍女孩肩膀，说道：“这位姑娘，请问，离这里最近的 WC 在哪里？我这狗要撒尿。”

是罗素儿无疑，不仅仅是我闻见了她身上特有了气息，贝贝也早已按捺不住，伸着狗头想与罗素儿亲热，看得出贝贝对罗素儿也甚是挂念。

女孩缓慢转过身，看清楚是我，大叫一声：“啊……”没等她惊讶完毕，我也大声喊道：“啊！是你？罗助理，原来你也在这里，这可真是缘分啊，我们大清早竟然不约而遇。”

罗素儿明显没准备好冷面对我，掩不住慌乱，我继续问她：“罗助理也喜欢大清早遛弯？”没有了蒋月凤的捣乱，我突然发现自己在罗素儿面前镇定了很多。

“嗯。不，不是……”或许是我突然冒出来让罗素儿有些惊慌失措，但很快她恢复了女侠本色，“陈小强，你竟然跟踪我。”

“没啊，罗助理，我哪里敢跟踪您啊！我刚从被窝出来，准备带贝贝遛弯，刚到广场，结果就遇见了您，您咋不说自己跟踪我呢？”

罗素儿没有继续追问，看看我，又看看天，不知道什么时候开始，天空中又飘起纷扬的雪花，洒在我们身上，傻站在这里没多久，我俩估计都成雪人了，所以我提议说：“罗助理，要不，我们随便绕广场遛几圈？”。

罗素儿竟然点头答应，靠，我那个激动啊，无以名状。

我牵着狗，罗素儿牵着我，我们在无人的旷野上转圈，一圈又是一圈，不知不觉，广场上的人渐渐多了起来，太阳也在飞扬的雪花中隐现。

“我累了，想回去了。”罗素儿说，没等我反应过来，她就要转身离开，我着急了，连忙问她：“罗助理，上次邀请你加入远方科技的事情，您考虑如何了？要不要跟我们一起干？”

罗素儿停住了脚步，她似乎在考虑，我的内心越发紧张，很害怕罗素儿直接拒绝，没有想到她对我说：“公司注册的时候喊我，我到时候跟你一起去。”

话说完，罗素儿走了。我傻傻地站在广场上，看着罗素儿渐行渐远的背影，我觉得幸福的光芒将我笼罩，浑身充满了热量与激情，我怪叫一声，拉起贝贝就绕着广场跑，跑啊跑，感觉自己就这样跑进了新时代。

回到家，我立即落实罗助理的指示，我给路于打电话，告诉他，程序先别弄了，赶紧把注册公司的资料准备齐全，我们选个黄道吉日就把公司注册了，免得夜长梦多。路于在电话里告诉我，他的程序就快搞完了，要不再等等，弄好了再开张大吉，否则成立了没有业务也不行。我说滚你的蛋，抓紧准备资料注册公司，等你弄好再注册，老子煮熟的鸭子也早飞了。路于问我，哪只鸭子？他说自己这只鸭子永远不会飞的。一听路于这样说，我直接挂了电话，没有再给他过多解释。

三天后，路于来家里找我，坐在沙发上，我们对照公司注册的要求一一把资料整理清楚。

“明天早晨我们一起去政务大厅？我怕你找不见地方，现在三证合一，办起来很快。”路于提议道。

我当然说不，我傻呀，把这么一个大灯泡随身携带？我说：“不用，不用，我自个能够搞定。”路于明显不相信，龇牙咧嘴道：“你可就拉倒吧，说，老实交代，你打算和谁去。”

路于开始发挥自己死狗本色，不断磨我，无奈之下我只能告诉他：“罗素儿答应了，她同意加入远方科技跟我们一起干。原本想给你惊喜，结果你心急得不成。”

“屁的惊喜，是你的惊喜吧，”路于笑眯眯地说，“你小子可以啊，英雄救美之后就是抱得美人归了。不过强子，罗素儿进来，远方科技的股份怎么分？”

“我想好了，你呢，算技术入股，占 30%。大头没几个钱，算 20%，他的钱我出了，罗素儿先给她算 20% 股份，给少了显得咱们不大气，她的钱我也出了，算是从三 T 集团给她的补偿，至于我就是最后的 30%。某种意义上讲，这样分配下来，远方科技就咱俩说了算，你觉得呢？”

“我觉得中！”路于说，“那就初步定下注册资金一百万，一股一块钱。不过强子，这样算下来，就你一个人掏了真金白银，我们其他人似乎没有出钱啊。”

我安慰路于说：“别在意钱，钱没有兄弟重要，你不是一直强烈要求我投资你这个潜力股吗？得，强爷我今儿投资了，你可别让我失望。”

一席话说得路于无比感动，他突然扑上来抱住我，声音哽咽地说道：“强子，你放心，我一定不会让你失望。”

我好说歹说才把路于劝走，出门的时候我鼓励他，一定要把全部心思用在程序开发上，整个远方科技就等着他的程序飞黄腾达呢。路于表情凝重，用力地点点头，似乎在告诉我一切尽在不言中。

路于走后，我立即给罗素儿打电话，约她明天去政务大厅注册公司，罗素儿知道时间地点后问我，她应该带多少钱，好缴纳注册资金。我告诉她自己与路于商量的结果，她占股两成，出资二十万，紧接着我说：“罗助理，你的钱我替你出了，三 T 集团害你离职，股份就算是给你的补偿了。你一定不要推辞。”结果罗素儿说不用，她手头有钱，我暗暗觉得，罗素儿也是个豪门。

既然她坚持要出自己那份钱，我也没有再劝阻，说归说，要不要那是我的事情。挂了电话，我站起身，看着窗外，我有些期待今后的生活，我想也许老陈与叶叔叔在三 T 初创之时也是这样激情澎湃吧。

27

与罗素儿约好的是上午九点在政务大厅门口见面，但第二天早晨八点刚过我就到了政务大厅门口，我担心罗素儿如我一样兴奋得早早到来，让她等我就不好意思了。

站在冷风中，我足足等了一个半小时，在九点半的时候，我老远才看见罗素儿的身影，虽有怨气，但来了总是好的，说明我在罗素儿心里还是有一定位置。

我喜滋滋地跑过去准备请安，结果才发现罗素儿不是一个人来的，蒋月凤也跟在她的身后，正意味深长地阴笑。

我顿时郁闷无比，还能不能愉快地干工作？这蒋月凤也不知道怎么回事，怎么但凡有罗素儿的地方就一定有她？我的心情立即晴转暴雨，这是阴魂不散啊。

罗素儿走到我的身边，递给我一张卡，说道：“二十万，你回头取出来。”

我推辞道：“不用，我说了不用，注册资金够，罗助理不要跟我太生分，以后我们也算是合伙人了。”

蒋月凤接过罗素儿手里的银行卡，一把塞进我的怀里，阴阳怪气地说：“还是分清楚点好，生意归生意，情分就免了。陈小强，你小算盘打得可以啊。还有本事说服素儿加入你们这个什么远方科技，你到底行不行啊？”

我表示特委屈，不试试您怎么知道我不行？再说，有这样说话的吗？我即使真打什么算盘，也没有必要这样露骨地说出来吧。

我没有吱声，罗素儿解释说：“月凤，别乱讲，投资远方科技是我慎重决定的，跟陈小强没有关系。还有，注册资金你拿好，生意归生意，还是得按规矩来的，再说，我也不需要你补偿我什么。好了，我们赶紧进去办手续吧。”

于是，我们进了政务大厅，现在都是一体化联网办公，注册公司手续真的很简单，看来政府提倡万众创业不只是说说那样简单。

在填写法人代表的时候，我毫不犹豫地填上了自己的名字，虽然我与路于持股数量同样多，但我认为在大是大非面前，路于肯定与我的意见一致。

不到一个小时，在罗素儿与蒋月凤的共同见证下，远方科技诞生了！我看着拿在手里的营业执照，顿时有些不真实的感觉，没有想到我这样根正苗红的富二代竟然会选择自主创业这条路，自豪之情油然而生。

走出政务大厅，我准备请罗素儿吃顿午饭，好好庆祝一下，结果蒋月凤代表罗素儿拒绝了我：“你还有时间吃喝？公司注册了就抓紧搞装修，搞好了赶紧开门大吉。”我点头说：“二哥教训得是，是我放松了对自己的要求，我改正，我回去就组织装修，好让我们尽快开业。”

罗素儿问我：“开业时间初步确定没有？”我点点头说道：“定了，原本我想装修完就立即开业，结果张妈说这是大日子，得看黄历，初步定在本月28日上午十一点五十八分开业，寓意是要儿发，要我发。”

罗素儿扑哧一笑，笑如桃花，我一时间有些看呆。

“你家这个管家比你妈还对你用心，以后她老了，你可得好好孝顺她，”罗素儿说，“一月二十八日，不到半个月时间，抓紧装修，开业那天我和月凤一起过来祝贺。”

多好的一个姑娘，我暗暗赞叹，只是不知道她知道张妈就是我妈之后会有怎么样的反应？

与罗素儿分别后，在回家的路上，我分别给路于与大头打了个电话，要求他们一个小时之后准时到我家开会，迟到者或是不来者后果自负。

大头在电话里嘀咕，说自个准备好行囊要和曼丽去旅行，哪有时间开会。对此我不予解释，我只是告诉他必须得来，我准备等见面后将大头先好好修理之后再告诉他答案。

路于和大头也算准时，我进家门半个小时之后，在约定的时间内，两人一前一后进了我家。一落座大头就埋怨道："让你们帮我照看生意，一个个都不愿意，推三阻四，现在又张罗开什么鸟会。我很忙，我要去旅行，你们不知道吗？"

路于明显感觉到会议的主题，一言不发，我从包里直接掏出崭新的营业执照往大头眼前一晃，直接亮瞎了他的狗眼。

"还忙吗？还准备去旅行吗？现在知道我们哥俩在忙什么了吗？"我一边晃着营业执照，一遍埋汰大头说，"你丫不想要两成的股份了？"

"这就办成了？"大头颤抖地接过营业执照，捧在手里，难以置信地说，"两成股份？强子，我还没有交钱股份就有了？你太牛了，直接分我两成股份，真是好兄弟。"

"所以说你不思进取，整天就只知道守着你的 KTV 和曼丽，不知道哥几个干的都是大事业，"路于说，"这下满足了？"

大头连忙点头，轻声问："两成股份我得交多少？你们也清楚，我刚装修完比斯特，现在兜里没有几个钱。"

"等你有钱了再还我，"我说，"你两成股份一共二十万，回头我们几个把合伙协议签了。"然后我认真地说："大头哥，说走就走的旅行估计你们去不成了，您受累，最近得盯着把公司办公地点装修出来。搞装修，你比较有经验嘛。可得抓紧了，老太太把开业时间都定好了，本月 28 日，所以时间紧、任务重，多上人员和设备，做好施工计划，我相信你可以的。"

"可是今儿都 10 号了，不到二十天的时间，我的天，你直接剁了我得了，"大头摇头道，"这么短时间装修肯定搞不完。"

"我不管，必须搞完。要钱给你钱，要人自己找，总之，半个月之内装修必须搞定，大不了多花点钱，白天黑夜地干，"我没有再给大头狡辩的机会，然后对路于说，"春节前，必须把程序开发出来，我不管你现在搞的是什么程序，现在是什么进度，春节前必须完成。"

路于很干脆地点点头："一个月，时间差不多，没问题，肯定完成。"

我深情地告诉大家："哥几个打起精神来，幸福的生活已经在向我们招手，我们必须以只争朝夕的精神往前奔，绝对不能令罗素儿失望。"

"罗素儿？"大头问道，"这不是我们的公司吗？跟她有什么关系？"

"是啊，"我说，"是我们哥仨的公司，也是我们和罗素儿的公司。"我发现大头的脸色有些难看，我怕他憋出内伤，连忙解释道："罗素儿答应与我们一起干，我一想你肯定同意，所以我就做主答应她了。她和你一样，占两成股份，这个路于清楚，是吧，路于？"

路于伸长脖子，说："没毛病，大头和罗素儿各占两成股份，我们俩一人三成股份，大头，你别想不开，为了强子的幸福，让出点股份没什么。你要大度，不能一心往钱眼里钻啊。"

"我也没说什么啊？怎么就往钱眼里钻了？"大头虎着脸说道，"兔爷，你皮痒痒了是吗？"

路于立即住口，不说话了，大头面色一缓，说："怎么着你们也应该提前给我说一声，我们当初可说好的是三个人，现在倒好，成四个人了，你说我能不惊讶吗？"大头凑到我跟前："不过强子，你这招够高明啊，舍不得孩子套不住狼啊，为了罗素儿，你把实业都贡献出来了啊。"

我苦笑着说："就这还不清楚结局怎么样呢，兄弟，罗素儿和你的曼丽不同，和很多人不同，不是用金钱就可以搞定的，再说，人家也不缺钱，股份的钱人家给我了啊。"

"得，说罗素儿呢又怎么扯到曼丽身上了，曼丽怎么了？曼丽就是可以用金钱衡量的女孩吗？曼丽对我是真爱，你懂不懂？行了，我说不过你，我走了，得赶紧张罗着装修公司去，时间不等人啊。"大头起身离开，路于顺势也跟着一起走了。

我独自一人坐在客厅里，贝贝被我妈带出去遛弯，房间里寂静无声，我想着大头的话，我多希望罗素儿能与我携手并进，把远方科技做大做强，给江湖上留下另一段有关我和她的传奇。

随后的十几天，大头没日没夜地搞装修，我东奔西走地采购办公家具，办公地点是老陈帮我租的，租在了三T大厦对面的写字楼上，老陈说这样他有时间过来视察方便一些。我没有意见，三T大厦对面的写字楼是一座六十多层的高楼，远方科技租了第二十八层，一整层的房间目前看是有些浪费，毕竟现在公司只有我们四个人，属于初创时期，但老陈执意让租一整层，用他的话说，办公场所就代表了一个企业的门脸，不能显得过于寒酸。

对此，我表示同意，其实我明白老陈的想法，他是舍不得我灰头土脸地从摆地摊开始，他希望能够给我一个更高的创业平台。

就这样忙乎了半个月，终于到了远方科技开张大吉的日子。

那天上午，我穿戴整齐，早早到了公司，没想到路于与大头比我来得还早。原本想要喊我妈一起来剪彩，结果她拒绝了，她不愿意与老陈碰面。因为是新公司开张，所以我并没有邀请很多人，外人就是老陈、叶叔叔以及叶琳，罗素儿作为股东肯定得来，当然还有保镖蒋月凤。

快到吉时，我和路于、大头以及罗素儿等人一起站在电梯口候着，很快，电梯来到二十八层，门打开，从里面走出老陈、叶叔叔和叶琳，竟然还有叶明浩。

虽然内心不是很愉快，但我并没有表现出来，而且热情地迎上去招呼。我带着他们依次参观了公司的办公室、会议室等房间，装修简单、干净、大气，充分展现出远方科技的新人新气象。老陈很是赞赏，叶叔叔也觉得不错，并赞扬说，看来他们是老了，这个时代曾经属于他们，但现在属于我们。

我深以为然。

老人家们转了几圈，剪彩完毕就要离开了。叶琳与大头、路于几个在会议室说话，罗素儿与蒋月凤在另一个办公室说话，很明显，叶琳已经将自己摆在了罗素儿的对立面，并开始针锋相对。

我送老陈与叶叔叔、叶明浩下楼，外面天气很晴朗，两位老人先走一步。

我与叶明浩站在路边，我知道他刻意来肯定有话要对我说，他想说我就愿听，反正现在远方科技已经成立，从根本利益上讲，我与叶明浩并没有直接冲突。

“你知道吗？我现在很生气。”叶明浩突然出声说道，我觉得很纳闷，你生气跟我有什么关系，犯得着给我说吗？

于是我坦然回答：“我不知道。”

叶明浩突然笑了，但我明白那是冷笑，叶明浩冷笑着说：“你不知道？小强，你可真能装糊涂啊。你搞远方科技，我赞成，必要的时候，有什么困难你可以直接找我，能帮的一定帮。但我之前再三给你说的你都忘记了？叶琳是我的妹妹，唯一的妹妹，我不允许任何人伤害她，她喜欢你，你就得接受她，不能再喜欢别的女孩子。可你呢？搞公司也把那个罗素儿拉进来，你现在摆明了是喜欢罗素儿，并且要追求她，你让叶琳情何以堪？你不知道叶琳听说你为罗素儿打架受伤之后，在家里偷偷掉了多少次眼泪吗？你现在的行为很让我生气。”

我默然，叶琳是个好姑娘，从小到大我一直把叶琳当作自己的亲妹妹，让我对她有男女之情，我真的做不到，我欺骗不了自己，于是我说：“我明白，但我真的对叶琳没有一丁点男女之情。”

“那不重要，重要的是你和叶琳在一起让叶琳快乐。”叶明浩说。

“但对我重要，这样我不会快乐。叶明浩，你明白男女之情，我做不到你那样的潇洒风流，我也做不到为了让叶琳高兴我就得跟她在一起，跟她结婚，那不可能。”

叶明浩转过头看着我，一字一句地说：“没什么不可能，就看你愿不愿意，我希望你可以这样做。”

“如果我不呢？”

“那么……”叶明浩笑了一下，不可否认，他的笑容很迷人，“那么我决定，也开始追求罗素儿。”

“什么？”我吃惊地问，“你追求罗素儿？你也喜欢罗素儿？”

叶明浩摇摇头：“不喜欢。”

“那你追求她只是为了跟我争？”

“跟你争？”叶明浩露出一丝不屑的表情，“你觉得自己有资格和我争吗？罗素儿，不过就是一个女人，你喜欢她，我把她抢过来就是，她跟了我自然就跟不了你，她跟不了你，自然，你只能跟叶琳在一起。换句话说，是不是罗素儿都无所谓，只要是你喜欢的叶琳之外的女孩，是谁，我都会把她们抢过来，然后你就会明白，你爱情的归宿只有叶琳。”叶明浩停顿了一下，淡淡地说：“女人，对我而言无所谓喜欢不喜欢的，就像你说的，我是风流潇洒的男人，关键是叶琳开心。”

“叶明浩，你脑子有病吧？”我实在是忍无可忍道，“你什么时候变成这样？你这都是什么狗屁逻辑？我喜欢的你就要破坏，你怎么就保证罗素儿一定会接受你？即使你真做到了，你怎么就能肯定我就一定会和叶琳在一起？我不会出家当和尚吗？”

“不能在一起？”叶明浩缓缓地说，“那说明我做得还不够，继续用力好了。最终，你和叶琳就会在一起。”

此刻，叶明浩的表情仿佛救世主一般，我相信他是认真的，不由地，在我的心头，自己与罗素儿的未来被蒙上一层阴影。但我不会妥协，我说：“你太自以为是了，你以为想让罗素儿与你在一起，人家就愿意。这个世界不是你想怎么样就会怎么样的。”

“那我们走着瞧吧。”叶明浩淡淡说，他笑了一下，然后转身离去。

我看着叶明浩的背影逐渐消失，心情有些沉重，因为我太了解叶明浩这个人，从小到大，他想要的都会用尽手段去得到，比如三T集团日后的控制权，比如我与罗素儿的爱情，比如我与叶琳的渐行渐远，这一切，叶明浩都会全力扭转到他想要的轨迹上，其间或许有伤心难过，但对于叶明浩而言，这不会是他的错，而是别人的罪过。

但我不会就此退缩，我的生活我做主，既然叶明浩选择与我分道扬镳，那么，就走着瞧吧。

28

我独自上楼，走进公司，罗素儿、叶琳、蒋月凤都在，她们和路于、大头继续在聊天，看见我进来，叶琳迎了上来问道：“强哥哥，都送走了？”

我点点头，叶琳怯生生地问：“我哥呢？你们……”

“没事，我们没事，你放心吧，刚把你哥和叶叔叔一起送走。”

叶琳明显松了一口气，然后又笑着问：“陈董事长，您这公司也成立了，需要补招员工吗？我可是打算来应聘的哦。”我说别闹了，这才刚起步，还没有换挡加速呢，招聘什么人，再说你叶大小姐，年薪没有百八十万根本不敢张口，谁用得起呀。我话一说完，叶琳的流星小碎拳就上来了，我连忙躲避，与她嬉笑打闹，如果时光可以倒流，或者叶明浩并不是那样想要掌控一切的人，该有多好啊。

我抬头看见罗素儿，她身边的蒋月凤正龇牙咧嘴地瞪着我，我立刻恢复正经，打发叶琳先回去，告诉她如果真缺人了，我一定会喊她。

叶琳高兴地走了，临走时趾高气扬地冲罗素儿翻翻眼睛，真是个天真单纯的孩子。

叶琳离开后，罗素儿让我跟她去会议室，刚进会议室，罗素儿转身问我：“叶明浩，他说什么了？”

我本打算不告诉她，但看到罗素儿的眼睛，我顿时没有了撒谎的勇气，我实话实说，告诉她叶明浩的打算，最后我自嘲道：“罗助理，我完了，叶明浩也要追求你了，拼才貌我比不过人家，拼手段我没有人家多，你要早做准备，我估计他不久就会正式行动。”

“气馁了？还是自卑？”罗素儿说，“我可以理解为你放弃了，或是你之前说的喜欢其实并没有那么喜欢。”

“放屁，我怎么不喜欢你了？”我坐在会议室的椅子上说，“没有见到你的时候，对你的喜欢或许只是对学校里流传的你的故事的迷恋，但自从见过你之后，我开始喜欢你，心里的那种喜欢，就像之前埋的种子发芽生长，最终成为参天大树。”

“那不就得了，”罗素儿说，“该干吗干吗，管人家怎么说。好好经营远方科技，三T集团的事情你以后就少掺和了，叶明浩，你不是他的对手。”

话说完，罗素儿往门外走去，突然她停下来，没有回头说道：“还有，以后别叫我罗助理、罗助理了，直接喊名字吧。”

罗素儿走出会议室，我跳起来就追上去，想问问她，这是什么意思，这意味着什么。结果刚冲到会议室门口就撞到一个人身上，定睛一看竟然是蒋月凤，看她仓惶失措的样子，原来是在听墙脚啊。

“追什么追？你瞎呀，”蒋月凤揉着自己的肩膀，埋怨道，“陈小强，你智商有问题吗？你没有看出来罗素儿有接受你的打算吗？你还追赶什么？”

我来不及责备蒋月凤的猥琐，奇怪地问：“你不是一直反对我们在一起吗？怎么今天态度转变了？”

“老娘算是看清楚了，日防夜防家贼难防，现在罗素儿已经合伙跟你做生意，你们日久生情也是自然的，我怎么防得住？”蒋月凤说，“而且你刚才在里面也说了，叶明浩这厮动了坏心眼，与他相比，你可真是名副其实的好人，所以，素儿与其落入他的魔爪，不如跟你在一起，这样，我才比较放心。当然，如果有一天你辜负了罗素儿，我肯定不会放过你。”

我抱拳说道：“蒋二哥果然慧眼如炬，您放心，我辜负谁也不会辜负罗素儿，如果真有那么一天，不用您找我，我自个挥刀自宫。”

蒋月凤拍拍我的肩膀，眼睛里流露出一种“小鬼，我看好你哟”的赞许之情。

我用力点点头，表示请首长放心，我一定不辜负您的期望。

之后，罗素儿与蒋月凤离开了，我召集大头、路于开了一个短会，重点讨论了一下公司接下来的业务发展问题。大头自然不能去旅行了，他得抽空出去跑业务，尽管他并不像一个业务员，但只能先凑合着用了。

我告诉大头，先去大学城里跑跑装电脑的业务，必要的时候带上曼丽，凭着曼丽妖娆多姿的仪态，男同学肯定欢迎，大头表示同意，并没有意识到这里面多少有些色诱的成分。没办法，创业初期就是这样，什么办法都得想。

"也不让曼丽白跑，"我说，"谈成一单就给她提成，虽说自己人，但也不能亏待。"

大头被我一句"自己人"感动得差点热泪盈眶，立即起身就要回去找曼丽开始伟大的攒机之路。大头走后，我对路于说："一周，就给你一周时间，下周这个时候，我们一起看你的程序。不能再拖了，不论是否成熟，必须上线。"

路于说："没问题，我这个星期开始最后的冲刺。"

直到现在，路于都没有告诉我他究竟在开发什么程序，我问过，但他却嘴硬，不愿意提前透露，非得让我等他成功之日再一睹真容，我没有坚持。或许是对路于在程序开发方面的盲目崇拜，我一直认为路于做程序员就是最牛的，所以才有了远方科技。不过想想远方科技就建立在路于总不给人展示的程序之上，有时候想想自己也够冲动，但我认为，做兄弟，有今生没来世，没有信任，何来托付。

华丽或者艰难的创业时代就此开始，我不清楚未来的路究竟好不好走，最终能不能成功，但我清楚自己的目标，就要像西江高科那样，有朝一日可以成功上市。

回到家，我给我妈描述了自己未来的事业蓝图，我妈明显表示质疑，对此，我认为这属于两代人的隔阂所致，时代变了，虽然依旧是空谈误国、实干兴邦，但信息化互联化的产业模式势必会对所有人的生活产生猛烈撞击。

否则，怎么会有直播、网络购物呢？

接下来的一周时间内，我们几个都没有再见面，大头拉着曼丽去跑装电脑业务，我待家里编制公司章程、发展规划、管理条例等一系列文件，路于听说在不眠不休地赶工，至于罗素儿，不知道在干什么，开业之后她再没有联系过我，我也没有顾上给她打电话。

通过大头电话里发来的牢骚，我初步了解到创业初期的艰辛，大头就拉来几单业务，这期间过程辛酸无比。用大头的话说，有时候不是委曲求全就会有用，然后大头说，现在的大学生啊，真鸡贼。我表示了足够的理解与支持，并且希望大头与曼丽再接再厉，再创佳绩，同时我也保证，等我忙完了这一阵子，我会和他们一起去跑业务，我安慰大头说道："再狡猾的狐狸也逃不出猎人的陷阱，所以我们要一起努力。"

就这样过了一周，突然有一天，路于兴奋地给我打电话，这厮终于出关了，路于说大功告成，让所有人现在去公司见证奇迹。

我立即出门赶往公司，到了公司一进会议室，发现大头、曼丽以及罗素儿三个人都在，路于趴在电脑前不知道在捣鼓什么，我走过去拍拍他的肩膀。

"别闹。"路于扭了扭身子，我说："没闹啊，是你喊我们来的，到底怎么样了？"

路于听见是我的声音，回头看了一眼，一副欠揍的样子，很霸气地说："路爷的活好这还用问吗？肯定没有问题。现在人齐了，那我就给你们演示演示。"

包括我在内，其实所有人对路于一直捣鼓的程序都很好奇，难道是一款游戏？

程序打开，是一款网站，我看到界面上写着"周边"两个字，路于解释说，周边网其实应该说是一个服务撮合交易网站，同时配合网站手机 APP 同步上线，就可以实现周边短半径内的服务共享。我看到网站上分门别类，基本都属于服务业。

"周边网的概念具体是什么呢？我们知道现在有很多同城网站，可以提供各种交易服务，但我认为同城的概念还是有些大，所以才有了我开发周边网站的设想。周边网站确切地说是切入社会这个范畴，也就是在同一个社区提供相应的服务，或者是在同一个小区或相邻的小区提供各种服务，比如家政、维修等等。网络发达的今天，因为网络的缘故，我们可以与很远的陌生人去交易，这是生人经济，但这却忽略了熟人经济的应用。我认为现在的商业行为中有熟人经济和生人经济之分，周边网其实就是熟人经济，每天碰到，不知道他叫什么，具体住几号楼几单元，但知道他肯定是与自己住在同一个小区。这样，人与人之间就会产生莫名的信任感，进而一些接送、家政、维修等等服务就可以让周边人提供。这样说你们明白吗？”路于讲起网站头头是道，我感觉他有大学教授的风采，不禁想到，每个人其实都有适合自己的舞台，只要找对了地方就能意气风发。

为路于，为这些心怀梦想的人们搭建远方科技这个舞台，我愿意。

“但有一个问题，既然已经有了类似的网站，我们怎么能竞争过人家？”罗素儿说，“从情感信任和安全距离出发，你这个构思没有问题。”

“刚开始肯定很难，我的想法是在用户注册时我会精准到城市、街道以及小区，这样就可以对用户自行建群。其次，租车公司多不多？送外卖的多不多？多，这就是行业，是风口，所以不必担心竞争的问题。因为我们是在同一小区相互提供服务，交易价格就会比其他同城网站低，这就是我们的优势之一。人们往往喜欢忽视身边的人，其实有时候想想，哪个人身边没有藏龙卧虎？所以，周边网，其实就是撮合短半径内有服务提供能力的人与需求者达成交易的网站，我们的盈利自然是靠投放广告和交易提成，日后还可以延伸出社区推广等线下活动收入。”路于继续解释。

“干了，”大头突然喊了一声，“虽然我还不是很明白，但这玩意听起来不错，而且这小子说话的表情跟到比斯特来玩耍的那些搞科技公司的人差不多，神神道道的，所以我觉得可以干。”大头走过去摸一摸路于的脑袋，感慨道：“你小子，这是什么脑瓜子，能想出这样的东西来。”

“你觉得呢？”我出声问罗素儿，她考虑了一下，说道：“行吧，那就试一试。”

“那就试试，”我大手一挥，“路于，你开始着手准备网站和手机 APP 同步上线，大头，你和曼丽继续跑装机业务，等周边网正式上线后我们就大面积推广。广告词我都想好了，就是，有周边，就不会错过身边。”然后我试探地说：“素儿，您觉得还行吧？如果可以，您受累，帮我们拿一个宣传方案出来？”

我一声素儿喊出，会议室气氛立马凝固，路于和大头紧张地看着罗素儿，在等待如此亲切的称呼要遭到罗素儿怎样的反击。

结果，风平浪静，罗素儿点点头说道：“好吧，我尽快准备好。”

我心里一阵翻滚，暗自鼓励自己，奔跑吧，少年，未来在向我招手。

事情安排妥当后我们几个人就散场了，到楼下，罗素儿突然让我陪她走走，我激动不已。

我们并排走在街道上，正是午后，冬季微暖的阳光洒在身上，让人感觉很惬意，擦肩而过的人们行色匆匆，混生活，谁都不容易。

“你听说没有？”罗素儿突然问我。

“听说什么？”

“听说三T集团召开董事会，陈董事长提出要让集团出资收购西江高科的股份，结果叶明浩强烈反对，董事会没有通过，陈董事长和叶明浩弄得还很不高兴，”罗素儿说，“回头你可以给陈董事长打个电话，既然董事会不同意就别收购了，西江高科，现在估值也不低的，每股要十八块多，虽然是西江首屈一指的科技企业，但我看过他们的财务报表，市场给予的估值太高了，现在入手风险很大。”

“你不是让我别再管三T集团的事情吗？”我出声问，“他们要收购就收购，不想收购就别收购，跟我也没有关系。”

“你还不明白吗？陈董提议收购西江高科股份其实是为了你，三T集团是做实业的，根本与高科技不搭边，现在要收购西江高科，明眼人都知道为了什么。所以，这件事你得劝劝陈董，可以等西江高科股价下来再考虑。”罗素儿说。

我于是笑着说：“哎哟，素儿，你这算关心我的家人吗？”

罗素儿瞪了我一眼，我连忙住口。我们继续往前走，我看着街道对面的三T大厦，据说新的三T双子座就快要封顶了，不知道落成剪彩那天老陈又是怎么样的欢喜与豪迈。

“对了，忘记问你，”罗素儿看着我，“你妈呢？还没有回来吗？是去国外旅游还是定居？”

在罗素儿的提问声中，我整个人顿时石化。

29

“怎么不说话了？”罗素儿意味深长地说，“我最近想了想，你妈不应该是去国外旅行，应该是去定居了。陈小强，她定居怎么不带上你呢？”罗素儿哈哈一笑，转眼脸色拉长，她咬牙切齿地问我：“陈小强，你够可以的啊，还张妈，还管家？有你这样糟践自己亲妈的吗？你这个不孝之子，小心被天打五雷轰啊。”

完了，我暗叫一声，看来罗素儿已经知道了一切，究竟是哪个嘴长毛尖的把真相告诉了她，要被我找出来看我不打死他！

事已至此，加上罗素儿突然袭击，我浑身无力，有些发虚地解释道：“素儿，对不起，那天事出突然，一直没有找到机会好给你解释。不过请相信我，事情真不是你想的那样，那天您去我家，我也是被蒙在鼓里，是我妈和路于、大头一起私下策划的这一切，我说的都是真的，我没有想骗你，也不敢骗你。”

“哦？是吗？”罗素儿意味深长地说，“没有找到机会解释，还是不想解释，想隐瞒一辈子吗？”

“不会，当然不会。主要是怕您生气，而且，我们不是还没有确定关系嘛，所以我就没敢说。”

罗素儿飞起一脚，我连忙躲闪，我听见罗素儿说：“确定关系？确定什么关系？谁和你确定关系了！”

话都说到这份上了，我还㞞我就是孙子啊，我站定身子，在街道中央，冲罗素儿大声喊道：“罗素儿，我喜欢你，做我女朋友好吗？”

我的声音引来路人纷纷瞩目，我看见有几个姑娘在指指点点，我顿时觉得此刻豪气冲天，但也有些悲壮。

不成功则成仁，我已经做好了最坏的打算，这是我第一次当众向罗素儿表白，她如果生气大不了捶我一顿，我不在乎。

我看见罗素儿站在不远处，一动不动，平静得像一波春水，她望着我，我望着风景，那片风景里有树、有花、有罗素儿。

就这样站着，我们互相注视对方，世界仿佛无声，时间在这一刻变得停滞不前，我看见罗素儿朝我缓慢地走过来，我倔强地站着不为所动，罗素儿走到我面前，突然抱住我，我感觉耳边香气如兰，我听见她轻声说:“陈小强，其实你是一个可爱的男孩。”她幽幽叹息道:“可惜,你什么时候才能长大呢？”

然后罗素儿松开我，转身离开，我充满疑问地站着，我的表白换来这样的表态，究竟是答应，还是没有答应呢?

我看着罗素儿身影消失，叹了一口气，刚才的画面很美，但结果不尽如人意，希望中的拥抱热吻没有，却得到一个小屁孩的评价。

我有些郁闷，但随即想到忘记问她究竟是怎么知道家访的真相，是哪个叛徒出卖了我。我站在楼下，仔细分析着路于和大头，想着大头憨厚壮实的形象，肯定不是他，加之他每天和曼丽腻味在一起，没有途径告密。那么肯定是路于了，再说，我总觉得路于长着一副汉奸相。

我快速上楼进到公司，路于和大头几人还在捣鼓网站，大头看我进来，取笑道:“千里送红军,可算是送回来了,我们还以为你要送她到天涯海角呢。”

“哎哟，不错哟，大头，你也能说出这样有水准的话来，”我笑着说，然后沉着脸问路于，“兔爷，老实交代，你为什么要把家访的真相告诉罗素儿？”

路于明显有些慌乱，他正准备狡辩，我立即说:“说实话，罗素儿都告诉我了。”

“真是唯小人与女子难养也，古人诚不欺我，”路于放下手里的工作，长叹一声说道，“没有想到蒋二哥终究改变不了女人爱告密的毛病，罢了，路爷我认栽。我承认是我，但我没有给罗素儿说，就是上周在街上碰见蒋二哥，二哥竟然主动邀请我去坐一坐，是二哥主动啊，我能拒绝吗？我肯定不能，所以我们找了个地方坐了坐，顺便喝了点小酒，聊了好多，聊着聊着就开始聊你，路爷是什么人？自然知无不言言无不尽，结果就把家访的真相不小心给秃噜出去了，但我当时就要求蒋二哥一定要保密，一定不能告诉罗素儿，结果……”

大头吃惊得说不出话，我也听明白了，这明显是蒋二哥来打探消息，自然路于这个粉丝加蠢货就是最佳人选，然后，就这样了。

我伸出手指，准备点一点路于的脑门，为什么可以搞技术，人心世故就没有一点戒备心呢？但手指伸到半空，发现路于一脸悲壮，我终究没有落下来。

“算了，这不怪你，你本就是个缺心眼，人家成心套你的话，你肯定躲不过，”我说，“不管了，抓紧把眼前的事情做好，这些鸡毛蒜皮的事情已经不重要了，我们现在是有事业的人，我们得像个男人。”

大头走过来说：“强子，你终于长大了，这才是男人，女人多得是，罗素儿吹就吹了，有什么大不了。”曼丽在大头身后眼光哀怨，我顿时觉得大头跟路于也就一个档次的智商。

“强子，对不起。”路于给我道歉，我说没事，我并没有过多解释罗素儿知道真相之后的反应，我认为让他们内心忐忑一阵是有必要的，这样容易将对我的内疚转化为强大的工作动力。

我觉得在我们三个人之中，我果然是最有智商的那个，并且有那么一点点阴险。

我强忍着想要笑出来的欲望，赶紧离开公司。回到家，想到罗素儿说的三T集团董事会上被否的收购西江高科的事件，我原本准备跟老陈问问具体情况，但我又想了想，还是算了，董事会上老陈的提议被否决，对老陈而言是多丢脸的事情，我不能继续伤口上撒盐。而且我现在有我的未来，三T集团，于我而言仅仅是可以继承的股份。我开始有些期盼周边网站上线之后的场景，如果发展好，有朝一日，我们也可以开发游戏、做动漫，可以做的事情很多，我想那时候老陈肯定会对我感到欣慰。

过了几天，叶琳突然打电话告诉我，叶叔叔的生日到了，让我一定去他们家祝贺。我答应了，尽管内心并不是那么情愿。

叶叔叔生日那天下午，我郁郁寡欢地来到叶琳家，一进叶府才发现真是人山人海，不就是过个生日吗？用得着如此铺张。叶琳看到我来了，兴高采烈地跑了过来，当众拉我的手，占我便宜。

“强哥，你怎么现在才来，我等你好久了，还怕你不来呢。”叶琳嗔怪我，我连忙说参加叶叔叔的生日会不得收拾整齐再出发，所以来迟了点，我表示抱歉。

“走，进去，你还没给我爸爸当面贺寿呢。”不由分说，叶琳拉着我就跑进客厅，客厅里好多人，都在一堆一堆打着牌。我突然在人堆里看见老陈，坐在一张牌桌上浪遏飞舟，萍姨面带微笑温顺地站在老陈身边，不时指指点点，看起来两人是在商量牌局。我有些奇怪，老陈什么时候玩起这个了？随即想到也许是他最近比较郁闷的缘故。

我抬起头四处张望，人很多，有认识的，有不认识的，我仔细找了找，没有见到叶明浩。

“强哥，怎么还站着呢？快给我爸爸贺寿去啊。”叶琳轻声催我，我跟在叶琳的身后，来了叶叔叔的跟前。

“叶叔叔今儿大寿，晚生给您鞠躬了。”我彬彬有礼地作揖道。老陈看见我到了，也从牌桌上下来，走了过来。

“强强这孩子，就是招人喜欢。”叶世雄向老陈夸奖道，胖胖的脸蛋怎么看怎么像一尊弥勒佛。

“哪里，这孩子就是太顽皮了。”老陈谦虚道，这老爷子也太那个了吧，叶叔叔都说我招人喜欢，他怎么就能推辞呢？我很不满意地瞅着老陈。老陈对叶叔叔说，你们去招呼别的客人，不用管我和小强。

叶叔叔离开的时候问我：“强强，跟我们家琳琳进展还好吧？琳琳这丫头，被我们一家子惯坏了，以后你就吃点亏，多让让她啊。”敢情纯粹把我当他家女婿了，我不知道该怎么回答的时候，叶琳抢先一步红脸叫声“爸”，叶老头满足地大笑而去，根本没给我解释的机会，这世道，就是有很多人喜欢没事瞎搅和。

老陈拉着我来到院子里一个僻静的地方，问我：“强强，你和叶琳究竟怎样了？还有那个罗素儿，你们现在关系怎么样？”

“我给您说过，我一直把叶琳当妹妹看的，至于罗素儿，慢慢发展了，”我回答道，紧接着问，“我听说前段时间您在董事会上收购西江高科的提议被否了？您什么时候也想玩高科技了？”

“还不是给你未雨绸缪，”老陈说，“上次给你说过，你现在在搞远方科技，我想着让三T集团买进西江高科的股份，把西江高科先收购过来，随后再把你的远方科技资产注入，这样你就实现了借道上市的目的，就可以有资金保障安心做你的科技创新。而且，我算看出来了，明浩这孩子做实业比你在行，而且你们两个又总是不搭调，日后一起在三T集团肯定也是鸡飞狗跳，虽说我们家三T集团股份占大头，但也不能因为你和明浩的事情就让我与你叶叔叔翻脸，毕竟两家几十年的交情，所以你们还是各干各的最好不过。”

原来如此，原来真像罗素儿料想的那样，老陈的提议全部是为了我。可惜，仅仅是为了帮助我的决议，董事会怎么可能通过。也真是难为他了，我一时间不知道说什么，我看着老陈一脸疲倦，我想说，儿孙自有儿孙福，老陈，累了，您就歇歇啊。

“收购提议董事会被否，但你放心，爸爸还有其他办法收购西江高科，你不用担心，把远方科技做好才是最重要的。现在大学生自主创业是潮流，但你还没有毕业，学业别落下来，还有叶琳，你迟早得给人家说清楚，别耽误了人家姑娘，叶琳，真是一个好姑娘。”老陈继续唠叨道。

这时候，我看见叶明浩向我们走了过来。老陈说：“你俩说会话，我进屋再打会牌。”

老陈走了，我和叶明浩站在庭院里，池塘里的锦鲤游来游去，我突然有些羡慕它们，色彩鲜艳并且衣食无忧。

“你搞远方科技我是支持的，”叶明浩突然说，“而且我给你说过，有什么困难可以来找我，但是陈叔叔要动用三T集团的资金收购西江高科股份，我不同意。我知道陈叔叔收购西江高科也是为了帮你，这无可厚非，但从商业行为考虑，并不理智。起码现在并不是收购的好时机，现在西江高科股价太高，估值太高，而且不稳定，不是个好的收购时机，三T集团是你的，也是我的，更是所有三T人的，我得为大家负责，这样说你明白吗？”

我没有说话，我觉得叶明浩说得有那么点道理，而且从内心里讲，我并不赞成老陈用这种方式来帮我。

“如果三T集团现在强行收购西江高科股份，只会助推股价更高，不仅耗资大，万一有什么不利消息，西江高科股价下跌，亏损不说，三T集团自身的现金流也会被套牢。而且费这么多资源来扶持你的远方科技，根本就不划算，”叶明浩继续说，“你的远方科技才起步，我听说跟小电脑公司一样给人装电脑，这样的公司何年何月才能发展起来，不知道你有没有信心，反正我是没有。所以，你暂且先玩玩好了。”

“你这人会不会聊天？”我有些不高兴地说道，“你怎么就知道远方科技没有未来？装电脑怎么了？我不怕告诉你，远方科技的新产品很快就要上线，到时候你就等着瞧好了。叶明浩，你也别狗眼看人低，别总觉得自个能干，什么都在你的安排之中，我告诉你，没有三T集团的扶持，我陈小强照样把远方科技做大做强。”

“那最好，我拭目以待，”叶明浩准备结束谈话，离开的时候他突然说，“我准备找罗素儿谈谈，希望她可以改变主意跟我好，条件当然随她开好了，所以我建议你可以重新考虑下你与叶琳的关系。”

“叶明浩，你要干什么？”我着急地说，“你可别胡来，你如果敢伤害罗素儿，可别说我不顾及咱们多年的情分。”

“情分？”叶明浩又转过身，他笑了一下说道，“商场如战场，我们本来就只有竞争没有情分，要谈情分，等你与叶琳好了之后我们再谈，那时候你是我妹夫，我们自然有情分，相反，如果你伤害叶琳，我们不仅没有情分，而且我会让你明白‘后悔’两字怎么写，你考虑清楚。”

“你纯属脑子有病！”

“随便你怎么想，你只要清楚，我准备约罗素儿谈谈就可以了。”

叶明浩走了，又开始风度翩翩地招呼来宾，我看着叶明浩的背影，第一次有些担心什么。

叶琳走过来，问我：“强哥哥，你怎么了？”

我没有回答，我转身准备离开，突然有些累，不明白在自己的生活里为什么总有人要跟着瞎掺和，老陈这样，叶明浩更极端，三T集团他要给他就是，但是罗素儿，我一定不会放弃，一种可能失去她的感觉充满脑海，我想立即见到罗素儿，虽然我一直在给路于说，罗素儿是有钱人家的姑娘，不是你想买就能买的，但，价码足够，万一买到了呢？

在这个物欲横流的现实社会里，我们看到或是听过太多金钱至上的论调。

我转身朝门外奔去。

“强哥哥，宴席还没有开始，你干什么去？”叶琳在身后喊我，她的声音似乎有些撕裂，“强哥哥，你别走，你别走啊。”

我没有回头。

30

跑到罗素儿学校宿舍，她没有在，我不知道罗素儿校外的住处，所以像热锅上的蚂蚁团团乱转，掏出手机给罗素儿打电话，结果电话也没有人接。

我分别给路于、大头打电话，问他们见到罗素儿没有，结果说都没有见到。挂完电话，我漫无目的地走到畅想湖边，我希望会像之前几次那样，可以在湖边发现罗素儿的身影，可惜没有。

站在湖边，我逐渐冷静下来，我想，这也许是天意，是上天要试探我在罗素儿心里的地位，倘若她与叶明浩的见面像叶明浩自己说的那样，最终选择投怀送抱，那我也就没有继续依恋的必要。或许我的心会很痛，但我会尊重她的决定。毕竟与叶明浩相比，我没有任何明显优势。

但我清楚，即使罗素儿离我而去，我也不会选择叶琳，她是我的妹妹，我不会让她成为某个人的替代品，或是讨好叶明浩的砝码，这对叶琳不公平。

情绪平静后，我回到家。

之后是连续郁闷的几天，我晚上睡觉也不安稳，要么是武打追杀，我总在亡命奔跑；要么就是爱情电影，感动得要死，当然我依旧只是被美女甩掉的一个大草包。半夜三更，我就会猛地惊醒，窗外的月亮很圆，我的心很憔悴。我想着叶琳，想着罗素儿，想着想着，就觉得生活跟他妈电影一个德行，戏剧化总是难免。你爱的人不甩你，爱你的人你不甩她。如果自己是上帝跟前的一名侍童，那八成情形就有所改变，要多牛有多牛，想怎么活还不是自个说了算，谁让咱是上帝的跟班呢。

每次想到这里，我就激动万分，我会趁月光皎洁高唱几句国际流行音乐《我的太阳》，往往把我妈从梦中惊醒，我听见她在客厅里飞奔，然后我的耳边会响起中气十足的吼叫：“小强，又做噩梦了？别怕，妈来救你。”

随后几天，我没有与任何人联系，也没有给罗素儿打过电话，如果这是一场考验，就让大家都得到考验吧。有一天吃午饭的时候，我妈问我：“你究竟想怎么办？叶琳，你终究要给说清楚的。”

我闷闷不乐地说：“说了不止一次，但这丫头就是不死心，总说她会默默等，她说她这一辈子只会喜欢我一个人。”

我妈叹了一口气，娓娓道来：“恋爱本属二人世界，相互喜欢相互关心，仿佛手拉手围成一个圆圈，爱情在你们之间相互流淌。恋爱最忌三人游戏，你在中间爱在两边，一条直线三人奔跑，你只能属于其中一个，一夫多妻国家禁止，无论你停下来等待后面的女孩，还是继续追赶前面的爱情，最终都有一人为爱受伤。”

我妈说完再没有吱声，我有些失神，我最终会伤害叶琳，而叶明浩呢？我没有告诉我妈叶明浩对我的要求，我怕她为我担心，我也叹了一口气，不知道叶明浩与罗素儿见面的结果如何。

一周后，周边网站终于上线了，手机 APP 也同步上线，我和大头、路于三人在公司电脑上打开周边网站后，我们充满了激动之情，幸福生活就要开始了，撸起袖子加油干的时刻到了。

网站的上线冲淡了我最近几天的烦恼，路于问我，这样重要的时刻怎么没有喊罗素儿一起见证，我搪塞了过去，我现在是打定主意，没有知晓叶明浩与罗素儿见面的结果，我不打算再与罗素儿联系。

大头提议晚上去比斯特庆祝，于是我们三个在楼下吃过饭，就一路杀到比斯特。

也许放假的缘故，生意有些清淡，曼丽看我来了，走到我面前就风情万种地说道：“哟，强哥，怎么今天有空来了？哦，我明白了，肯定是周边上线你们要来庆祝对不对？”我觉得曼丽这智商可以啊，曼丽走过来乘机拉住我的手："走，里面包厢都给你们留好了。"

我们几个人往里走的时候，曼丽的身体有意无意地贴近我，我听见她在我耳边撒娇："你不来，可把人家想死了。"听得我面红耳赤，我边走边寻思这女流氓到底是哪里想死我了。

走进包厢坐下来，曼丽喊来一个小姑娘招待我们，小姑娘看着挺朴实，不知道为什么也会流落红尘，估计跟曼丽一样，有着心酸往事。

"这是小红，"曼丽介绍说，"这是强哥，其他两人你都熟，不用我介绍了。"

什么情况？路于这段日子忙于开发程序，竟然还有空来比斯特逍遥快活？我有些生气地看看路于，结果这厮对我视而不见，早和小红躲一边窃窃私语去了，不对，有情况。我准备随后好好审一审路于，他不是敬仰蒋二哥吗？不是暗恋叶琳吗？怎么现在跟一个啤酒妹又这样熟？难道他也要跟大头一样，就此堕落红尘？

介绍完，曼丽对我一笑："你们玩，我出去照看生意了。"屁股一扭一扭地走了。

曼丽刚走，包厢里又冲进来一个人，竟然是叶琳。叶琳坐到我身边就说："我没有迟到吧？"

"你怎么来了？"我问叶琳，"你没有迟到，你是踩着点进来的。"叶琳吃吃一笑："那是，本小姐是谁呀？知道你们网站今天上线，本小姐能不来祝贺？"

"是路于给你显摆的吧？"我问她，然后看着路于，这厮还在跟小红说话，时不时帮小红摆个果盘什么的，看来的确早就认识了。

"你可别埋怨路于，他昨天跟我说的，说你们今天要见证奇迹，完事之后要来比斯特庆祝，我一想我也得来帮你们庆祝呀，"叶琳继续说，"怎么样？还顺利吧？"

"上线很顺利，路于做事情还是很靠谱，"我感慨地说，"就不知道是不是受用户欢迎，明天，我们就准备启动宣传，不过，不知道罗素儿把宣传方案做好没有。"

一提起罗素儿的名字，叶琳表情明显凝固了一下，我连忙岔开话题说道："不说这些了，来，妹妹，好久没有听哥给你吼两声了，今儿我给你好好唱几首。"

于是啤酒打开、歌曲点上、小吃摊开，我和大头、叶琳、路于，以及服务员小红开始气氛热烈地庆祝，我们边喝边唱，我们边吃边喝，我们与很多年轻人一样，在这个夜晚，肆意释放着自己对生活的热爱或是不满。

叶琳也喝了几杯酒，她拉着我的胳膊反复对我说着我们小时候的糗事，说着说着，叶琳的眼泪就掉了下来，我听见她说："可是，强哥哥，我知道的，回不去了，一切都不回去了，如果我们不长大，如果我们生活里没有罗素儿多好啊。"

叶琳悲伤的表情我假装没有看见，也假装没有听见她说的话，只是拼命往自己嘴里灌了一大口啤酒，仿佛这样才能让自己冷却。

是啊，可惜回不去了，我看着包厢里灯红酒绿的场景，我看着大头与路于在一起碰杯时豪情万丈的表情，突然有些怀念。

罗素儿，不知道此时此刻又在哪里？

这时候，我听见路于喊了一声："同志们，让我们共同举杯，预祝远方科技蒸蒸日上，预祝我们哥几个大展宏图。"

我们纷纷站起身，哐当哐当几只巨大的酒杯碰到了一起，每个人的脸上洋溢着同样的青春。

刚碰杯结束，我还没有坐下来，包厢的门挤开一条缝，曼丽跑了进来，她的神色似乎有些慌张。

所有人都停止了说话，看着曼丽，曼丽出声解释道："有个包厢情况有些不妙，感觉怪怪的。"

大头连忙问："怎么了？有人惹事？"大头准备往外走，"我去看看，哪个孙子这么胆肥，敢跑比斯特闹事。"

曼丽一把拉住大头，却看着我说："强哥，说了您别急，似乎是罗素儿和蒋月凤，还有两个不认识的男人。"

曼丽话音一落，我立马冲了过去，我回头喊：“曼丽，赶紧前面带路，在哪个包厢？”曼丽跑到前头，其他人在我身后也跟了过来。

罗素儿和蒋月凤，两个男子？难道是叶明浩？我的心有些急，难道他们已经达成一致，现在开始载歌载舞了？这算什么？我就这样被无声无息地裁剪了？

胡思乱想地跟着曼丽穿过走廊，来到角落的一处包厢，曼丽在外面紧张地看着我，我上前一把就推开了包厢的门。

里面的人明显被惊吓到了，我率先走进去，定睛一看，果然是罗素儿与蒋月凤，两人坐在沙发的一侧，似乎有些怒气冲冲，沙发另一边坐着叶明浩，端着一杯酒，慢条斯理地看着我，叶明浩的身边是他的司机。

“怎么了？陈小强，你知道你这算私闯民宅吗？”叶明浩说，“大头啊，你们做生意就这样做吗？也太不尊重客人隐私了，你信不信明天我就让人把这里关了，让你以后别再做下去。”

“怎么回事？”我沉声问道，“明儿的事儿明儿再说，你们怎么回事？”

“我们做什么关你什么事？”叶明浩说，“别拿自个当个人物，忘记我给你说过什么了？”

说话声中，叶琳走过去，对叶明浩说：“哥，你怎么在这里？”她指着罗素儿与蒋月凤说：“她们又怎么也会在这里？”司机看叶琳走过来，连忙起身让座，叶琳坐在叶明浩身旁说：“哥，我们回去吧，您别闹了。”

叶明浩拍拍叶琳的手，安慰道：“放心吧，妹子，没事，我就是把罗素儿约在这个地方，想跟她谈些事情。”

“谈你妈的谈，”蒋月凤突然站起身，大声说，“叶明浩，你以为自己有俩臭钱就不知道自己姓什么了？你那是谈吗？你那是侮辱人。”

“把你嘴巴放干净些，没你什么事，别乱说话。”叶明浩脸色一变，狠狠说道。

“月凤，我们走，别说了。”罗素儿站起来拉住蒋月凤就想往外走。结果，蒋月凤突然拿起一杯酒，快步走到叶明浩跟前，在众目睽睽之下，将杯中酒直接泼到叶明浩脸上，那动作之流畅、之迅雷不及掩耳，的确是说干就干蒋二爷啊。

“谁嘴巴不干净了？不给你洗洗，你还真当自个是富二代就无所不能了，”蒋月凤火暴地说，“你也不打听打听我蒋月凤是被人吓大的吗？”

蒋月凤的泼酒行为明显把众人震住了，叶明浩脸色不断变化，我看见他强忍着怒火。身边的叶琳连忙掏出纸巾为叶明浩擦脸，劝道：“没事，哥，没事，蒋月凤就这脾气，您别生气。”

叶明浩一把推开叶琳，站起身，只听见“啪”的一声响，叶明浩甩手打了蒋月凤一巴掌。

“你干吗打人啊？”罗素儿扶住蒋月凤，生气地问道。

叶明浩看起来是缓过劲了，脸上不再是愤怒，而是微笑：“是她先动的手，我为什么不能还手。”

我上前一步，我说：“叶明浩，别跟女人动手，你一大老爷们打女人，不行。”

“为什么不行？”叶明浩说，“从来没有一个女人敢在我叶明浩面前耀武扬威，还用酒泼我，不知道是勇敢还是胸大无脑，陈小强，怎么？你想替她出头？我就打了，你能怎样？”

话音刚落，叶明浩又是甩手给蒋月凤一个巴掌，蒋月凤头冒金星地跌坐在沙发上。罗素儿一把抓住叶明浩的胳膊，冷冷地对他说：“你别太过分了。”

“你滚开，”叶明浩叫嚷着，“你们真是给脸不要脸，我好好给你们说，你们不听，非逼得我动手才知道厉害。我看今天谁敢阻拦我？臭丫头，不知道天高地厚！”叶琳想拉住她哥，结果被叶明浩一把甩开：“没你事，你别管。”

然后他伸手，准备把蒋月凤拉起继续殴打。

“叶明浩，你这孙子，你再动她一下试试！”我的血猛地蹿了上来，仿佛那晚在旧厂房一样，区别是那晚好多个流氓，而现在只有一个。我四下看看也没铁棍什么的，于是一把提起桌上一只空酒瓶。

“向蒋月凤道歉！”我拉开罗素儿，站在叶明浩面前说。

“道歉？”叶明浩缓慢地坐了下来，叶琳傻傻地看看他，又看看我，似乎说不出话来。

叶明浩的司机想向我冲上来，大头上前就把他制服并拉出包厢。

“我再说一遍，赶紧向蒋月凤道歉，我可以当今天这事儿没有发生过。”我继续沉声说。

“有种就别废话，提酒瓶子谁不会提？陈小强，你别逗了，为一个女人你至于跟我动手吗？我说了，你以后成了我妹夫，我们是一家人，我可是认真的，所以你最好想清楚，”叶明浩挺挺身子，一字一句地说，“别脑子一热做傻事，到时候别怪我叶明浩不讲情分。”

“我去你妈的情分！”我喊了一声，就将手里的酒瓶抡圆了猛砸在他的头上，叶明浩应该没想到我真会动手，而且下手如此狠，所有人都没料到我真下手，呆呆地看着我，鲜血流满叶明浩整张脸。

“老子早看你不顺眼，凭什么吆五喝六地命令别人，凭什么别人就得非听你的安排？我今天就为民除害了！”我扔掉破碎的瓶子，迎面又给叶明浩一拳，叶明浩立马倒地，然后我提起脚后跟猛地踹他。叶明浩开始发出杀猪般的号叫声，在场的人顿时清醒了，路于一把过来拦腰抱紧我，说道：“强子，你疯了啊，这样会出人命的。”

罗素儿坐在沙发上看着我，蒋月凤捂着半张脸，大声对我说：“陈小强，踹得好，就这样踹他，不信弄不死他。”

我又蹬了叶明浩一脚，叶明浩可能昏了，号叫改为低声哼哼。大头也进来拉住我：“强子，踢两下就算了，可别真弄出什么事来。”

“是啊，强子，算了，算了。”路于说。我告诉他们，你们别管，我今儿为民除害了。

我刚要伸腿再踹叶明浩几脚的时候，感觉有人在身后拉我。

“我说了你们别管啊，我今儿……”

我回过头，看见是叶琳，她竟然跪在我面前，满脸泪水，额头布满忧伤。

“妹子，你这是……”

“强哥哥，我知道你生我哥哥的气，我代他向你赔罪，你住手吧。”

“妹子，我……”

“强哥哥，你就别再打他了。我哥再怎么坏，再怎么不对，他到底是我哥啊。”

叶琳仰望着我，泪水不断滑落。我的心仿佛被压了块大石头似的，沉甸甸的，我突然觉得叶琳的眼泪不单单只是为叶明浩，还有别的原因，我想扶起叶琳，可是不知道为什么，自己的双腿像灌满铅一样，抬也抬不起来。

曼丽不知道什么时候又走了进来，妖言惑众道：“哟，你们这是演的哪出啊？怎么成这样了？”她看见倒在地上血迹斑斑的叶明浩，尖叫一声：“出人命了！”大头一把堵住了曼丽的嘴巴：“你胡乱喊什么啊？”我也瞪了曼丽一眼，曼丽才恐慌地不断点头。

“叶琳，对不起，”我扶起叶琳，疲惫地对她说，“你带你哥走吧。我打他一点也不后悔，就是感觉挺……挺对不住你的。”

“强哥哥，你别说了，我明白，我明白。”

叶琳哭泣着扶起叶明浩，叶明浩起身后用手擦掉脸上的血水，冲我伸出大拇指说道：“陈小强，你牛，算你狠。今儿我算是铭记于心了，既然你不听我劝，那我们就走着瞧！”叶明浩因为豪言壮语，所以不住咳嗽，叶琳流着眼泪说：“哥，别说了，我们走吧。”

叶琳经过罗素儿身旁的时候，我看见她看了罗素儿一眼，那眼神有种说不出的忧伤与怨恨，看得我心里难受，于是我故意大声说：“今儿就到这里吧，这么一搅和也没什么心情喝酒了，改天我再回请大伙。”我故意若无其事地笑笑说：“大伙就别为我担心了，我的胳膊腿啊全利索，刚才你们不都看见了吗？”

没有人说话，路于垂头丧气地过来拍拍我肩膀，摇摇头出去了。蒋月凤跟罗素儿走的时候，我听见蒋月凤叫嚷着：“陈小强，你这小子，够义气你这兄弟我认了。”

我听见罗素儿小声对我说：“谢谢你！”

这次，我没有迷糊。

31

回到家，我一进门，我妈一个人正在看肥皂剧呢。

“怎么这么早回来了？聚会应该深夜才散的嘛。你回来晚妈妈不会责怪你的。”我对她说我累了，就一个人进了卧室，关上门才发现自己的拳头也有几处伤痕，估计是教育叶明浩这厮的时候把自己也给割伤了。

胡乱涂了药，我倒头就睡，感觉头好疼，翻来覆去就是睡不着，满脑子都是叶琳荧光闪闪的眼睛，和她那无比忧伤的声音：“强哥哥，我知道你喜欢罗姐姐……我替我哥给你赔不是了。”

自己竟然全然没有胜利之后的喜悦，我隐隐约约有些后悔，自己今儿确实冲动了点。但转眼想到，喜欢罗素儿就得为她付出一切，难道我真装成缩头乌龟，看着罗素儿和蒋月凤在我眼前受委屈，连个屁都不敢放？那我就太不是男人了。

但是我也清楚地知道，今天晚上受伤最深的就是叶琳。

晚上我做了一梦，梦见自己变成了一只小天鹅飞啊飞啊飞，靠，变什么不好，怎么偏偏变成了一只鸟？到头来还不要成为圣诞夜的晚餐。

我梦见自己扑腾着翅膀飞跃了高山，飞跃了河流，飞到了城市上空，我竟然飞到了自己家的洋宅上，我妈在院子里打太极，贝贝蹲一边吐着舌头，估计热得慌。我蹲在楼顶上梳理着羽毛，贝贝看见我，嘴里的口水流得二尺长，他竟然开口说起了人话：“妈咪，咱家屋顶上飞来一只火鸡，我要吃掉它。”

我妈抬头望着我，抚摩着贝贝的头说道：“傻孩子，什么眼神，那明明是只老母鸡，怎么成一只火鸡了？你等着，我去拿枪，打下来我们一起吃。”我妈转身进了屋子，贝贝冲我做鬼脸，说：“兔崽子，看你今天往哪里跑。”

靠，怎么变成叶明浩的丑陋嘴脸了。

我慌忙离开，我可不希望自己死在亲生母亲的百步穿杨之下。我听见叶明浩在院子里叫嚷：“娘，快把枪拿出来，鸭子要飞走了。”

我继续飞，不知不觉来到了西江大学，在学校操场的杨树上我打算歇歇，想找口水喝。正张望着，突然听见树枝里有动静，我定睛一看，呵，来了一只麻雀。

“强哥哥，你在这里，害得人家一顿好找。”原来是叶琳，她什么时候成一麻雀了？但想想自己不也变成一只天鹅了，人家没有变成猫啊狐狸的就是万幸，我摇晃着走到叶琳跟前，说道：“妹妹，你好啊！你到哪里偷粮食去了？”

叶琳这只小麻雀不好意思地脸红了，我越看越觉得可爱，我想抱抱叶琳，亲亲她，想，如果我们俩成亲了，生出的后代应该属于麻雀，还是属于天鹅？我正刻苦钻研这个生物界难题的时候，突然从我们的树顶上传来一声刺耳的尖叫，跟鬼哭似的：“他们在这里，快来啊，快来抓住他们。”

我说：“谁啊？大中午不休息，瞎嚷嚷什么？”我三下两下飞到树顶，发现是一只乌鸦，靠，竟然是罗素儿。我问她：“罗素儿，你怎么变成这样了？你不是我一直暗恋的鸟中皇后罗素儿吗？怎么变成乌鸦了？”

“别癞蛤蟆想吃乌鸦肉了，你省省吧，今天就是你的死期。”我刚要问为什么，耳边响起一阵枪声，回头一看，我妈跟叶明浩这只狗追了过来。

“快来啊，他们就在这棵树上。”罗素儿继续吼叫，原来他们是一伙的。我急了，叫道：“罗素儿，快走，他们是来打猎的，你不走人家照样拿枪射你。”

叶琳在树下喊我：“强哥哥，快离开这里，猎人来了。”

我说：“罗素儿，快走啊。”

身边的枪声更加稠密，我妈他们转眼到了树下，开始扫射，贝贝也跃跃欲试地想爬上树。我过去一把拽住罗素儿：“快走，再不走就死在这里了。”

罗素儿高昂着头颅，敢情她把自己当成一只天鹅了。

一声枪响，我听见叶琳叫了一声："强哥哥，小心。"

回过头，我看见叶琳为我挡住了子弹，鲜血从她的胸口流出，她的眼中充满了眷恋与忧伤，她的尸体轻轻飘落，我听见她说："强哥哥，我是真心喜欢你，为你做什么我都愿意。"

我大叫了一声，便从梦中惊醒。额头上布满了汗水，感觉嘴角有些咸，摸摸脸上，发觉自己已经泪流不止。

第二天，我还没起床就听见我妈在客厅里喊我。昏昏沉沉地走出去，才知道是老陈打来电话，敢情是叶明浩这厮昨晚的血样把家里人吓呆了，一大早叶叔叔就给老陈打电话告状，老陈打来电话教育我。

老头子在电话里第一次发火，说我目无法纪，肆意打人，还有没有一丝道德传统。

"你说，你到底为什么打人家明浩？"老陈在电话里气势汹汹地问道。

我一点也不胆怯，当然也不敢告诉他，我是跟叶明浩争风吃醋，所以打他了。

"也没什么，就看那小子不顺眼。"

"你到底有没有受过高等教育，啊？亏你还能说出这样的话来。以后我们陈家的产业我怎么放心交给你继承？"

"不放心找别人啊？"

"你……你想气死我啊，你立即上我这边来！现在就来！"

"哐当"一声，老陈把电话挂了。我妈站在我身边，着急地问道："究竟怎么回事？怎么跟老陈吵起来了？"

我没有回答，进屋穿好衣服，给我妈说我出去一趟，我妈看着我，叮嘱说："有什么话好好说，他毕竟是你老子。"

大街上人很多，寒假过半，人们也忙着准备过春节了。

我一个人走在街道上，突然觉得自己现在活得真他妈混乱，这都什么事啊。好怀念小时候自己跟叶琳、叶明浩无忧无虑在一块玩的情景，那时候叶明浩还小，尽管长得一看就感觉不是个老实孩子，但是，我们并没有情感上的分道扬镳。

那时候都是他欺负我，然后我跑到叶家告状，叶琳那时候小小年纪就知道胳膊肘往外拐，总在一旁帮我说好话，做证人，说她哥哥是怎么骑在我头上欺负我的，每次都是叶叔叔把叶明浩打得龇牙咧嘴，我才心满意足地挥挥手，跟个小大人似的给叶叔叔求情："算了，算了，我就大人不记小人过了。"

所以，叶叔叔总喜欢在老陈面前夸奖我："强强这孩子，骨子里都透着一丝灵气，不像我们家明浩，自己总吃亏还喜欢招惹是非。"

有时候想想，人要总长不大多好？又或者，我从没有遇见过罗素儿，那么我现在的生活是否又是另一种情形了？说不定，我和叶琳早那个了，也早改口喊叶叔叔为岳父大人了。想到罗素儿，我的心情更加沉重。我看着来来往往的人群，看着他们急匆匆地朝着自己的目的地前进，我突然不知道自己究竟需要什么样的情感。

还好，我记得去老陈家的路，没多久就到了他们家门口。

一进门就看见叶叔叔和老陈坐在沙发上，老陈一脸凶气。叶明浩和叶琳都在，萍姨看我来了，连忙招呼道："强强，快进来坐。"

"不要让他坐，先站着把话说清楚，"老陈看起来确实很生气，指着叶明浩问我，"你说，怎么把明浩打成这样了？臭小子，你倒是越大越能耐了。"

也不知道是在哪里请的赤脚大仙救治，叶明浩就差整个人都被纱布包裹起来了，大半个脸不见了踪迹，只留下一双小眼睛冒着绿光。叶琳坐在她哥哥身边，小心翼翼地看我，一会把头深深勾下，可能是在为我惭愧和祈祷。

我喊了声，爸，我……

"别我、我的，都是你妈把你惯坏了。你说说，你怎么就能打人明浩呢？"老陈越说越激动，站在老陈一边的叶叔叔连忙劝解："老陈，孩子总归是孩子嘛。打打闹闹也是经常有的事情，你不用太生气。你忘记了，强强和我家明浩小时候就经常打架啊！”

“是啊，伯父，你就别怪小强。是我喝醉酒惹事，跟小强没关系。”叶明浩这孙子，竟然在老陈面前装起好人来，和我没关系大清早就来老陈家，不是兴师问罪，是吃饱了撑的？我越看越觉得叶明浩这厮不简单。

叶琳也赶紧给我求情：“伯父，您就别责备强哥哥了，他昨天晚上也是喝多了。”

老头子一听叶家多明事理，更加气愤了，走到我面前喊道：“你看看明浩多懂事，啊，你把人家打成这样人家还替你说好话，你就不感到惭愧？你也读大学了，也长大了，怎么就不向明浩多学习学习呢？”老陈拉住我的胳膊，命令我：“现在当着你叶叔叔的面，你立即向明浩为自己昨晚的行径道歉。”

“不……”我没错为什么要给他道歉，我头一扭坚持着。

“你道不道歉？”老陈火冒三丈。

“不道歉，打他是应该的。”我继续说。叶叔叔一看我与老陈火药味有些重了，连忙说：“道什么歉啊，老叶，多大的事？好了，好了，你就别逼小强了。”

“是啊，”叶明浩这孙子说，“伯父，都一家人，不用的，不用的。”

老陈骑虎难下，继续问我：“你真不道歉？”

“不！”

“好你个兔崽子，我还管不住你了。”老陈迎脸就给我重重的一巴掌，我没有料到他会出手打我，一个踉跄向后退了几步才站稳，我看着老陈，看着他紧缩的眉头，问他：“爸，您这是……”

叶叔叔走过来扶住我，回头责备老陈：“老陈，你干吗打孩子呢？多大的事，用得着吗？”

萍姨不知道什么时候也走到我身边，看见我红肿的脸，连忙问：“强强，怎么了？”她回头看着爸爸，“你怎么能打他呢？”

我顿时觉得自己好委屈，我想这回自个面子丢大发了，我看见叶明浩看我的小眼睛已经乐得眯成一条缝，我有些不明白，为什么老陈不相信自己儿子的担当，而宁愿相信一个人渣的大度。我觉得自己有些喘不上气，我努力平息了呼吸，问道："爸，您还打不？不打我就回了，我妈还等我吃早饭呢。"

我看见老陈的脸有些发青，他似乎很疲惫，一言不发地坐在了沙发上。

叶叔叔四周一望，也说："好了，我们也回了。唉，今儿这事弄得。"叶叔叔经过我身边的时候告诉我："别生你爸爸的气，强强，老人嘛，打你也是为你好。"

叶叔叔笑呵呵的，圆圆胖胖的脸孔跟寺庙里的弥勒佛一样，我的心中却总有说不出的奇怪感觉。

叶家人一走，我也转身离开，刚出门口，叶明浩跟只幽灵般猛地冒了出来。

"这下你满意了，"我冷冷地看着他说道，"还不走，赖着想干什么？嫌我捶你没有捶够？"既然已经与叶明浩撕破脸皮了，我也就懒得应付了。

"呵呵，"叶明浩的嘴巴一咧，"不想干什么。陈小强，你以为你老子打你一巴掌就能让我彻底原谅你？我告诉你，没那么容易。"

他指着自己的头，指着自己身体的伤口，用沙哑低沉的声音一字一句地说道："这些都是拜你赐。既然你能狠下心，为了那个罗素儿对叶琳不管不顾，为了蒋月凤能对我动手，那么，我，叶明浩从今儿起也就跟你陈小强不谈什么交情了。"叶明浩恶狠狠地说："我要让你双倍偿还，不信我们走着瞧！"

这厮跟只疯狗似的，我正琢磨着该不该再抽他几下，叶琳突然老远跑了过来。

"哥，你怎么还不回去？你在做什么？"叶琳看见我的脸色很难看，紧张地问道。

"没什么，我在安慰你强哥哥呢。好了，既然你来了，那你就安慰安慰他吧，我有事，先走了。"

一辆黑色商务车开过来停在路边，叶明浩钻了进去，隔着车窗玻璃，隐隐约约的，里面的几个人我有些面熟，但终究没有看清楚是谁。

"强哥哥，刚才真对不起。我要知道陈伯父那么生气，我一定不让我爸爸和我哥来这里。"

我说，没事，跟你有什么关系。

叶琳的脸蛋红彤彤的，也许是天气寒冷的缘故，我轻轻地抚摩她的脸蛋，说：“妹子，回去吧，强哥没事，我想一个人待会。”

叶琳还想留下，但看到我坚决的眼神，她也没有再坚持，只是叮嘱我回到家了给她打个电话。

我点点头，叶琳一句话没有说，只是在转身离开的时候，我看见她的眼中似乎有泪光闪烁。

32

我一人呆呆地站在老陈家门口，跟个傻瓜似的，没有一点知觉，脑子乱得如同棉絮，叶明浩很狡猾，但叶琳却很单纯，我清楚她是真的喜欢我，我开始有些怀疑，自己为罗素儿惹得老陈不开心，让叶琳难堪，是不是真的有点不值得？

天似乎开始变得暗淡，我想我应该回去了，应该跟我妈好好谈谈，看她有没有什么意见给我。

“既然还没走，就进来吧。”一个熟悉的声音响起，我回过头，看见老陈站在门口。我稍微犹豫了一下，然后再次走了进去。

坐在沙发上，萍姨为我端来热咖啡，老陈说，喝点吧，你最喜欢的，不加糖。

听得我有些心酸，我端起咖啡，不顾滚烫大口大口地喝完，当我露出满足的笑容时，我听见老陈说：“刚打你，还疼不疼？你不怪爸爸吧？”

我说了声“爸”之后就觉得自己嗓子堵得慌，老陈看上去似乎很疲倦，苍老的额头上刻满时光的痕迹。我发现，分开的日子我在成长，而他却在逐渐老去。当年那个决战商场，叱咤风云的陈明胜已经不能同日而语了。我觉得自己真的很不孝顺，我怎么能惹他老人家伤心呢。

我冲老陈一笑，说道：“看您说得，我哪能怪您呢？再说了，我这么一个年轻小伙还挨不住您一巴掌啊？我是您儿子，您要打就打啊。”

老陈舒心一笑，仰坐在沙发上，紧闭着双眼，缓缓说道：“强强，爸爸不是一定非得打你。你知道吗？这么多年以来，爸爸在商场上打拼，感觉真的很累。三 T 集团是我和你叶叔叔一手创建的，现在已经发展成了一家颇具规模的公司。与以前相比，在三 T 集团里，虽然我占的股份比你叶叔叔所占的股份大，但是，经过这么多年引进投资人，三 T 集团已经不是我们的三 T 集团了，所有的决定都需要更多人同意才能实行。”

老陈顿了顿声，继续说：“以后，我在三 T 集团的一切都必须你来继承，虽说你现在有了远方科技，但是叶明浩，你必须得和他面对，得学会与他和平相处。我知道在某些方面他是比不上你，但是，你不能否认他的经营头脑以及商场经验都是你现在不能相提并论的。所以，在日后，爸爸不在了……”

“爸……”

老陈睁开眼睛，挥挥手，继续说道：“当爸爸不在了，我更希望你能跟他处理好关系，只要三 T 集团在，你们就从根本上无法切割开来，所以该给的面子还是要给，不能弄得过于难堪，否则，以后你们怎么相处？多个朋友总比多个敌人要好，不然爸爸又怎么能够放心？而且，我一直给你说，做人要大度，能容人，能看得到别人身上的优点，不能总抓住缺点不放，不能以趣味不相投就对某个人进行全盘否定。你明白吗？”

我承认自己哭了，大滴大滴的泪水毫无掩饰地掉了下来，仿佛自己现在就是一个孩子。我在老陈面前无所顾忌地哭泣，老陈看见我哭了，突然笑了，很慈祥的笑容，让我觉得心里好温暖好温暖。

“大男人，哭什么？真没出息。你放心，爸爸会尽量安排好一切，包括收购西江高科的事情，在你叶叔叔的帮助下我也有了妥善解决的办法。爸爸不会强迫你做任何事，但也不希望你总是意气用事。”

“爸，您放心，我不会了，我改，我一定改！”

“你能这样最好，我已经对不起你们母子了，我不能让你以后在挑起重担的时候举步维艰，我还希望你好好孝顺你妈呢。”

我再也说不出一句话，老陈跟军事指挥家一样的高瞻远瞩让我自愧不如，我悲伤了一会便跟他告辞。

出门的时候萍姨送我，解释道：“小强，别怪你爸爸，他最近为收购西江高科的事情压力比较大，所以才动的手，你多理解理解。”

“我知道，萍姨，您空了也多给我爸说说，让他平日里多注意身体，要多休息，还有您，你们年纪已经大了，一定要多注意身体，免得我担心。”

“小强，你……”

“什么？”

“哦，没什么，有空你多来玩，常来看你爸爸和我。”

萍姨欲言又止，我点点头离开。

到了自个家我才发现已经快中午了，感觉肚子饿得咕咕叫，这才记起一大早骨碌起来去挨训，午饭到现在都没吃一口。我妈看我回来了，连忙张罗着吃饭。吃饭的时候，我妈问我，强啊，跟你爸没事吧？我扒拉着一口米饭说，没事，没事，能有什么事？我妈不好意思问了，隔了一小会说，强子，真没什么事？

这老太太也真孜孜不倦，我连忙停止扒拉饭，很认真地对她说：“妈，老师从小教育我们吃饭的时候不能讲话，这样不文明。”

俺娘抄起一根筷子就当大棒使唤，我立马就招了。我绘声绘色地从昨天晚上自己的英雄主义讲起，一直讲到今儿早晨的批斗大会，讲得我口干舌燥，跟说评书似的，我妈也配合着一惊一乍，当听说老陈拍苍蝇似的拍了我一巴掌时，我妈噙着泪水抚摩我的脸，咬牙切齿道：“这个死老头，他竟然动手打你！”

我说，没事，有什么嘛。怎么着他也是老陈，别说把我当一苍蝇拍拍，就是把我当苍蝇拍子使唤，我也乐意，谁让咱孝顺呢。我妈听了哈哈一笑：也是，我教育出的儿子能差吗？

我们娘俩很愉快地交谈着，说着说着，我妈突然问我：“罗素儿，就没对你有什么表示？”

“有，怎么没有，她谢谢我了。”

“怎么谢谢了？”

“说谢谢我啊。”

“傻小子！”我妈一声叹息道，“为了爱情你抛弃生命，爱的女孩依旧冷眼旁观，爱情最怕你追她跑，相隔距离却一成不变，她是冰山你是火炉，你们之间不仅是体积差距。儿啊，要娘说，你不如放弃，重新再来，也许，你们之间真的有缘无分。”

我听了我妈的咒语很不开心，怎么能这样？怎么就能鼓动自己的儿子缴械投降呢？我一脸不高兴地对我妈说：“您看您，一把岁数了，宁挖绝户坟，不破一门婚。您怎么能这样武断地给我定论呢？还一爱情专家，敢情以前都是骗我纯真感情的。”

我妈急了：“你这孩子，有你这样说话的吗？得，我也不跟你辩论，我下午就找刘婆婆算算，看你跟罗素儿之间到底有没有结果。”

刘婆婆是远近闻名的神算子，据说上知天文、下晓地理，《周易》八卦样样精通，每天没事就摆摊给人测字算卦，与精神文明作对。我正打算狠狠地批批我妈这种封建思想，手机突然响了。

低头一看是一个陌生号码，指不定谁又骚扰我呢。我接通电话很严厉地说：“谁啊？没事骚扰什么？我给你 5 分钟解释时间，说得大爷不开心，我立即报警说你利用手机诈骗，你信不信？”

“神经病！”电话那头传来一个女声，“是我啊，陈小强，蒋月凤！”

我拿着手机，蒋月凤叽叽喳喳了好半天之后才告诉我说：“晚上没事出去喝酒，我和罗素儿约你，当为上一次的事情我们感谢你了。”

我确信自己合上手机的时候在傻乐，因为我妈问我：“强子，怎么了？谁的电话啊？别告诉我，让我猜猜，叶琳？不对，罗素儿？肯定是罗素儿，只有她的电话才能让你乐得屁颠屁颠。”

我妈人就是这样，没事总喜欢打破砂锅问到底，而且她还不让你说答案，要自个瞎琢磨。没事拿我当头脑风暴主持人了，真以为生活就是一道道问答题啊。我笑而不语，我喜欢看我妈想知道正确答案的着急样。

“妈，您就别猜了，我上去睡会，晚上有约会。”我一说出“约会”两字，心里不觉疼了一下：这算约会吗？一男两女，纯粹三人游戏啊。

“跟谁约会，儿子？”老太太追问，“和罗素儿吗？她终于肯约你了？”

我站起身朝卧室走去，老太太跟后面追问，我回过头，很有面子地点点头，我妈脸上如鲜花般灿烂。

不管怎么样，先骗骗我妈，当孝敬她老人家。

下午一觉醒来的时候，天已经黑了，一看表都快晚上七点了，我有些着急，第一次跟人约会也不能让姑娘等咱啊。我慌忙找见蒋月凤中午留在手机上的号码，打过去刚接通就传了一个特伟岸的声音：“陈小强，你死哪去了？我跟素儿在比斯特等你快一小时了，你到底来是不来啊？”

我说，来，来，怎么不来啊？你不是没告诉我是哪家酒吧吗？这不，跑遍大半个城市就是找不见你们。我假装特无辜、特辛苦的声音埋怨，人家都累死了。

“少给我装恶心了。比斯特，大头也在，快来啊。”

蒋月凤挂了电话，我迅速收拾整齐，撒丫子就往比斯特跑去。

一进比斯特，就看见蒋月凤、大头几个坐角落里喝酒呢，曼丽扭着身体来来往往，招呼着为数不多的客人。

蒋月凤看见我给我招手，我刚到跟前，她就迎面递来一瓶酒。

“来迟了，先自罚一瓶。”蒋月凤恶狠狠地说。

我说：“姐姐，你想整死我换个法子啊，怎么一来就一整瓶喝？”

“别说得那么难听，别死不死的，多不吉利。”

我向周围的人投出哀求的眼神，罗素儿低头玩酒杯，不管我，大头一脸坏笑，曼丽看见我望着她，满面春风地走来说道：“要不，强哥，我替你喝了。”

曼丽话音刚落，蒋月凤不高兴了，“啪”地一声拍着桌子说道：“你哪个庙里的和尚？你凭什么替人喝酒？哪儿凉快哪儿待着去。”

曼丽明显也不是吃素的，一扬头反击道：“蒋姑娘，请你嘴巴放干净点，我们这是酒吧，不是屠宰场，没事你不要瞎嚷嚷。”

“你说谁瞎嚷嚷？”蒋月凤眼看着就要猛扑过去，被大头一把拉住了，大头劝阻道：“别这样，大家自己人喝酒图个高兴，别没喝就生气。”大头回头对曼丽说：“丽丽，这没你事了，你去忙吧。”

曼丽怏怏不乐地转身离开，临走时告诉我：“强哥，改天我请你啊！今儿你就先招呼这些外人吧。”蒋月凤又要猛扑，罗素儿开口说话了：“月凤，喝酒吧。”

虽说上次我为罗素儿和蒋月凤强出头，我内心希望罗素儿对我热情奔放些，别总这样冷冰冰的样子，我内心里总认为，年轻人应该多些青春的色彩，不能总这样绷着，罗素儿总这样绷着的模样让我有时候觉得心疼。

罗素儿发话，蒋月凤顿时变得很安静，开始跟我们有一搭没一搭地干杯。我想趁着酒性跟罗素儿套套近乎，问问那天在包厢里，在我进去之前，她们与叶明浩究竟说了什么才让叶明浩如此愤怒，难道是罗素儿拒绝了成为他女朋友的要求？一想到这样，我就高兴不已，我觉得自个眼光是极好的，我看重的姑娘果然是一个威武不能屈、富贵不能淫的好孩子。

我鼓了几次勇气，想确认答案，但不知道怎么开口。就这么耗着，觉得实在无聊了，我便问大头：“路于这小子今儿怎么没来？”

“敢情您不知道啊，哥？”大头神秘地说，“路于恋爱了！”

“什么？”大头的消息确实吓我一跳，就路于那小豆芽的样还能恋爱？我使劲掐了大头胳膊，“你没喝醉吧，大头？”

大头似乎对我质疑他的酒量很不高兴，气呼呼地说：“不信拉倒。”

“那路于和谁恋爱了？不知道哪家姑娘这么不长眼，往垃圾坑里蹦啊？”

“有你这么说话的吗？我们应该为路于高兴才是，”大头教育我，“路于怎么就不能恋爱了？只许你吃肉，就不能让人家喝汤？”

大头咂巴咂巴嘴，这都是什么比喻？我顿时无语，也没有继续追问的兴趣，我们几个人低着头喝酒，喝了一会，蒋月凤突然说自个有事先走一步。

“强子，那天多谢你了啊。”我说，没事，没事，就甩了几酒瓶子，多大个事。

蒋月凤笑眯眯地说了“再见”,便一溜烟跑了。就剩我和罗素儿、大头三个,我们又继续喝起闷酒。大头发现现场气氛实在尴尬,便说:“我给大家唱首曲子吧。”没等我和罗素儿应允,他拿起麦克风就鬼哭狼嚎地叫起来,我看见罗素儿的表情扭曲得跟吃了苍蝇似的,于是我对罗素儿说:“这里噪音实在太大,要不,我们出去散步,顺便我送你回家?”

罗素儿竟然答应了,我心头一乐,离开比斯特的时候我偷偷告诉大头:“你这歌唱得还不够刺耳,应该多加练习,争取从6一下拐到1。”

大头一脸懵懂地看着我,不知道我为什么会如此说,我没有解释,跟着罗素儿走出了比斯特。

33

晚上天冷，街上人很少，我和罗素儿一前一后地走着，有点小雪，飘飘扬扬，我的心里却觉得特温暖，仿佛自己在拍电视剧似的，我印象中电视里的女主角应该搓搓双手，长长吁口冷气，然后男主角立马奋不顾身地脱下自己的外套为她披上，并且很牛地说，哥强壮，哥不冷，你放心穿。当然，这种戏一般都有激情成分，主要是为了配合男女主角的感情突破，所以在飞雪连天的寂静夜晚，男女主角爱的火花猛地爆发，他们会毫无顾忌地热吻，外套被远远地扔到地上，风徐徐吹动。

我偷偷盯着罗素儿，一旦发现她有寒冷的迹象，我就打算按照剧本表演。可惜罗素儿丝毫没有表示寒冷，绯红的脸蛋，黑黑的长发上盖满了细碎的雪花。我心里好着急，丫头，你怎么就不搓手，赶快吹口气啊。我一心急，便不由自主地做起了本该由罗素儿做的动作，我刚吹一口气，罗素儿竟然开口说话了，她问道：“你冷吗？”

“不冷，不冷，大热的天，冷什么嘛，”我尴尬地搓搓手，“这不热得慌吗，吹吹冷风，吹吹冷风。”

罗素儿看看我，又不说话了。我想，你就是块木头，有我这般伶牙俐齿的人在身旁也不能让你当木头。我微微一笑，问罗素儿：“你似乎不太爱说话，这样不好，得多交流。”

“为什么？不嫌累啊。”罗素儿反问道。

“说话好啊，说多了人心情就舒畅了。”

“有吗？”罗素儿扭头望着我。我连忙说，是啊，是啊，你看我，看大头，还有路于，我们一天多欢畅，就是因为有事没事待一块瞎聊，聊着聊着人就顺畅了。

“每个人都有自己的伤心事，你也有，是吧？”罗素儿这句话差点把我噎死，一副知识分子的腔调，我耷拉个脑袋，真不知道自己该如何回答，难道我说我没有伤心的事情？

我们继续在沉默中前进，没一会，来到一个小区门口，罗素儿说到她家了。我说那成，我就先回了。

“如果你愿意，上去喝杯热茶吧。”

靠，我怎么能不愿意啊，我求之不得，幸亏天黑，掩盖住了我丑恶的笑容，否则，罗素儿一定后悔自己说出的邀请。

罗素儿的家是一套简单的两室一厅，屋子里装潢很简单，但是很别致，设备也很齐全，要什么有什么，经过浴室的时候我偷偷看了一眼，我想八成这地方今晚我会用得上。

屋子里没其他人，我进门就坐到沙发上，问罗素儿：“怎么你一个人住？蒋月凤没有和你一起住？”

“没有，月凤在自己家住，”罗素儿给我端来一杯热茶，坐下来说，“就我一人住，不过月凤经常会过来。”

我暗叹一声“好险”，幸亏蒋二哥今晚没有过来，不然多好的戏码也没有用，我喝了一口茶，问道：“那你父母呢？怎么没和你一起啊？”

罗素儿没回答，打开电视，电视里正播放广告。一个胸部巨大的女人向观众演示，用了该产品胸部就能变成她那样。我偷偷伸长脖子咽了一下口水，我看着罗素儿，她似乎没什么反应，还是很平静的样子。这孩子，真是性冷淡。我悲哀地想着，以后她成为我女朋友，我该怎么引导她，才能让她重获生活的乐趣？

我闭着眼睛使劲想，还没想出结果的时候，听见罗素儿出声说：“那晚其实是叶明浩约的我，月凤不放心我一个人去，所以跟着来了，你不想知道叶明浩说了什么？”

我立即紧张起来，点点头。

“叶明浩说了，只要我跟他在一起，他给我一千万，或者是给我五百万，我可以不跟他，但必须远离你，”罗素儿突然笑了一下，“这有些男人啊，就是喜欢自以为是，叶明浩说叶琳喜欢你，所以你只能和叶琳好，不能跟别的女孩有牵扯，不然叶琳会伤心难过。话说回来，叶明浩看起来趾高气扬，对叶琳却是真的不错，那你呢？你怎么想的？叶琳，你真的对她一点感觉都没有？”

“没有，我说过的，我只是把她当妹妹，”我叹了口气，“你说得对，我也不清楚叶琳有叶明浩这个哥哥应该说是幸运还是不幸。我们三个人从小一起玩大的，叶明浩做人做事我都看不上，但做生意却有一套，不过我却觉得人有没有本事其次，关键做人得先要厚道。”

“所以我拒绝了，就在你们进包厢之前，我拒绝叶明浩，这个自以为是的男人很不高兴，于是和月凤吵了起来，结果你们进来了，然后就有了后面的冲突。”

听见她亲口承认自己拒绝了叶明浩的诱惑，我打心里高兴，冲动之下我竟然一把抓住了罗素儿的右手，我说：“素儿，您放心，我一定不负年华不负卿。”罗素儿有些慌乱，用力抽出右手，我憨笑了一声，然后，继续看电视。

我不断拿起茶杯喝茶，喝完了，罗素儿又给我添满，我又喝完，又添满，敢情把我当水桶了。即使水桶也有装满的时候呀，不一会我就感觉憋得慌了，我跟一只田鼠似的左顾右盼，坐立不安，罗素儿看见了，问我怎么了。我不好意思地指指肚子，我都感觉自己脸红得像只大番茄一样。

罗素儿竟然笑了，这是她为数不多的几次冲我微笑。我顿时有种身居后宫猛遭皇上临幸的感觉，想想这么久以来自己对罗素儿的一片丹心，现在她终于又对我笑了。我感动万分啊，我都想跑到一个无人的角落里偷偷抽泣几下，我容易吗我。

我傻乎乎地看着罗素儿的笑容，也只有在她笑的时候我才能感觉到她是个孩子，我才觉得自己还有希望，我忘记了上厕所，我壮着胆子对罗素儿说："其实你笑起来更美，为什么平时硬要装一副冷冰冰的模样？要对同志保持夏天般的温暖，社会并没有抛弃你呀。"

罗素儿脸立即拉下来了："你不是上厕所吗？怎么不去呀？"

我噔噔就往厕所跑去，在暴风雨没有来临之前。

当我从厕所酣畅淋漓地出来后，我看见罗素儿竟然把外衣给脱了，穿一件睡衣在屋子里走来走去。我的血压猛地就往上蹿，我结结巴巴对罗素儿说："那您就早点歇着吧。我也该回去了。"刚说完我就想扯自己一嘴巴，没事装什么清高？人家姑娘都暗示了，我怎么着也不能临阵退缩啊。否则人家还怎么甘心跟我一辈子啊？我不能给她带来幸福。

"没事，再坐会，说说话。"罗素儿指着沙发，我凸溜一下就坐上了。

"其实你这人挺不错的，"罗素儿开始恭维我，说道，"成绩好，人也好，就是有时候爱耍小聪明，爱耍嘴皮子。"

"哪里，哪里，我这人，不好。"我轻声谦虚了一下，罗素儿没搭理，抬头看了看电视，又继续说："只是陈小强，你不应该喜欢我，万一有天你后悔了呢？"

我一听急了，我怎么会后悔，只要您答应了我不知道有多高兴呢，这不明摆了拒绝我嘛。我心一下就凉了，看来自己是没有希望了，罗素儿都把我从她的世界里排除掉了。我沮丧万分地说："你要拒绝我就直接拒绝，我陈小强也不至于脆弱得跟盆花似的。没事，我抗得住。"

"不是，你误会了。很多事情其实你并不了解。"罗素儿有些着急，我心里又乐了，看来自个在她心里还是有些地位。我猛地回想起她不是曾经交往过一个男朋友嘛，就西江大学的那个动力男，她该不是跟那男的有过那种事？怕我知道了会介意？那我介意吗？我脑子飞速旋转，没转几圈，我觉得我这人其实也庸俗，我怎么能跟凡夫俗子一样，人都有需求嘛，何况咱都是干柴烈火呢。

我顺势坐到罗素儿身边，大胆地拉住她的小手，很严肃又特有文化地跟她说："素儿，以前的事我不在乎，真不在乎。只要能跟你在一块，我什么都不会介意。"

我看见罗素儿的眼中似乎有泪光闪动，一闪一闪，她盯着我看，我很镇静地跟她对视，对了一会，罗素儿招架不住了，她喊了我一声"小强"便扑向了我的怀抱。我抱着罗素儿，感觉自己仿佛在做梦，昨天还横眉冷对，今儿晚上就甘为孺子牛了。

我双手颤抖地抚摩罗素儿的长发，香香的，罗素儿耸动着肩膀，我想她可能等待这一时刻也太久了，现在忍不住哭了，我很有男人味地跟电视里的明星一样，在罗素儿耳旁轻声说道："哭吧，妹子，使劲哭吧，有什么委屈现在尽管哭出来。当明天太阳升起以后，一切都会烟消云散。你放心，我们的好日子才刚开始。"

罗素儿泪眼婆娑地抬头看我，然后就把自己的嘴唇搁我嘴上了，我刚想大叫一声"您搁错地方了"，才想起这不是她要跟我接吻嘛。接就接吧，我好歹也得满足一下她的要求，谁让我喜欢人家呢，喜欢就得奉献，无条件地奉献，不管你自个准备好没有。

我搂着罗素儿肩膀，我想要接就接个世界之吻，要么就彻底奉献，保留干什么呀。我一边堵住罗素儿的小嘴，手开始不老实地在她身上四处游走。我听见罗素儿急切地喘息，我听见她说不要，不要，我连忙回答，我要，我要。

姑娘家关键时刻就得矜持不是，我再怎么傻也知道主动啊。我加快探索范围，罗素儿一把推开我，整理了一下头发，恢复平静对我说："有些事情，我觉得还是得先给你说清楚，如果你还选择我，那么我就答应你。"

我靠，说刹车就刹车啊，这不拿我开涮嘛，好好地讲什么事情呢？有什么事情比现在应该做的事情还重要吗？

这种时冷时热的感受，真让我遭罪啊。

虽然我不情愿，但我还是按照罗素儿的意思停下手里的进攻，我示意她：

“你说，我在听。”

罗素儿眉头皱了皱，似乎在组织语言，我突然感到一种紧张的气氛油然而生，我暗暗祈祷：“坏的不灵，好的灵，希望罗素儿说的都是好事情。”

“不知道该怎样说，”罗素儿尝试着组织语言，缓缓道，“其实，到三T集团应聘我是有备而来，然后我与叶明浩开始联手。”

我顿时有一种天崩地裂的感觉，什么坏的不灵，好的灵，这分明是坏的灵好的不灵，我深呼吸，平复心情后问她：“什么意思？你跟叶明浩之前认识？你们联手干什么？”

“之前不认识，是进入三T集团之后才知道他，准确地说，是知道你跟叶明浩的矛盾，所以，我才跟他联手。联手干什么？这样说吧，布局广告公司的赌约，我也有参与。你说要推荐我做副部长，我立即告诉了叶明浩，于是叶明浩说董事会上他会强烈反对，然后诱导你与他打赌让广告公司扭亏为盈，最终将你从董事会踢出局。叶明浩说，你是一个冲动而讲义气的人，他果然没有看错，更没有想到直接把你踢出了三T集团。”

“为什么？你为什么要这么做？素儿，你告诉我，你为什么要跟叶明浩一起联手害我。”我声音颤抖地说出这个“害”字，我的心如刀割。

罗素儿没有直接回答，继续按着自己的节奏，缓缓说道：“我告诉叶明浩，我说你喜欢我，之前不认识的时候你就听说过我，对我感兴趣，所以叶明浩建议利用这一点，于是有了广告公司的赌约，”罗素儿喘了口气，然后继续说，“你离开三T集团，执掌不了三T集团，叶明浩满意，我也很满意。不过，入股远方科技是我自己的决定，与叶明浩无关。”

“为什么，你究竟为什么要这样做？”我沙哑着声音问，我无法相信罗素儿的内心会如此阴暗，这副高不可攀、冷若冰霜的面孔都是她的假面孔，底下却充满丑陋。

罗素儿看着我，我看见她的眼睛里满是怜惜与痛苦，她说道：“陈小强，做这一切就是因为你是陈明胜的儿子啊！如果你不是陈明胜的儿子，该有多好啊。”

“陈明胜，这与老陈又有什么关系？”我一把拉住罗素儿的胳膊，连忙问她，“你说清楚，这和老陈又有什么关系？”一急之下，我用力握着罗素儿的胳膊，她因为疼痛一把推开我，说道：“这你得回去问问陈明胜，问问他，我做这一切究竟为了什么。最初我与叶明浩联手希望搞垮三T集团，我希望三T倒闭，我希望陈明胜一无所有，我希望陈明胜去死，我恨他！”

“素儿，我求求你，你给我说清楚，为什么会这样？这究竟是怎么回事？”我近乎哀求地说，我的声音明显颤抖，我担心那种恶心不堪的事情会发生在老陈与罗素儿身上，尽管老陈再婚后我从未听说过有关他的花边新闻，但是罗素儿都有这么多阴谋，谁敢保证老陈就一定没有呢？

罗素儿流着眼泪，闭上眼睛说：“可是与你接触上之后，我渐渐被你所吸引，开始喜欢看你搞怪，喜欢听你说话，喜欢你有担当、讲义气，虽然时不时会冲动，会让人感到有那么一些讨厌，但那才是你，才是陈小强该有的样子。包括你与你妈妈、路于他们一起搞的家访，现在回想起来我不仅仅只是感到好笑，更是一种温暖的感觉。尽管我在一直抗拒自己的感觉，但我必须得承认自己喜欢你，罗素儿喜欢陈小强。”

“你喜欢我还在背后搞这么多事情，你有病啊？”我情绪彻底无法控制，我一把推开罗素儿，伸出手，我想抽她一巴掌，她闭着眼睛说：“要打你就打吧，我做那么多事情，我不后悔。叶明浩以为我肯与他联手，所以想用金钱诱惑我跟他，那是不可能的。我清楚自己想要什么，一码归一码。”

举在半空中的巴掌终究没有挥下去，我看着眼前这个自己深爱的女孩，她没有说清楚自己与老陈之间的恩怨，可能她有迫不得已的苦衷，但这种被人背叛的滋味终究击倒了我，第一次，我发现自己离罗素儿好远好远。

我痛苦地说：“你既然不喜欢我在三T集团，你告诉我，我会离开啊。你与老陈有过节，你告诉我，我去给你讨个公道，你为什么要在背后做这么多事情？而且，明明知道我喜欢你，你为什么不早早坦白？”我将头深深垂下来，说道：“我一直不断在确认，在确认那个江湖传言中果敢侠义的女子与现实中的你是否一致，等我确认了，等我告诉自己，嗯，这辈子就是你了，不会再有别人了，你却给我说这些，你要我怎么办？你他妈的究竟想要我怎么办？”

我缓慢地抬起头，泪流满面地站起身，我转过身，准备离开这个地方。

我听见罗素儿在身后喊我：“陈小强，你还爱我吗？”

我停顿了一下，是啊，我还能不能再爱她呢？我没有回答，因为我也不清楚。

当我打开门要走出去的时候，我听见罗素儿在身后失声痛哭，我听见她说着：“月凤，你快过来，我一个人好害怕。”

34

生活就是这样，在你自认为一帆风顺的时候，偏偏要让你猝不及防地跌倒。有些跌倒，站起身拍拍土就能重新上路，有些跌倒，就得粉身碎骨。

我没有预料到与罗素儿的深入交流会换来这样的结果，看得出罗素儿是真的喜欢我，否则不会向我坦白。但当我知道她在背后与叶明浩联手整我，尤其是对三T集团、对老陈那种发自内心的怨恨后，我有些迟疑了，我不知道该如何冷静地去面对这一切。

我需要静静。

于是，之后的十几天我一直待在家里思考，哪儿也没去，这期间路于打过几次电话，问我网站上线了该如何推广，我直接挂了，大头打电话喊我去喝酒，顺便他想问问那天我送罗素儿回家究竟发生了什么，大头说这话的时候嬉皮笑脸，我索性直接关机。

我妈起先还问我到底怎么了，怎么那天回来之后就像霜打了茄子似的，我听着听着就很不耐烦，我第一次冲老太太发火："没事您出去溜达啊，总跟在我后面干什么，你烦不烦啊。"

我妈听到我的咆哮，跟受了委屈的祥林嫂似的，看了看我，然后摇着头走开了，我听见她小声说："儿子大了，做妈的终于管不住了。"听得我心里怪难受。我不明白罗素儿为什么如此痛恨老陈，我开始胡思乱想老陈到底怎么得罪了人家姑娘。我越想越怕，难道真是老陈仗着有钱有势把人姑娘怎么了？这个念头像一只坏苹果里的虫子般蠕动，我决定去找老陈当面把话问清楚。

大头终于变聪明了，聪明的大头知道跑我家找我。一进门大头就气急败坏地问我："你小子究竟怎么了？是不是那晚送姑娘回家把人家祸害了不敢出门？等着风声一过就跑路？"

"你才跑路呢。"我气呼呼地对大头说。大头呵呵一笑："不跑路怎么不来找我们啊？你知道不知道，路于跟小红姑娘谈成了，现在可火热了。"我一听就火了，立马忘记了自己的伤心往事，大声责备大头："咱路于再差劲，你也不能把你那里的姑娘介绍给他做女朋友啊，你还有没有人性啊？"

大头站起身，指着我的鼻子骂道："小红怎么了？KTV怎么了？我们是正经娱乐场所，我说陈小强，你怎么总是狗眼看人低啊！我给你说了千万遍，娱乐产业是门高尚的产业，是丰富人民精神生活的场所，你不能总戴着有色眼镜看我们。"我一听大头唠叨我就头大，我说，得了，得了，你就别高尚了，都快赶上精神食粮了。大头说，你别不相信，改天来我们铺子里再仔细瞅瞅小红姑娘，那叫一个单纯，而且人家是勤工俭学，本身是一名大学生。

我没有再说话，就像我经常说的，儿孙自有儿孙福，路于想爱，就让他狠狠去爱吧。大头又问我，那晚送罗素儿回家进展得怎么样？我苦涩地一笑，我不知道该如何给大头描述这个曲折离奇的过程，大头看我不说话，他或许懂了，也没有继续追问，只是提醒我，别总把手机关了，没什么事就开开吧，整得跟人间蒸发似的，再找不见你我可就打110了。

大头气呼呼地出门离开，我站在自家门口，看着外面寒冬瑟瑟的场景，顿时悲从心中来。

这时，手机叮咚响了一声，我拿起手机，发现有条未读短信，是叶琳发来的，上面写着："强哥哥，你还在生气吗？你千万别生气了，我好想你。"

那一刻，我顿时泪如雨下。

春节在噼里啪啦的鞭炮声中度过，我本想立即问老陈关于罗素儿的事情，但想想大过年的，也不能惹老头子不开心，假如真像我想的那样，我跟老陈为一女人争风吃醋，不笑死人才怪。我假装没事似的给我妈说了对不起，告诉她那天我不应该冲她咆哮，我说现在没事了，一切都摆平了。我妈抚摩我的额头说，傻孩子，做妈的怎么能跟自己儿子生气呢？我妈慈祥的目光让我忍耐不住地扑进她怀里直撒娇。

我开始跟我妈应付春节各种串门送礼拜年，在老百姓眼里，咱老百姓忙碌了整整一年，也该歇歇了。

在我的再三坚持下，我妈终于同意和我一起去老陈家做客。我对我妈说了，百年修得同船渡，千年修得共枕眠，虽然老陈移情别恋，但现在你们都老了，别再纠结过往，所谓冤家宜解不宜结。

我妈或许真的听进去了，她随着我来到了老陈家。萍姨热情高涨地接待了我妈，我妈对萍姨刚开始还挺生气，认为这个狐媚子抢了自己老公，没个把钟头，两人就变成闺房密友了，叽里咕噜地躲在厨房，也不知道在说些什么。老陈想进去凑凑热闹，没承想我妈似乎还没有原谅他，不仅把他撵出厨房，并且指着老陈的鼻子吼叫："陈明胜，你已经对不起我们母子俩了，你可不能再三心二意地对萍妹，要让我知道你做出什么对不起萍妹的事儿，我第一个收拾你。"

我妈的一句"三心二意"把我听得毛骨悚然，老陈尴尬地冲我一笑，但他那笑容我越看越仿佛要掩饰什么。我的心紧张地发抖，看样子老陈没跟我妈离婚前不止勾搭过萍姨一个，八成真跟我想的一模一样，八成他对罗素儿做过什么。

一起吃饭的时候，我吃得很郁闷，总觉得憋得慌，老头子给我夹了好多次菜我都拒绝了，好几次我都忍不住要问老陈关于他和罗素儿之间的事情，但最终没说出口。萍姨关切地问我是不是哪里不舒服，要不要去看医生。我妈连忙接口说道："过年医院都关门了，肚子不舒服就别吃太多，出去溜达溜达就没事了。"

正合我意，我感激地望了我妈一眼，然后走出了房间。当我转身离开的时候，我第一次大逆不道了一回，我心里说："老陈同志，年过了，我想找你严肃地谈一谈！"

一出门我就给大头打电话，电话打通了，大头说自己在比斯特，问我过来不。我一听手机里也没歌舞升平啊，我说，龟孙子你骗老子啊，你哪里在比斯特？你在比斯特我怎么听不见美女们银铃般清脆的笑声啊？

大头一听急了说："强子，你年没过傻吧？这大过年的，谁不回家过年啊？难道待比斯特守夜吗？"大头嘀咕着，"就我跟曼丽两个无家可归的孩子在比斯特过年呢，你爱来不来。"

我才醒悟，大头说得是，他不回老家过年，这别人得回啊，我连忙给大头说，我来，我来还不成，等我啊，咱们仨无家可归的孩子一起过年。

没一会儿，我就到了比斯特，门关得严严实实，上面挂着一块牌子，牌子上写着"歇业整理内务"，这大头，过年关门就关门，还弄一这玩意，我使劲砸门，里面传来大头的声音："是哪个孙子这么不长眼啊？没事乱敲什么门？皮痒痒了是吧。"

一开门看见是我，大头腼腆地一笑："我忘了你要过来。"

跟大头走进比斯特，里面黑咕隆咚，冷冷清清，跟一鬼屋似的，我小声问大头："就你一人，你晚上不怕啊。"

"去死了，你才怕呢，这不还有丽丽嘛。"

我说，有丽丽才怕，一女妖精，你不怕被她吃了啊。大头伸手就要打我，我矫捷地闪过，然后仰天长笑："就你那发福的身体还想打我啊。"

我们哈哈大笑的时候，曼丽走了出来，多日没见，这女子更加妖艳，大冷的天穿得好少，光着膀子嗖地一下就扭到我跟前，拍着我肩膀，用甜得迷死人的声音问："强哥又在说我什么坏话呢？"

我说，没啊。我问大头，有吗？大头也摸着自己后脑勺装白痴。我立即喊道："走，我们去喝酒。"

"是啊，喝酒，喝酒，你一来打断了，我和丽丽原本正在小酌呢。"大头也出声应和。

我们三人坐到酒桌边开始相互祝福，我祝大头来年发大财，趁早找到自己的红颜知己，大头憨厚地笑着，直拿眼睛勾兑曼丽，我装作没看见，继续祝福曼丽，我祝她来年更美丽，早早找到自己的白马王子，不知道为什么，曼丽没有扭头瞅大头，反而傻傻地盯着我，还说“谢谢”。

我想这妖精八成喝醉了。我们继续喝，喝着喝着就高了，大头给我敬酒，说：“哥们，我衷心祝福你早日泡上罗素儿，随心所欲的那种泡。”大头表情特严肃，似乎我不相信他是真心的，他立马就能自个把心挖出来给我看。

我看着大头手里的酒杯，里面的酒一圈一圈旋转，我突然觉得自个的感情跟这酒一样，缥缥不定，谁知道旋转到何时才能停止。我接过大头的酒杯，我说大头哥，我竟然没出息地喊大头哥，我说大头哥，我他妈混得背啊。然后我就扯嗓子哭了起来，大头一看我这样，慌神了，曼丽也坐我身边为我擦拭眼泪。

“强子，怎么了？大过年的，谁欺负你了，你说说，说出来我去把那厮大卸八块。”

我说是罗素儿。大头戛然而止，隔一会，大头问我：“你们又怎么了？那天你不是送她回家了吗？”

我一五一十地给大头讲那晚的事情，我说天地良心，我什么都没干，就亲了一下，我说罗素儿竟然与叶明浩那孙子在背后一起联手整我，我幽幽地说，她哪里是在整我啊，她是把我当成了老陈的替代品使劲整呢，我说，可是老陈是老陈，我是我啊。我痛苦地说，大头哥，那晚，从罗素儿的眼睛里我可以肯定她也是喜欢我的，所以她坦白了一切，结果我却临阵退缩了。我自嘲地说，不是说坦白从宽，抗拒从严吗？怎么罗素儿都交代了我却纠结了，我问大头，我说大头哥，我是不是忒不男人？之前还给人家说，不论什么事情我都会包容她，都会原谅她，都会保护她，可是我实在做不到，我怕啊。

我揪住大头的衣领，使劲拽，我问大头，你明白吗？你明白我怕什么吗？

大头使劲点头，跟小鸡吃米似的说：“我明白，我明白，强子，我真的明白啊。”我松开手，大头使劲喘气，然后试探地说道：“强子，我觉得你想多了，我认为陈叔叔没有那么不堪，再说陈叔叔多大年纪？罗素儿才多大？所以我一直说你的思想过于阴暗邪恶你还不承认，估计罗素儿跟陈叔叔是别的误会，你可真别想偏了。”

我第一次觉得大头说话很有道理，之前大头一直批评我对娱乐产业有偏见，我不承认，听他这么一说，我有罪，我其实很混蛋。

就是我这样的混蛋，竟然还准备举起手想要抽罗素儿嘴巴子，我拿起一瓶酒，使劲灌进嘴里。

大头看着我，他低声说道：“要不，强子，咱就算了，别在一曲折离奇的女孩身上空耗青春，重新找一个得了。说实话，叶琳其实真不错。”

我没作声，一个人继续哭，曼丽在我身边默默无语地给我擦眼泪，大头也一声不吭了，我承认这是自己长这么大以来哭得最痛快的一次，我觉得随着泪水流淌，什么忧伤啊爱情啊学业啊都他妈扯淡。哭了一大会，我觉得自己有些累了，我正准备给大头他们说，哥们没事了，我们继续喝酒。

谁知道，曼丽突然咬牙切齿地冒出一句：“强哥，您就别哭了。明儿我就找几个精壮小伙把罗素儿那妖精给糟蹋了，看她以后还敢祸害你。”

我和大头相视而笑，曼丽也是性情中人啊。

那晚我们喝得昏天暗地，我要走的时候大头已经喝趴下了，迷糊中叫嚷：“强子，别太伤心了，三条腿的蚂蚁不好找，两条腿的女人还不好找？哪怕是曼丽，只要你看上，你要说一声，我大头都不含糊地让给你。”

我也有些头疼，我以为曼丽会火冒三丈地跳起来和大头拼命，谁知道她出奇的安静，看我的眼神能把积雪融化了。

我一摆手，呵斥道：“大头，你他妈喝醉了扯什么蛋，曼丽不是你的心肝宝贝吗？还让给我？得，你休息吧，我也该回了。”

曼丽立即说，强哥，我送你出去。我刚要拒绝，谁知道大头这厮又插嘴喊道：“对，丽丽，送强哥出门，劝劝他别再伤心了。”

话没完，大头又晕过去了，我对曼丽说，好吧。

一出比斯特，天色很晚了，站在门口，冷冷的风吹得我直哆嗦，顿时酒也清醒了很多，看着曼丽发抖的身体，少得可怜的衣服，我对她说：“好了，别送了，你快进去吧。外边冷，小心着凉。”

我刚要转身离开，曼丽一把拉着我的手，猛地扎进我的怀里说道:“强哥，我喜欢你，是真喜欢你。”

闻着曼丽的发香，想起她过往看我时迷离的眼神，要不是意志坚定，我一准犯错误，我像个大哥哥似的拍拍她的光脊背，说:“傻丫头，乱说什么呢。大头喝醉了开玩笑，你也喝醉了？”

“不是，我没有开玩笑，我是真喜欢你！”曼丽抬头看我，那眼神告诉我什么叫认真，我有些慌乱，连忙推开曼丽说，喝醉了就回去睡觉，大头还等你照顾呢，别说醉话了。

曼丽头一扬，跟一女战士似的说道:“我就是喜欢你，我是真心的。为什么罗素儿那样对你，你却喜欢人家，为什么我喜欢你，你就不接受呢？我也不求别的，哪怕背地里你跟我好，我都愿意！”

“你说的什么话？”我也有些生气了，说道，“你明知道大头喜欢你，你明知道我跟大头是兄弟，你明知道我喜欢的人是罗素儿，你现在还对我说这样的话，成心找骂是吧。”

“我喜欢谁是我的自由，不是你们决定给谁就给谁，我再贱也不是一个物品。我清楚，一直以来在你心里我都是个坏女人，甚至都不值得大头去爱。我知道，我就是犯贱怎么了？我就想对你犯贱啊。”

曼丽突然哭了，很伤心的样子，她的话像用锤子打我似的，我一下就蒙了。她说的多少有些道理，我是对她有偏见，我是不希望大头和她在一起。可是，大头喜欢她啊，大头是我兄弟啊，如果让大头知道曼丽心思根本不在他身上，而是在我身上，那还不如让我去死。

我对曼丽轻声说道:“曼丽，过往一切我们不再追究了，人啊，得往前看。你清楚大头是个好男人，你也明白大头对你的心思，如果当初不是大头收留你，你现在还指不定在哪里做什么营生呢。”

“可是，这与我爱不爱他无关啊。”

我急了，我说:“你怎么就不能爱他了？大头怎么了？你他妈怎么这样啊？你为什么要喜欢我？你知道我喜欢罗素儿，我们根本不可能在一起，你趁早断了这个念头吧。”

曼丽的表情猛地凝固了，她缓慢地看着我说道：“强哥，你不至于吧。罗素儿都这样对你了，你还喜欢人家？我都说了我不要什么名分，我背地里跟你好就行，不会让你对我负责，这你都不愿意，你他妈还是男人吗？”

我说，曼丽，你神经病啊你，大头如果知道你是这个德行，不知道怎么发狂呢。你赶快回去，今儿这事我不会告诉大头，我们哪说哪了。

比斯特门口，我与曼丽像两只狼一样对峙着，冷风一阵一阵吹过，吹得曼丽披头散发，曼丽凄凉地笑了一下：“陈小强，你他妈真够讲义气的啊！大头，大头是个什么东西，要不是有你这个朋友帮他，要不是有姑奶奶帮他，比斯特早关门歇菜了。说不定他现在在哪里落魄呢。我今儿给你说了我喜欢你，你自己不接受，以后可别后悔。”

曼丽深深吸了口气，继续说道：“但是，我今天把话撂这，你不要我，我也不会真心跟大头好，我不会跟一个没有本事的男人过一辈子。”

曼丽的话像针一样扎我，我的心猛地一收缩，我说，曼丽，你混蛋。然后无法抑制地甩手就给曼丽一巴掌，曼丽一下就跌坐在地上，看我的眼神充满了绝望。

我猛然听见有人大喊：“强子，你这是干什么？”

大头跌跌撞撞地从比斯特里面窜了出来，我缓慢地放下手，面无表情地看着大头，大头的酒应该还没醒，站都站不稳，他跑到曼丽身旁，一把扶起她问道：“丽丽，疼吗？”

曼丽扑进大头的怀里，呜呜地哭起来了，大头生气地回头看着我：“强子，你为什么打她？”

我刚要开口辩解，曼丽突然说话了，她的话让我料想不到：“大头，别怪强哥，他也是喝醉了，才会这样！别怪他，他也是个男人，有需要，再说罗素儿那样对他，他没处发泄。”曼丽整理整理凌乱的头发，拉扯好自己有些松散的衣服，大头仿佛明白了一切。

大头噌地站起身，一步一步逼近我，我苦涩地叫了声：“大头……”

“别他妈叫我，强子，你他妈还是人吗？”大头挥手给我一拳，我摇晃了一下，感觉嘴角好疼，用手一摸，有点血迹，我原本还想垂死挣扎几句，但看到大头异常扭曲的脸，我清楚今晚我就是跳进黄河也洗不清了。

大头又提起拳头，我看见大头的眼睛里充满泪水，我听见他对我说：“强子，你不该啊！你不知道我喜欢丽丽吗？”

我闭上眼睛，我知道大头这会特伤心，怎么解释他都不会相信，谁让他喜欢曼丽这妖精呢？就像我喜欢罗素儿一样，别说人家说什么信什么，冲咱笑笑咱就乐得屁颠屁颠的了。

我紧闭眼睛，像一座雕塑一样站着，我想，大头你要打就打吧，我不会怪你，谁让咱们傻呢，着了曼丽这妖精的道。

隔了一会，也不见大头继续打我，我听见有脚步声，我听见大头的声音：“陈小强，你走吧，我以后都不想再见到你了。”

我睁开眼睛，我看见大头扶着曼丽走进了比斯特，我看见，门被狠狠地关上。

35

我一个人缓慢地走在街道上，出奇的安静，正月里家家户户都缩在自己的屋里放声欢笑，我抬头看着远处的高楼，上面挂满了红色的灯笼，摇摇晃晃，跟大夏天的太阳一样让我感到刺眼。天空开始飘落雪花，落得我满身都是，酒劲已经过了，我感到身上好冷，我跟一流浪的小狗似的，紧紧抱住自己的身体。

当我经过城市广场的时候，我看见一对年轻男女在深夜的广场上放烟花，男生点燃一支又一支烟花，冲上天，绚丽无比，女生喜悦地尖叫，我看见他们幸福地拥抱在一起，我远远地站在那里，停止前进，目不转睛地看着他们，看着稍纵即逝的焰火。

我突然有些伤心，觉得自己真他妈是个傻蛋，往事如流水般重现，我想起了曾经与大头在学校的时光，想起他严肃而认真地对我和路于说他的脑袋里装的都是智慧，我想起他们为了我跟孙子似的演大戏欺骗罗素儿，想起罗素儿抽我，想起我跟她之间的第一个吻……想着想着，我觉得自己胃里好难受，我一屁股坐在广场上，坐在满天烟花下，想吐却吐不出来。

我前所未有地想找人出来陪我说话，我掏出手机，翻出路于的号码，电话拨过去却是告诉我“你拨叫的用户不在服务区”。我使劲翻着电话簿子，在此刻，我才意识到自己的朋友是那么少。查来查去，最终找见一个。

“叶琳，我是强哥，我在城市广场上等你，你快出来。”

没等叶琳回答，我便挂了电话。

我一人继续坐在广场上等待叶琳，我知道她一定会来。放烟花的金童玉女已经走了，他们离开的时候，经过我身边，男生冲我微笑着说："哥们，大过年的，你看起来不开心啊。这个给你！"

他随手甩给我几支没有燃放的烟花，说道："把它放了，你所有的不开心就会消失，来年一定欢乐。"

女孩也对我露出天真无邪的笑脸，我看到她在微笑的时候露出的两颗洁白的虎牙，我站起身，拾起地上的烟花，我说谢谢，他们说不用，不用，每个人都有伤心低迷的时候，然后相互依偎着逐渐从我的眼中消失。

我来到广场中心，天上飘着没有散去的烟雾，我掏出打火机，然后将自己春节中第一支烟花点燃。色彩缤纷的烟火瞬间布满整个苍穹，我仿佛回到了过去，回到了那个无忧无虑的童年，人也有些平静，傻傻地抬头望着满天烟花。

我听见一个声音在背后响起："好美丽啊，强哥哥，你还记得吗？小时候，我，你，还有我哥哥，我们三个人过年的时候总在一起放烟花。那时候，你的胆子好小，还没我胆大。每次放烟花都是我跟我哥哥去点，你自己却躲在远远的地方看。当烟花升天的时候，你的叫喊声却是我们三个之中最大的。"

我转过身看见叶琳，她安静地站在我的身后，可能赶来太过着急，她的呼吸还没有彻底平静，胸口一起一伏，我看着叶琳美丽的脸，我看见，在她的怀中，堆满了各种各样的烟火。

叶琳走近我，温柔地一笑："我也带了烟花，今天晚上我们放个够，好吗，强哥哥？"

不知道为什么，我突然觉得自己的鼻子又开始酸酸的，我背过身，然后豪气十足地说："放完，统统放完。还有，妹子，今天晚上你的任务是看，所有的都让哥来点燃。"

我对叶琳说："你长大了，强哥也长大了，人都是会变的，不是吗？"

叶琳用力地点点头，几行泪水却从她的脸上跌落。

春节一晃就过完了，寒假最后几天，我想给罗素儿打电话，我突然想明白了，她和叶明浩联手的事儿都不是事儿，最重要的是她拒绝了叶明浩，没有弃我而去，这就说明罗素儿跟叶明浩不是一路人，她心里有我，这就足够了。我现在迫切想弄清楚的是，她跟老陈之间究竟发生过什么，让她如此记恨老陈，我想如果能将误会解开最好，这样我们可以继续谈谈心、恋恋爱，搞好远方科技，过好幸福生活。

结果罗素儿没有接我电话，我想她肯定是对那晚我的表现生气了，我觉得很惆怅。

惆怅之中我也想给大头打电话，想告诉他那晚我根本没把曼丽怎么着，是这妖精诬陷我，但是我没有勇气，看着大头的号码我总在犹豫，我现在还没准备好去面对大头那悲伤的情感，因为，不知道为什么，我确实有种做了亏心事的感觉。

这天路于打来电话，听见是他的声音，我的精神为之一振，我假装生气，训这孙子，我问路于："你倒是跑哪里去了？怎么大过年也不知道来给我老人家拜年啊？"

"你好意思说我吗？也不知道你跟大头搞什么，远方科技到底做不做了？"路于在电话那头说，"你们一个个都不管不顾，推广方案呢？罗素儿做好没有？我打电话给你，你不接，打电话给大头，大头声音听起来瓮瓮的，就跟霜打了的茄子似的，怎么着？都想当大爷，把所有事扔给你路爷啊。"

路于滔滔不绝地批判我，我似乎听见路于身边还有别人，我想起了大头告诉我的小红，肯定是小红在他身旁，我听见一个女声似乎在劝解路于。

我顿时来气了，我问他："你老实交代，打电话给你，你不在服务区内，跑哪里干缺德事去了？你身边的人是谁？"

路于不高兴地说："强子，你属狗的啊，能闻见我身边有人？"路于笑呵呵地说，"我身边是我女朋友小红。既然你知道了，我也不瞒你，小红，就你在比斯特见过的勤工俭学的姑娘。"

"小红，"我重复了一声，我问道，"路于，你想清楚了？你是认真的吗？

你可别跟人家姑娘只是玩玩。”

我握紧电话，给路于继续说：“把小红支开，让她哪凉快哪待着去，我想跟你单独说几句。”

我听见路于和小红嘀咕了几句，一会，路于说：“有什么就说吧，我让小红去给我买水了。强子，有什么话不能当面说，还得让人家回避，小红现在是我女朋友了，你这让我以后怎么跟人家处啊。”

“处个屁，”我说，“路于，你怎么跟大头一个尿样？你怎么也好这口？就知道找在那种场所混迹的姑娘，良家妇女多得是啊。”

“强子，你怎么说话的？”路于生气了，声音提高了好多，恨不得把我耳朵吼聋，“你怎么逮谁就说谁不好、谁不正经？路爷我怎么没有早发现，原来你是如此肤浅的一个人呢？你跟小红接触过吗？你了解过人家吗？你就说小红不好。得，我算明白了，在你心里就你的罗素儿好，曼丽不好，小红不好，叶琳也不好，谁都不好。不过罗素儿就真的好吗？冷冰冰跟一怨妇似的，谁知道以前有过多少风尘往事。”

我一听就火了，刚想开口骂这厮，但我想到了大头，想起了大头揍我的一拳，我克制住，把声音放缓道：“路于，你别生气，我就是关心你，也没别的意思。反正，感情这东西，旁人帮不了忙，你自己慎重点就好。”

路于说：“知道了，知道了。我今儿打电话是告诉你，我和小红刚从外地旅游回来，想约大家明天晚上到比斯特聚聚，强子，明天晚上八点，你准时来啊。”

我还没来得及拒绝，路于就说拜拜，把电话挂了。

我一人举着手机又呆坐了一阵，我妈走进屋子。

“强强，怎么最近老看你魂不守舍的样子？有什么给妈妈说说。”我妈坐在我的身边，拉住我的手，我突然觉得累得慌，我想告诉自己，我是一大老爷们，不能哭，可是泪水还是滴答滴答地从眼眶滑落，滴到我妈的手背上，我连忙说：“妈，对不起，对不起……”

“傻孩子，妈知道你一定是在为罗素儿的事情烦恼，妈不想知道你们之间究竟发生了什么误会，可是妈知道你是个好孩子。”

我妈也哭了，我挣扎地笑了一下，我说：“妈，您看您一大把年纪了，怎么跟我这小孩一样，您哭什么啊？”

“没事，”我妈说，“强强，你长大了，所以你要坚强。不管罗素儿怎么对你，在妈心里，你无愧于自己对她的感情，你为她捣鼓了这么多心思，不能在一起，只能说，你们真的有缘无分。”

“强强，爱情就是一朵无果的花，花开时艳丽万分，花谢后落泪伤感，有时候你辛勤付出，得到的不过空梦一场，对于爱情而言，经历过感动过才是最为重要，不需要勉强别人上演剧本里的有情人终成眷属。强强，妈的意思你明白吗？”

我点点头，拉住我妈的手，说：“我懂，我懂。”我本想再跟我妈说几句，客厅里电话突然响了起来，我妈跑去接电话，我听见她喊我说是我的电话。

拿起话筒才知道是老陈打来的，问我怎么过年就去他家吃了一顿饭，然后不见踪影了。老陈再说什么我一句也没听清楚，满脑子都是罗素儿仇恨的眼光。

“我恨陈明胜，我希望三T集团倒闭，我巴不得他破产。”

“爸，我想见你。”挂电话的时候，我说，自己紧张得仿佛心脏要蹦出来一样。

与老陈约在老地方见面，电话刚放下，我的手机突然又响了起来，我低头一看号码，竟然是叶明浩，这厮给我打电话干什么？

拿起手机接通电话，叶明浩说让我出来一趟，他想跟我谈谈，我说好吧，现在清楚了罗素儿与他之间的事情，对于叶明浩，我觉得自己属于胜利者。

在别墅区下面的盘山路上，我见到了早已等候的叶明浩，他的伤已经全好了，站在盘山路边，看着远处的西江市，山下的城市川流不息，每个人都跟我们一样，为生活而努力。

我走过去，站在他身边出声问：“有什么事，说吧。”

叶明浩依旧看着市景，然后问我："那晚你对叶琳做了什么？为什么她回到家之后一直在哭？"

"哪晚？"我有些糊涂地问，突然想起广场放烟花的那晚，"想起了，我跟叶琳就在广场放烟花，怎么了？那晚叶琳跟我玩得很高兴。"

"你别骗我，陈小强。你打我骂我都可以，但你不能伤害叶琳，我警告过你，你怎么就不听？"叶明浩说着把自己的头伸过来，捋了捋头发，指着上面一道浅浅的伤痕说道，"这是上次你在比斯特为了那两个贱人给我打的，原本在叶琳的劝解下，我认了，只要你别再跟我争三T集团，我吃亏就吃亏了，我叶明浩长这么大，谁敢对我动手？可惜你啊你，又去伤害叶琳，你说我该拿你怎么办？"

叶明浩低沉地问我，他该拿我怎么办。我没有回答，因为我忘不了那晚绚烂的烟花下叶琳单薄的身影，以及她看我的时候毫不掩饰的疼惜的眼神。我忘不了当我说出我们都长大了，都在改变的话之后，叶琳失声痛哭的声音。

但令我想不到的是，这个傻丫头回家之后依旧在伤心，我对不住叶琳，叶明浩说得对，其实，我已经不知不觉伤害到了叶琳。

我继续沉默，沉默之中我听见叶明浩冷冷地说："既然敬酒不吃，那就吃一杯罚酒试试。"

叶明浩走了，他走了之后很久，我依然站在盘山路上，看着眼前的这座城市，我不知道叶明浩口中的罚酒是指什么，但很明显，叶明浩终于忍耐不住要再次出手了。

该来的终究会来，我预判不了，只能等待，只希望随着时间的推移，每个人都会逐渐忘记一切。

36

与叶明浩在山路上见过面，我直接下山来到昨日重现餐厅，准备与老陈见面，这是我唯一一次早到。

走进餐厅，我坐在老地方，开始安静地等待老陈。

很奇怪，等了近两个钟头，老陈都没有出现。我掏出手机，准备给老陈打个电话，问问他究竟来不来，不来我就撤了，回头再约。

正准备拨号，突然发现老陈走了进来，他坐在我对面解释道："等急了吧，董事会刚开完会，时间有些长。"

"没什么事儿吧？"我轻声问道，"你如果忙的话我们改天聊，一样的。"

"没事，不差这点时间，"老陈问我，"吃什么？点菜，我们边吃边说。"

我点点头，还是常点的那些菜，饭菜很快上桌，但我想起刚才与叶明浩见面的情形，还有踌躇着不知道该如何开口问老陈与罗素儿的瓜葛，一时间竟然毫无胃口。

老陈发现我的异常，放下碗筷问道："有什么话直接说，大男人，别搞得这样扭捏。我清楚你是无事不会主动给我打电话约我见面的。"

我迟疑了一下，缓声道："那我可问了啊爸。"我莫名有些紧张，我不清楚会得到怎样的答案，我怕那个答案与我心中所想的一般不堪。

"爸，"我看着老陈的眼睛，我一字一句地问，"您之前认识罗素儿吗？不要骗我，实话实说，我扛得住。"

"罗素儿？"老陈狐疑地说，"她不是离职了吗？她不就是你喜欢的姑娘吗？我听你说过的，算认识吧。”

“我不是这个意思，”我着急解释道，“我的意思是在她来三T集团上班之前，在我告诉您我喜欢她之前，您认识她吗？”

“来三T集团之前？”老陈回想着，然后摇摇头，“不认识，来三T上班那会我听说过，然后你又告诉我你喜欢她，但我一直没有见过她本人，在这之前，我听都没有听过她的名字，哪能认识？”

老陈笑了一下：“你爸爸可是大集团董事长，可没工夫打听一个小姑娘，再说这样让你萍姨知道了，我还能安生吗？”

敢情还是一个妻管严啊，我继续确认道：“真不认识，真没听说过？”

“没有，之前真不认识，”老陈疑惑地问，“你今儿怎么了？有什么事情吗？”

我的心顿时落了下来，整个人变得轻松无比，不认识就好，只要没有这些乱七八糟的事儿，其他的误会那都是小事。

不过，我真可以从罗素儿的话语中体会到她对老陈深深的恨意，我想他们之间一定有误会，我决定找机会给解开，这是我的使命。

“没事，吃饭，吃饭，”我连忙转移了话题，拿起筷子给老陈夹了一大块牛肉，说道，“爸，多吃点，看把你最近瘦的。最近公司事情很多吗？”

老陈接过牛肉，放进嘴里，慢慢嚼了起来，咽下去之后说：“是有点事情，不过你不用担心，爸爸能处理。”

我不确定地问：“是不是叶明浩这孙子又在搞事情？”

“明浩？”老陈脸上表情凝固了一下，然后缓缓说，“跟他有点关系，但问题不大。你别操心了，操心好自己的事情。远方科技成立了，听说你们网站也上线了，运营得怎么样？不要光顾着谈恋爱，既然要做企业，就要沉下身子，踏踏实实做事情。”

老陈的话仿佛警钟长鸣，敲醒了我，是啊，我最近在搞什么鬼？远方科技的事情完全被抛之脑后，看着老陈殷切的眼神，我惭愧无比，我决定吃完饭就召集所有人开会，商讨周边网站推广事宜。

匆忙吃完饭，与老陈分手后，我心情异常舒坦，跟大街上捡了十块钱似的，纯粹一不劳而获的喜庆。我想到只要老头子没欺骗我，不管发生过什么事，我都会原谅罗素儿，既然她喜欢我、我也喜欢她，简单的事情就别搞复杂了。

欣喜之余，我给路于打了电话，喊他立即去公司集合，商讨周边网站推广事宜，在电话里我毫不留情地对于他沉溺儿女情长的堕落思想给予了严肃批评，路于在电话里支吾，哑口无言，他的态度我很满意。

我想给大头打电话，但想着与他的误会，再想想曼丽妖娆的表情，我退却了，我想还是给大头足够的冷静时间吧。

但我并不是个懦弱的人，知道了罗素儿与老陈素不相识，我决定借机给罗素儿打个电话，让她来公司开会。结果，电话响了很久，就是无人接听，然后电话被挂掉，我心情有些惆怅，我惆怅地觉得，怎么能这样呢？我分明才是受害者呀。

于是，我给罗素儿发了个信息，告诉她别置气了，我原谅她了，让她来公司开会。结果我很快收到罗素儿回复的短信，她说宣传方案已经发到我的邮箱，再无下文。

我郁闷地来到公司，在公司里，碰见同样郁闷的路于，路于一见到我就叨叨，说我终于记起公司了，骂道明明是我沉溺儿女情长，结果却给他乱扣帽子。

我看见路于身边坐着一个身材娇小的女孩，仔细端详，果然就是那次在比斯特 KTV 包厢里见到的小红。姑娘今天没有浓妆艳抹，素面朝天的样子显得格外清纯，我不禁暗暗叹了一口气，也许，生活真像他们说的那样，不能仅仅只看表面。

路于不清楚我与大头之间的误会，问我，大头呢？我随后说大头忙呢，我们先开会。路于没有再说话，我打开邮箱，打印出罗素儿发给我的推广方案，与路于仔细探讨起来。

不得不说罗素儿富有才华，写的推广方案滴水不漏，从网推、现实中做广告、发传单，到初期网站免费撮合交易等等无一疏漏。

讨论完毕，我们三个人开始分工，是的，小红被我火线吸收入伙，没办法，蜀中无大将、廖化作先锋。

工作讨论完毕，我让路于和小红先撤，两人腻歪着走了。我独自一人坐在空旷的会议室里，第一次对我的选择产生了怀疑，我不知道远方科技究竟能走多久，但我还是要学会负重前行。

从新闻上看，近一年，各种生意都挺难做，市场有些萎缩，原材料不断涨价，企业利润越来越稀薄。我记得那天自己看西江高科股价，我以为自己会羡慕嫉妒恨，结果看到股价后大吃一惊，最高的时候西江高科每股股价要近二十元，不到两个月时间，竟然腰斩再腰斩，股价只有六块多，那一刻我才明白，做企业并没有外人看起来那样光鲜亮丽，也有悲痛欲绝的时候，也许老陈现在压力大的缘故，就是三T集团的业务也不尽人意吧。

正胡思乱想的时候，我收到一条短信，竟然是叶明浩。

“叶琳又哭了。”

我心一颤。然后，又是一条短信。

“你等着，我现在就给你颜色看看。”

依旧是叶明浩霸道无比的语气，我不屑一顾，大不了被你捶一顿，要捶就捶，对于叶琳，原本我就愧疚万分。

在会议室又待了一会，天色将暗，我起身离开了公司。

走下楼，华灯初上，这个城市又开始光怪陆离的夜晚。

打车回家，到山下我下了出租，四处看看，没人，然后徒步回家。

没多久快到家门口的时候，我看见有一辆黑色轿车停在不远处，几个人鬼鬼祟祟在我家门口晃悠，发现我的身影后全部钻进轿车里。

难道是叶明浩的人想在这里伏击我？但又不见直接动手，难道我遇见贼了？我故意将步伐放慢，假装很镇定地继续朝家门口走去，令我费解的是那几个人却根本没有离开的意思，车窗反倒被缓慢地摇下来，车里太黑，我看不清那些人什么面孔。

一到家门口，我伸手准备开门，我心里盘算，这帮孙子八成来路不明，我想如果在我打开门的时候，他们还不离开我就立刻报警。奶奶的，即使晚上遛弯也不至于总在我家门口耗着，这不明摆着心存不轨。

我刚伸出手准备开门，右手突然触碰到了一个东西，还热乎乎的，有毛，我心里一惊，可别是什么耗子啊狗啊猫啊的活腻味了在我家门口悬梁自尽吧。想到了狗，我突然有种不祥的预感，我连忙取下悬挂的物体，拖到路边，借着微弱的路灯一看，竟然是我家贝贝。它的脖子上勒了一条粗粗的绳子，吐着长长的血红的舌头，睁着一双大大的眼睛，尸体还有余温，证明它没死多久。

我的心仿佛被谁狠狠地捅了一刀子，眼泪就止不住地使劲往下流，我蹲下身子喊着贝贝，贝贝，可惜它怎么也听不见。

“谁这么孙子，为什么要弄死我家贝贝？”我吼了一声，我猛地想起刚才那几个人，我四周环视寻找那辆黑色轿车，我看见车子朝我缓慢地开了过来。

车灯猛地亮了起来，我感到眼前一阵眩晕，我侧过头，轿车从我身边缓慢经过，当我回头看清楚里面的脸孔时，我的头仿佛炸裂开来，耳边嗡嗡直响。

我看见曾经在比斯特被我打破头的牛哥，正坐在车里面冲我招手，我看见他身边坐着叶明浩，冲我微笑，并且优雅地伸出一只胳膊，我看见他的中指朝上，脸上的笑容突然变得分外狰狞。

不知道自己在门口坐了多久，突然感觉好累好累，我抱着贝贝，轻轻抚摩它的头，我对贝贝说，贝贝别害怕，哥哥在这里，贝贝的眼中充满了恐慌，我的脑海里全是那些人用绳子套贝贝脖子，贝贝垂死挣扎的情景。我想起过去的日子，想起自己拽着贝贝雄赳赳气昂昂地遛弯，想起贝贝满大街撒尿被戴红袖章的老太太逮到，指着我鼻子大声教育我的情景。我的脑海里全是贝贝活跃的影子，耳边响起它的叫声，它拖着我的臭袜子满屋子跑，我妈笑得合不上嘴。

路灯拖长我的影子，我能清晰地感觉到自己身体里的骨头因为愤怒而咯吱咯吱作响，我缓慢地抱起贝贝的尸体，对它说，贝贝，别怕，哥哥带你回家。

我颤抖着打开门，缓慢地穿过院子，当我站在客厅门外，我却怎么也挪不开步子，我不敢去想象我妈看到贝贝死了的悲伤，我呆呆地站在门口。没一会就听见我妈急急忙忙的脚步声。

一开房门，我妈就问我："强强，你见到咱家贝贝没有？怎么这么晚了找不见它啊。"

我没有说话，只是一个劲地掉眼泪，当我妈看到我怀里的贝贝，嘴唇颤抖着一时间说不出话来，我把贝贝轻轻交给她，我难过地对她说："妈，对不起，贝贝死了。"

37

第二天，我早早就起来，走到客厅看见我妈，我妈似乎一夜没睡，抱着贝贝，看见我出来了，连忙对我说：“强强，走吧，去把贝贝给埋了。”

“妈，您没事吧。”我小声问。

我妈甩甩头，跟一个女英雄似的说：“没什么，不就是一条狗嘛，没事的。”我妈的语气装作特轻松，可是我却看见她嘴角在微微抽动。

我开车载着我妈，还有贝贝，一直开到了郊外，我找到一块高地就开始挖坑，起先我还在用铁锹挖，但挖着挖着，我就开始用双手，我不明白自己为什么要这样做，只是觉得自己心里的憋屈无处释放。我觉得很多时候自己虽然像只生猛海鲜似的，其实底子里自己是最不容易放下的。我抬起头看着我妈，我突然发现自己再怎么成长都比不上她老人家，她都能强颜欢笑地说：不就是一条狗吗。我就不能，我觉得我妈比我牛。

把贝贝埋了之后，我跟我妈往回走，要进家门的时候，我妈突然拉住我，第一次特严肃地问道：“强强，你在外面究竟得罪了什么人？他们怎么就能狠心地弄死贝贝？”

我妈没说完，眼泪就出溜一声下来了，我不知道该如何向她解释这一切，我只能平静地告诉她：“妈，您放心，咱家贝贝不会白死的，我一定让他血债血偿！”

缺少了贝贝的家里显得少了一些生气，我和我妈相对无言。

晚上八点的时候，手机响了，一看号码是路于，我不想接，无奈手机铃声一直在响，于是我接通电话，听见路于破锣嗓子直喊道：“强子，赶紧来比斯特啊，哥几个都等你呢，下午我和小红去做宣传，效果不错，网站新注册用户增加了好几百人，我们应该庆祝庆祝啊。”

我说我累了，你们玩吧，几百人，很多吗？再加上我还得在家里陪着我妈。结果挂了手机，我妈却说：“没事，你去玩，正好散散心。”

“您一个人在家我不放心。”

“没什么不放心的，贝贝被害其实更像是个残忍的恶作剧，朗朗乾坤，谁还敢做更出格的事情？所以，强子，别担心妈，你去玩好了。”

我妈的话有道理，叶明浩那帮人就是给他八个胆他也不敢对人动手，所以我站起身说：“那您早点歇着，我去闪一面就回来。”

其实在这个时刻，我已经打定主意，叶明浩这孙子要吓唬小爷，小爷偏不认灰，找机会小爷肯定会为贝贝讨回公道。

我走出门，唱上欢乐的歌曲，很快来到比斯特。

原本因为寒假客人稀少的比斯特竟然再次人声鼎沸，我揪住从我身边经过的一个女孩的胳膊，问她：“这里客人怎么突然多了起来？”

“你傻啊，这不是春节过完快开学了，人能不多吗？这还不算是最多的时候，等开学之后人会更多。”女孩一脸鄙视的表情，估计在她眼里，我纯粹就是一个刚从乡下进城的农民，没见识。

我准备告诉她鄙视男人的后果，却抬头看见了曼丽，曼丽也望着我，面容似乎有些激动，嘴唇一抽一抽，但一句话也没对我说，转身招呼客人去了。

这时，路于从里面走了出来，看见我叫道：“强子，快，这里，这里，来了就往里走直接上楼啊，还傻站着干吗呢？”

跟在路于身后进到二楼包厢，迎头就是大头的目光，我立马把头低下，跟犯了错误的小学生似的，我瞅见沙发上有一个空位，便毫不犹豫地坐了上去。

等我静下心之后才开始环顾四周，叶琳竟然也在，正表情丰富地望着我。路于春风满面，他身边偎依着穿着朴素的小红，看情形她为了路于已经从良，不像是继续在比斯特打工的模样。我看见大头坐在路于另一侧，也是一副闷闷不乐的样子。我想过去跟大头坐一块，可惜我还是没有那个勇气。

当我把脸扭向另一边的时候，我的头立马就大了起来。要不怎么说路于神通广大呢，竟然把罗素儿和蒋月凤也请来了。此刻，罗素儿和蒋月凤坐在我另一侧不远处，罗素儿正冷冷地看着我，倒是蒋月凤，一副欲言又止的样子。

我想好吧，好吧，迟早也要面对，我举起面前的酒杯，一饮而尽，壮壮自己的熊胆，伸长脖子冲罗素儿甜甜一笑，说道："素儿，你也来了，给你打电话你干吗不接啊？"

"早知道你来，我就不会来了。"罗素儿面无表情地说。

我一听急了，这是什么话呢。我把自己往罗素儿跟前挪挪，我说："素儿，你得先弄清楚，是你跟叶明浩一起下套害我，我都准备原谅你了，你竟然还是这种态度！而且，我昨天问过老陈了，他说在你进三T集团之前他并不认识你，你们之间是不是有什么误会？"

"误会？"罗素儿拖长声音说，"你爸爸与我之间没有误会，只有仇恨！"

"可是，老陈说他不认识你啊！你脑子没有病吧？"

"你才有病！我什么时候说过他认识我？"罗素儿看着我，一字一句地说，"他认不认识我无所谓，我认识他就足够了。"

罗素儿的表情非常恐怖，仿佛老陈跟自己有杀父之仇似的，我心一虚，但依旧吧嗒个嘴巴说："罗素儿，你也太不讲道理了吧。老陈认都不认识你，你至于这么恨他吗？你整一个神经病！"

我承认自己此时的心情很糟糕，所以才会出口伤人，这句话跟导火索一样，一下点燃了罗素儿这桶火药，她甩手就给我一嘴巴子，骂道："陈小强，你才神经病呢，我恨不恨谁、爱不爱谁要你管！"

蒋月凤也站起身，走到我面前说："强子，你这样说话就没有意思了，很多事儿你不清楚，所以你不能轻易下结论。要我看，你还是算了吧，以后别再纠缠素儿，让她伤心了，算你放过她吧。"蒋月凤有些惋惜地说："其实你这人挺好的，我以为能跟你做朋友，可惜……"

罗素儿站起身，拉着蒋月凤说："月凤，我们走，别跟他废话了。"罗素儿回头特严肃地告诉我："陈小强，趁着今儿大伙都在，我就把话说清楚，你以后别再找我了，我们就此分道扬镳，形同陌路。"然后，罗素儿突然扬起头大笑起来，我捂着自己被打的那边脸，惊讶地看着这一切，我觉得她一定喝醉了，那笑声只有恐怖电影里才会出现，我突然之间觉得自己离罗素儿好远好远，仿佛是第一次与她相遇，倍感陌生。所有的人也停止了说话，看着罗素儿，看着她跟蒋月凤昂首挺胸地走出包厢。

罗素儿这一闹，让包厢里的人都目瞪口呆。我跌坐在沙发上，呆呆的，似乎有人喊我几声，但我都没有搭理，我在想自个他妈的到底做错什么了，动不动就要挨人抽，我就不明白是陈明胜的儿子究竟有什么罪，陈明胜又不是人民公敌，我就想不明白罗素儿为什么那么恨她。

我拿起面前的一瓶酒，咕嘟咕嘟地一口气干完，感觉就是清爽，我摇晃着站起身，对大伙说："你们玩着，我先走一步，我妈还在家等我看电视呢。电视剧，特精彩，比生活精彩多了。"

我嘿嘿一笑，路于慌忙跑过来问我："强子，你没事吧？"

我挺豪迈地拍拍他的肩膀，说，没事，没事，不就挨了一耳光吗？多大个事。我表情特严肃地叮嘱路于说："既然你喜欢小红，就真心待人家，别辜负人家！"我觉得自己特语重心长，跟路于他爸似的，路于不断点头，说他知道了，一定会的。

我转过头，看见大头，大头也在看我，我吐了口气，走到大头面前对他说，大头，以前有什么对不住你的地方，你多担待啊。

没等大头说话，我转身就走，我听见大头在后面喊我，强子，强子，我假装没听见，很牛气地走出比斯特。

春节过完了，夜晚街道上又开始人群沸腾，站在比斯特的门口，我想过几天就要开学了，开就开吧，当一名三好学生多好，无忧无虑，何必硬要证明自己已经长大，能够承担爱情，承担责任。

外面风不大，但是我却觉得眼睛生疼，我一摸眼角，湿湿的。我刚要离开，大头追了出来，大头喊我："强子，你等一等，你等一下。"

大头一把抓住我的胳膊说："强子，你等一下，我有话跟你说。"

我停下来，问道："大头，什么事你说。如果你要为那晚我和曼丽的事儿想抽我的话，你尽管抽，抽完了，我再回去。反正，我陈小强被人抽惯了。"

大头很生气的样子，用悲伤的眼光看着我，低声说："强子，你就真这么看我大头吗？"

大头的声音很惆怅，跟他的眼光一样，我的心里也泛起一阵波澜，我低下头，对大头说："大头，对不起。最近发生的事情太多，跟他妈演戏似的，我真有点扛不住了。"我看着大头，看着他的眼睛，问他："大头，那晚，我和曼丽真的什么都没有做过，你相信吗？"

我的声音很轻，我妈一直说我大嗓门惯了，可不知道为什么，这次却跟蚊子哼哼似的。

"相信，强子，我相信你，真的，我相信你。"

大头搂住我的肩膀不断点头，我突然感到很安慰，无论岁月如何变迁，大头、路于，我的好兄弟们始终会站在我一边，我将手搭在大头宽阔的肩膀上，我本想说出真相，想告诉大头曼丽说她喜欢我，我本想劝大头就不要空费心思了，却不知道该如何出口，也许，感情的天平交给他们自己去衡量最好。

我说，大头，我……

"强子，你什么也别说，我们是兄弟！"大头突然举起双手，望着天空，晴朗的夜空，明朗的月光下，大头神情激动地说，"强子，我大头发誓，你陈小强，无论任何时候都是我的兄弟，沧海桑田，海枯石烂。"

我忍不住扑哧一笑，用拳头轻轻砸了一下大头的胸膛，我说："还得加上生生世世。"

大头憨厚地一笑，说道："我不像你那么伶牙俐齿，不过，强子，有你这样的兄弟，我觉得真的很开心。"

大头明亮的眼睛让我很安心，我感觉自己的泪水在哗啦哗啦地往下掉，我想起了贝贝，我对大头说："大头，你知道吗？我家贝贝死了。"

大头也很喜欢贝贝，大头总说贝贝聪明伶俐，跟我儿子似的。听见贝贝死了，大头问我："怎么死了？是不是得病了？"

"没有，被叶明浩找人给活活勒死了，他找的是牛哥那伙人，也不知道他们什么时候搞到一起了。"

大头暴跳如雷地叫嚷："他们为什么要这样做啊？叶明浩，哪天我一准废了这厮。"

"大头哥，我哥又怎么了？"叶琳突然从身后走出来，站在我们面前，问大头，大头看着我，没有出声。

"强哥哥，你说，我哥到底怎么了？"叶琳看起来很着急的样子，我告诉叶琳，没事，没事，你哥哥很好，非常好。

我说这话的时候牙齿咬得咯吱响，叶琳明显不相信，她继续追问。我只能告诉她，我说："你哥昨天晚上伙同别人把我家贝贝给勒死了，你哥跟罗素儿一起设圈套把我从三T集团踢出局，现在我和罗素儿分手了，这下你哥该满意了？"

话说完，我转身离开，听见大头在身后喊道："强子，你自个小心点，有事招呼我，记住，我们是兄弟！"

回家的路上，我耳边不断回响着大头高亢的喊声，以及兄弟、兄弟的字眼，迎着冷风，我泪流满面，我告诉自己，大男人总哭什么，可是眼泪就是无法制止。

我突然记起读过的一句话，说只要有兄弟，人就不会孤单。我记得以前，我把这句话告诉路于与大头后，路于说了句特别经典的话，路于说这就是推广二胎政策的原因，有了兄弟，人就有了依靠。

那时候，我和大头、路于刚入大学，我们一有时间就坐在学校畅想湖边，各自展开对未来以及爱情的畅想，大头说日后他要当一名武林高手，在民间行侠仗义，大头的理想刚一说出口，差点被我和路于推到湖里。路于异常鄙视大头，说他是简单的个人英雄主义。路于说自己的理想是成为一名编程工程师，专门搞社交网站。那时候，我们三个人在理想上存在很大差异，但对爱情却是异口同声，那就是一定要找一个美貌与智慧并存的女孩当女朋友。

恐怕谁都无法预料到，当有一天大头、路于他们掉进爱情之河，还没来得及挣扎，没来得及反思自己爱的女孩是不是美貌与智慧并存的时候，一个个已经爱得找不着北了。包括我自己，我喜欢罗素儿，我被她出卖，我被她抽耳光还不知道还手，我依旧喜欢她，是不是人长大了就都得变成傻帽?

回到家，进门的时候看见我妈一人坐在沙发看电视，不笑也不闹，安静得让我窒息。我钻进被窝就睡，家里没了贝贝，我突然觉得我妈开始真正孤单。

38

没几天学校就开学了，我又开始重复以前的生活，我妈仿佛也缓过劲来，开始跟我嬉笑。上学的第一天，吃早饭的时候，我妈对我展开学前教育："强强，大学没多少时间了，要加油啊！其他乱七八糟的事情都是次要的，关键是学业，这可关系到你一生的幸福。"

我连忙点头称是，我说老太太，您就放心吧。就我这聪明脑袋，什么科学知识都能消化吸收了，我说，您就等着到期末我又领回一个大红花，然后，您拿给街坊邻居四处招摇去吧。

我妈敲了我一下脑门："我说你这孩子，我什么时候招摇了？学习好那是你能耐，你扯我身上干吗。"

我说，您说哪去了啊。要不是您缝缝补补供我上大学，我能有这机会？我怎么也不是一个忘恩负义的东西啊。

老太太乐不可支了，说："去吧，去吧，去学习知识，回报社会。"

临走时，我妈在身后问我："强强，你跟罗素儿怎么样了？"

我的身体不经意颤抖了一下，我回过身安慰我妈说道："没事，没事。她不从我，我还不稀罕要呢。您放心，我一准给你领回来一个聪明活泼、知书达礼的好姑娘孝敬您老人家。"

然后我出门往西江大学走去。

当我来到学校却突然有种恍如隔世的感觉，不就是放了几十天的寒假吗？人怎么就有了这种感觉呢？我突然想起除夕之夜，我妈告诉我，强强，春节一过，你就又长大一岁。我想现在之所以有这种感觉就是因为自己又老了一岁。

一想到了自己又老了一岁，我就有些沮丧，拖着沉重的步伐行走在校园里，满眼都是学生，各个活跃得跟生猛海鲜似的，尤其是那些因为放假而导致两地分居的恋人，大白天的就抱在一块诉说思念，看得我老头子七窍生烟：还有没有王法？真是世风日下，世风日下。

走进教室，老师还没来到，同学几乎全部到齐，敢情个个都在家憋得要死，好不容易熬到开学，起个大早出来呼吸新鲜空气。我看见叶琳坐在教室一角，旁边仍旧空着一张座位，我的心紧绷了一下，低着头装作没看见。

“强子，这边来，这边来。”坐在最后一排的路于大声叫我，我立即喜气洋洋地跑了过去，一落座我就双手抱拳：“路同学，春节过得可好？”

“别装了，好像你刚从农村上来似的。”路于咧着大嘴就笑。

“靠，给你拜晚年呢，你就这德行？”我把脸一沉，“红包呢？今天要不给红包你就别指望活着走出教室。”我把脑袋凑到路于跟前：“你就等着你那小红媳妇当寡妇吧你。”

“呸，呸，呸，不吉利！我说强子，你怎么总是狗嘴里吐不出象牙啊！”

路于生气了，我却不吃那一套，死缠烂打，路于终于同意中午他请客。我才心满意足地摸摸他的脑勺，关切备至地问道：“跟小红妹妹还好吧？你老实交代，有没有把人家怎么样了？”

“什么怎么样啊？”

“靠，明知故问啊！”

路于红着个脸蛋，解释道：“也没怎么着啊，就亲了亲，摸了摸。”

“完了？”

“完啦。”

我心里那个失望，我一把揪住路于的耳朵，你怎么就这样不争气呢？还以为自个是小学一年级过家家呢？亲亲就完了？敢情你白痴啊。

路于横着眼睛看我，我装没看见，上课期间我继续教育他，说他不是男人下手不狠，说他没功能，应该吃药补补，我看见路于的脸色一会绿，一会红，跟交通灯似的不断变换。

好不容易等到下课，路于用一种特鄙视的眼光盯着我，一字一句地说："陈小强，你就是个人渣！"

说得我差点背过气去。

早晨课上完后，我跟路于走出教室，正寻思应该去哪家餐厅吃这顿飞来横食的时候，听见有人喊我。

"强哥哥，你等等，我有话对你说。"抬头一看是叶琳，怯生生地瞅着我，我想自己又不是一头凶猛野兽，叶琳怎么就怕起我了。

路于拉着叶琳的手说道："走，有什么话吃完饭再说，今儿中午我请客。"我一听就怒了，你请客也不能摸叶琳的手啊。

我们三个人刚到小吃街路口，老远看见罗素儿跟蒋月凤又说又笑地走了过来，我顿时就慌神了，连忙把头藏在路于的背后，罗素儿应该看到了我，头扭到一边，蒋月凤笑呵呵地走了过来，随便聊了几句，我知道，她们马上要毕业了，现在正忙着找工作或者准备出国深造的事情。

罗素儿和蒋月凤走了，我偷偷地回头去看罗素儿的背影，看着看着就感觉眼睛有些模糊，我叹了一口气，必须得承认，我与罗素儿开始渐行渐远了。

走进餐厅，路于一口气点了很多菜，吃了几口菜，我问叶琳："找我什么事？你说吧。"

叶琳望着我，声音很小地说道："强哥哥，我不清楚你跟我哥之间到底有什么误会，但是我希望你们能化解，能和好，跟我们小时候那样，我们三个人快快乐乐的依旧是好朋友，是最好最好的朋友。"

叶琳的声音让我分外难过，我拉住叶琳有些冰凉的手，缓慢地对她说："叶琳，无论我和你哥之间有什么，任何时候你都是我的好妹妹，我们都是最好最好的朋友。"

路于应该有些看不下去了，敲敲筷子说道："强子，别这样肉麻行吗？"他回头给叶琳保证道："妹妹，你放心，如果有一天强子做出什么对不起你的事，我第一个替你狠狠抽他。”

叶琳笑了，眼中却有泪花，说道：“谢谢你，路于。”

我看着叶琳，觉得她总是那么天真、善良，总以为很多事情说说抱歉，一切就能够风吹云散，可是她不明白，在这个世界上还有很多丑陋的面孔，还有很多不是我说原谅就能解决的问题。

叶琳继续说：“所以，我替你约了我哥，周末晚上我们找个地方好好谈谈，当我的面，你们握手言和。不管以前有什么冲突，不管我哥以前怎么得罪你，我希望你能原谅他。他是我亲哥，而你是我……我真的好害怕你们之中任何一个人再受到伤害。”

“强哥哥，我真的好怕，好怕……”

叶琳掩面而哭，我心乱如麻，路于在一旁叫嚷：“强子，赶紧答应叶琳。叶琳也是一片好意，你就忍心看她哭啊，还有没有人性？”

我对路于吼道：“你知道什么啊你就喊叫。”然后我考虑了一下，对叶琳说，“好吧，我答应你，周末跟你哥见面谈谈。”

叶琳满脸泪水地笑起来，不知道为什么，我突然觉得自己挺对不起叶琳的，觉得自己挺不懂事的。

晚上一回家，我就给大头打电话，电话里我告诉大头，叶琳撮合我与叶明浩见面和好。大头在电话那头沉默了一会，然后出声问道：“那么，强子，你自己什么打算？”

我说见就见呗，他又不是一个妖魔鬼怪，暗地里怕他，明里我还怕他不成。

“强子，你自己要小心，”大头迟疑了一下，“虽然你和叶明浩从小玩到大，但是人都会变的，他现在想什么你根本不清楚。”

“我明白，”我说，“但是这次就算是鸿门宴，我也得去，我不能辜负叶琳的一片美意，我不忍心再看到她伤心。”

大头笑出声来，不知道为什么，我却感觉他笑得好苍凉，大头说，强子，别看你平时在哥几个面前捣鼓来捣鼓去，馊主意一个接一个，天不怕地不怕，装作很牛的样儿，其实我清楚，你内心最脆弱，最把朋友当回事儿。你宁愿自个挨大嘴巴子，都不愿看到朋友受一丁点伤害，你其实就是一个打肿脸充胖子的主儿。

大头的话刚说完，我也笑了起来，我笑得很大声，很欢畅，跟一条自由游荡的鱼似的，我笑着笑着却感觉眼角有泪花。我想，我是乐极生悲吧。

夜里我翻来覆去听着一首歌曲，歌名叫《江南》，这首歌曲是叶琳推荐给我的，她说很好听，她很喜欢，听了总让她有种想哭的感觉。

我做了一个梦，我梦见自己孤身一人飘荡在举目无边的大海上，四周海水翻腾，不时有几只海鸟掠过我的头顶，我羡慕地想到，如果我变成一条鱼多好啊。

我待在自己的小船里，拼命地划，我想找到一座岛屿，也好歇歇脚。我突然发现，在我的不远处，大头跟路于开一辆汽艇缓慢行驶，我大喊一声："等等我，我是强子啊。"他们没有理我，我加快划桨速度，可最终依旧没有追上他们。

我有些着急的时候，叶明浩突然出现了，站在一条巨大的客轮上冲我奸笑，我听见他对我说，傻瓜，你以为他们会理你啊？这就是你口中的好兄弟？别他妈白痴了好吗？

我冲叶明浩喊道，你大爷的，关你屁事，老子这是闲情逸致，你懂吗你。

叶明浩长笑着从我身边一跃而过，我继续说着，你大爷的，我这是闲情逸致，你懂嘛你，我……

在梦里，我第一次哭了，哭得很伤心，一塌糊涂，导致第二天我起床的时候，我妈追着问我，哟，强强昨晚又梦到武打片了？我妈心疼地说，看看，把眼睛都被人打肿了。

39

周末的晚上，我按时来到叶琳说的地方与叶明浩见面。那是一家西餐厅，叶琳说那里人少，安静，适合谈话。其实我也能理解叶琳的苦心，西餐厅里温柔的轻音乐，优雅的环境，我跟叶明浩即使像两只斗牛似的谈不拢，也不会摔起跤来。

进餐厅之前，我一再叮嘱自己，怎么着叶琳也是一片好意，我不能冲动，让人姑娘下不了台面。我再怎么恨叶明浩这孙子，我们自己解决，不能当叶琳面发飙。事实上，我也做到了。一进西餐厅，我就看见叶琳，还有脸色阴沉的叶明浩，我很有礼貌地走过去，冲叶琳一笑，并且向叶明浩打招呼，我心中怒火中烧，但脸面上装得跟没事人似，我觉得自己真的很牛。

叶明浩一副爱理不理的样子，冲我哼了几声就算打招呼了。

叶琳笑嘻嘻地看着我和叶明浩，说，这不就好了，本就没什么事。今天把这顿饭吃了，过去的误会就烟消云散，大家还是好朋友，何况，我们两家交往几十年了，三 T 集团以后靠你们俩人共同努力呢，现在就闹别扭多不好啊。

叶琳还要继续说，叶明浩突然出声打断："好了，好了，你别说了。要吃饭就赶快吃啊，我还忙着，没工夫在这里瞎耗。"

叶琳拍拍我的手，我知道她在对他哥的混蛋行为表示道歉，我宽容地笑了笑："是啊，吃吧，早吃早解脱。"

那晚叶琳点了很多菜，其中牛排什么的都是贝贝喜欢吃的，一想到贝贝，想到叶明浩那晚阴森的笑容，我明白自己无论如何也不会原谅他。我们三个吃着饭，我跟叶明浩很少说话，我们都清醒地把这顿饭当散伙饭来吃，只有叶琳快乐得像只小麻雀，叽叽喳喳说个不停。

快吃完的时候，叶明浩擦擦嘴巴，突然出声问道："小强，你家贝贝今儿怎么没领来啊？"叶明浩痛心疾首地说："您瞅瞅，这么好的菜，贝贝吃不到多可惜。"

我一下就蒙了，我看着叶明浩用叉子挑起的那块牛排，在我眼前不断晃荡，我脱口而出："叶明浩，你这孙子，你他妈还是人吗？"

我伸出胳膊就要朝叶明浩猛扑，我再也无法忍受叶明浩这种挑衅的姿态，我如果还装得跟个没事人似的，我他妈还是男人吗？我的胳膊却被人拉住了，抡也抡不动，我看见叶琳惊慌失措的脸，我听见她用十分忧伤的声音喊我："强哥哥，你们别打了好吗？不是说好吃完这顿饭就和好如初吗？"

叶琳的眼睛里满是忧伤，我缓慢地放下胳膊，我很平静地对叶明浩说："明浩哥，我最后叫你一声哥，这是看叶琳的面子才叫的。我以前怎么对你，还有你以前怎么对我，怎么弄死我家贝贝，今儿，我陈小强就算过了。"叶明浩继续嚣张地望着我，我没理会继续说："以后我们各走各的路，但是，我把丑话说在前头，你如果敢再伤害我身边的人，我陈小强弄不死你我他妈就不是男人。"

叶琳满眼泪花地喊我，强哥……

"叶琳，很多时候，很多事情，不是我说结束就能结束。以后，我的事你就别管了。"

话说完，我双拳狠狠地击在餐厅桌子上，洁白的餐布上立即沾满鲜红的血迹，餐厅的侍者跑了过来，刚要张口说话，我阻止道："别害怕，损坏的东西，这位先生赔偿。"我指着叶明浩对侍者说："你也别赶我出去，我现在立马走人。"

侍者目瞪口呆地望着我，我看也不看自己受伤的双手，我很牛地站起身，转身就走，我听见鲜血滴答滴答地往下落，我却感觉不到疼痛，真的，我觉得心里特舒畅。

“陈小强，你等等，”叶明浩开口说话了，“你他妈也别那么牛。我告诉你，你也得意不了几天，我看你以后还怎么在我面前横！”

走出餐厅，街灯已经亮起来，我边走边寻思叶明浩对我的要挟，我想他怎么看也不像有着杀人灭口的胆量，顶多背后干点见不得人的事情，我想回去给大头和路于打电话，告诉他们没事注意点，社会不安全，让人背地里打了闷棍就不好了。

我想起罗素儿和蒋月凤，我不知道自己该不该提醒她们一句，但一想到罗素儿那种冷得让人心寒的眼神我就直哆嗦，我想我彻底完了，整一个条件反射。

没走多远，我听见从背后传来很急促的脚步声，当我抬起头的时候，我发现几个人出现在我的面前，为首的正是牛哥，他龇牙咧嘴地冲我笑。我连忙扭头向后看，叶明浩向我晃悠悠地走过来，身后同样跟着几个小青年。原来这家伙早就布置好了一切，专门堵我。我的心微微抽搐了一下，装作很纳闷的样子问叶明浩：“你这是什么意思？”

“你说什么意思？”叶明浩笑着说道，“刚才白吃了我们叶家的饭，又是耍横又是扬威，怎么，现在就想溜之大吉？我说陈小强，你也太不够意思了吧。”叶明浩伸长脖子一脸坏笑：“这可不像叶琳经常在我面前提到的小强哥，叶琳口中的强哥哥，可不是自己在餐厅砸烂东西还要朋友帮他赔偿的人，您说，是不是？”

“叶明浩，你他妈的到底想怎么样？”

“哟，还生气了，”牛哥几步跨到叶明浩跟前，笑着说道，“浩哥，这小子挺冲的，您不知道，那时候我去他一个朋友开的酒吧想借点钱花花，结果钱没有借到，还被这小子砸破了头，要不是忌讳他老子，要不是您让我别动他，我早就修理他了。”

“住口，姓牛的，你他妈别放屁！”

我现在似乎有些明白，原来牛哥和叶明浩早就是一伙的，我甚至逐渐意识到，之前御景城在建设征地拆迁中为什么会出现一些不合规的手段，原来私底下跟他们有直接关系，叶明浩在明，牛哥在暗。

想到这里，我立即说道："叶明浩，原来你他妈真不是个正经东西，你背后竟然隐藏着这么多秘密。我全明白了，你今儿想做什么？你不怕我给你家老头子告密，你不怕我报警抓你？"

"怕，我怕死了，强哥哥，求求你，你千万不要啊。"叶明浩在我面前阴阳怪气地说，随即，所有人开始哈哈大笑。

"陈小强，你以为现在我们还是小屁孩子？你以为站在你面前的叶明浩还是小时候那个叶明浩吗？你以为你去给我家老头子告密了他还会打我屁股？你认为警察会相信你的红口白牙吗？证据呢？你有什么证据可以证明我这个商界精英有问题？你实在是太幼稚了，也只有叶琳这个傻丫头还会相信你，心疼你，护着你。所有人都知道你对我有成见，并且出手打过我，绝对没有人会相信你的推测。傻瓜，醒醒吧，游戏规则变了，现在是我说了算，而不是你。之前我再三警告你，让你乖乖当我的妹夫，跟叶琳去过无忧无虑的生活，你硬要追求罗素儿，硬要搞出这么多事情，惹得大家都很不开心，你说，你为什么这么倔强呢？"

叶明浩的话让我突然陷入前所未有的恐惧之中，我第一次觉得自己好孤单，仿佛被整个世界遗弃似的，我疯狂地喊着，有些失控地喊："叶明浩，你别忘记老子是陈明胜的儿子，也是未来三T公司的大股东，你敢动我信不信我立即重回三T集团，我让你这个总经理当不了。"

"哦，差点忘记了。三T集团，陈大公子嘛。只可惜……"叶明浩脸色一变，一挥手，"帮他把刚吃的东西给我吐出来。"

一时间，所有人向我扑了过来，牛哥，那些张牙舞爪的小青年，他们杂乱的拳头砸到我的头上，我的身上，我看见叶明浩站在一旁冷笑。我忘记反击，忘记保护住自己的脸，任凭他们的拳头砸在我的身上，我木木地站着，脑海一片空白，我不明白他们这样做到底为什么。

我感觉不到疼痛，只觉得自己的鼻孔黏糊糊的，我对自己说，陈小强，你不能倒下，你要站稳当，你不能被这些狗崽子们给打趴下了，你是最牛的，因为你还有兄弟在背后支持你，你是陈明胜的儿子。我说，你倒下了就不是男人，是王八蛋。

我就这么想着，特平静地想着，也不知道自己是什么时候倒地的，只听见耳边轰地响了一声，自己仿佛一尊恐龙化石般倒在了地上，然后一阵刺骨的疼痛瞬间传遍全身，疼痛让我分外清醒，我侧着脑袋，继续瞅叶明浩，我看见他肆无忌惮地笑，跟小时候笑得一样大声，但是却没有那时的纯真，现在的笑容让我心寒。

渐渐地，我感觉周围的人停止了拳脚，不知道是谁的皮鞋踩在我的脸上，我睁着眼睛，想抬起头看看是谁这么不小心踩我，可是脑袋却不听使唤，沉重得如同一块生铁。

"陈小强，我告诉你，今儿只是给你一个教训，以后还有你受的。老子偏不弄死你，我要慢慢跟你玩。"叶明浩又使劲踩了踩我，我听见自己的牙齿在咯嘣咯嘣响，像小时候和叶明浩比赛吃核桃一样清脆。

"我们走，以后别惹老子生气，说不定我一心软，就会放你一马。"

一伙人骂骂咧咧地要走，牛哥蹲下来抓起我的头发，在我脸上拍拍："唉，好好一帅小伙，怎么走路这样不小心啊？快别趴地上了，赶紧回去洗干净，瞧这小脸脏得。小子，以后没事别仗着你老子的旗号替人出头，之前顶用，以后还真说不定。就你那点能耐，还是安安心心地当富二代泡妞去得了，跟叶明浩争，你根本不是对手。"

我没有去听牛哥说话，只是将眼睛睁得好大好大，全身抽搐着疼痛，因为我看见叶琳突然出现在牛哥身后，我听见叶琳发出一声划破夜空的叫喊声"不要啊，哥哥，为什么要这样啊。"

叶琳一把推开牛哥跪在我面前，把我紧紧地搂在她的怀里，叶琳用手轻轻为我整理头发，帮我摩擦嘴角，眼泪哗哗地流，嘴里不断念叨："强哥哥，对不起，对不起，我不知道会弄成这样，我真不知道。"

我朝叶琳笑笑，我说傻丫头，你哭什么，和你没有关系。

我还想安慰叶琳几句，叶明浩突然冲过来一把拉起叶琳说道：“跟我回家。”

“我不！”叶琳挣扎着。

“妹妹，这小子不值得你这样，他根本不喜欢你，他从头到尾就只喜欢罗素儿那婊子。”

“不许你侮辱罗素儿！”我挣扎地站起身，跟喝醉酒一样，摇摇晃晃。

“看看，骂骂罗素儿他都不乐意，罗素儿，很好，很好，”叶明浩对叶琳说，“现在你明白了？他的心根本不在你身上，你就别傻了。”

“可是，我就是喜欢强哥哥，就是喜欢他……为什么，你们为什么非要弄成这样？”

叶琳蹲在地上，头发掩盖住她流泪的脸，我看到她的身体在不住颤抖，我想解释，可是我也不知道原因。

“一个是我亲哥哥，一个是我喜欢的男生，你们说说，我应该怎么办？我应该怎么办？”

叶琳的声音撕心裂肺，我怔怔地望着叶明浩，轻声问他：“这下你满意了？”

“你他妈给我闭嘴！”

叶明浩有些急躁，像只愤怒的野兽一样跳来跳去，他看了看叶琳，摇摇头，猛地大手一挥喊道：“我们走！”

所有人默默转身离开，不知道为什么，我突然出声问道：“明浩，你就真能狠心割舍我们从小到大的情谊？”

我看到叶明浩停了一下，身体轻微摇晃，他背对着我缓慢地说：“强子，都这份了，还提这些做什么。”

“我明白了。”我轻轻地叹了口气，叶明浩继续离开。冲着他的背影，我大声喊道：“叶明浩，今天算我还你的。今天你没弄死我，以后千万别栽在我手里，否则我陈小强不会像今天一样顺从。”

“你放心，不会有那一天的。”

叶明浩扬长一笑，他的身影渐行渐远，仿佛我们的童年，一去不返。

40

晚上我没有回家，我怕自己血肉模糊的情形惊吓了我妈，我给她打电话说自己在比斯特，晚上喝酒玩呢，就不回去睡了。

我妈放心地说，那就好好玩，别喝太多酒，伤身体，如果晚了就回宿舍住，尽量别熬夜。

我妈挂了电话，我觉得我妈其实挺放心我的，可是，我让她真正放心过吗？我觉得自己挺对不住她老人家的，我悲伤了一下，然后打电话给大头，说二十分钟之后我过他那去。

大头在电话里紧张地问我，和叶明浩那厮没怎么样吧？我说过来再谈，我突然有些累，累得不想多谈恩怨情仇。

不知道为什么，我现在只想和大头，还有路于静静地喝酒，想听大头那鬼哭狼嚎般的歌声。

当我出现在比斯特门口，出现在大头眼前时，他被我的模样吓住了，没想到路于也在，路于走过来，问我，强子，这究竟怎么回事？

看到他们都在，我的心马上温暖起来，我故作潇洒地说："什么怎么了？没见过帅哥啊？"

我自己嘿嘿地傻笑，我看到了路于眼中的泪花，我看见大头脸色很难看，阴晴闪烁，一会大头跟火山爆发似的吼叫："我现在就去劈了叶明浩那厮。"

我上前拉住大头，缓慢地说："没什么，一切都结束了。"

我们开始喝酒，我问路于，你小子怎么还在？你老婆呢？你不陪她，就小红那水灵灵的模样，你放心她一个人晃悠啊？

路于红着脸粗着脖子辩解道："我知道你今晚去和叶明浩见面，所以跑来跟大头商量对策。我们是不知道你们在哪里见面，知道的话，我跟大头早赶过去了，你也不至于现在这样。"

路于说，对不起，强子，那天中午我根本就不该怂恿你去，否则你也不会受这罪。

我拍拍路于的脸蛋，轻轻地拍，我说："去去也好，否则，总不死心。"

大头一言不发，看着我们，一杯接一杯。那晚我们都喝醉了，醉得让我忘记悲伤忘记疼痛，但我的头仿佛炸裂般清醒，我清醒地记得大头问我："你打算怎么做？还有，叶琳呢？罗素儿呢？"

我清醒地记得大头对我说："叶明浩为难你，肯定不是表面那么简单，这家伙现在是处心积虑地跟你争三T控制权，所以你自己小心点，他肯定还有后手。一旦有事记得喊我，一定要喊我，不喊我，就是不把我当兄弟！"

天没亮的时候我就醒了过来，大头和路于东倒西歪地睡在沙发上。我悄悄地站起身，走出比斯特。

东方已经变白，我记得初中上语文课的时候，课本上总有一句话来形容黎明前的东方，说天空微亮，跟鱼肚白似的。当时我就觉得纳闷，假如是条黑色大草鱼的话，那天空岂不是云雾笼罩，阴森得吓人。

现在的天空泛白，我却觉得仿佛阴云密布般沉重，一个人站着，突然有些想念罗素儿，想和她说话，我拿出手机，看着屏幕上显示出的号码，犹豫了半天，终于拨通。

"喂，谁啊？"罗素儿似乎还没睡醒，迷糊中竟然接了我的电话。我握着手机，跟握着手雷似的颤抖，隔一会，我轻轻地说，是我。

我们不再说话，罗素儿也没有想象中那样粗暴大骂后把电话摔掉。等了一会儿，她不带任何感情地问我，有事吗？

"没，只是突然想你，所以给你打电话。"

"以后别再打电话给我了，我不想听见你的声音，也不想见你。"罗素儿说完就要挂电话，我连忙说："等等，你能告诉我为什么恨老陈吗？究竟怎么回事？如果可以我愿意替他偿还。"

"不用了，何况，你也还不了的。也许，陈明胜自己都不知道在这个世界上，他还亏欠着一个女孩，并且一生都无法偿还。"

我一听急了，我觉得自己不是傻子，罗素儿不用这样耍我，我冲着电话喊："你他妈到底怎么回事，你说啊，你不说我怎么知道老陈欠你什么？你知不知道，其实我是真的喜欢你，真的希望跟你好，为什么你要这样对我呢？"

话没说完，我的眼泪就跟秋雨般流下，我捧着电话无所顾忌地哭泣，我边哭边对着电话说，我说我家贝贝死了，我说勒死贝贝的正是叶明浩，而他是我从小玩到大的朋友。我告诉罗素儿，我不是单纯在为一条狗哭泣，我是一个大男人还不至于如此软弱，我问她，你明白我为什么哭吗？

一大会，罗素儿才幽幽地说："我明白。这个世界不仅仅是我们选择别人，还有别人也在选择我们，很多人，走着走着就散了，如果感觉累了，你就休息休息吧。"

罗素儿挂电话的时候告诉我，她在准备出国的事情，手续办齐备了就走，蒋月凤也去，和她一块。

天亮了，我的心却沉到了谷底，我擦擦眼泪，我想，也许一切真的要过去了。

我又回到了以前，罗素儿要走，我也就没有了所谓的爱情，尽管到现在我不明白她与老陈之间究竟有着怎么样的问题，但即使我知道了又有什么用？这么多年她都没有放弃怨恨，就证明她还没有忘记，即使我们真的在一起，那终究是一道梁，一道无法消失的梁。

路于自从有了小红的陪伴，已经不能像从前那样陪我嘻嘻哈哈，用他的话说，他现在是有家室的人了，需要稳重。所以路于和小红格外卖力地对周边网站进行推广宣传，时不时路于就会告诉我，周边网站照这个势头发展下去，未来不敢想象，超越西江高科不是没有可能。然后路于又一次说，罗素儿真是个企划天才，她的方案真的很管用，周边网站能在短期内有这么多注册用户跟她的宣传方案分不开。

也许吧，我这样回答路于，其实我内心里一直在期盼某一天，罗素儿会突然打电话对我说，陈小强，我决定不出国了，决定和你在一起，我们一起创业迎接新生活。

但那只是想想，从那次与罗素儿通过电话，她就彻底从我的生活中消失了。

我依旧会去比斯特，生意还好，有空的时候我就去坐坐，和大头说说话。

大头说他跟曼丽关系还可以，但是他总感觉自己与曼丽之间仿佛隔了一层什么，大头说他不知道隔了层什么，我却知道。

有次，大头悲哀地对我苦笑道："强子，不怕被你笑话，我们住一起很久了。但是我还没和她睡过，你相信不相信？不是不想，我是真心喜欢曼丽，所以，我不想轻易迈出这一步，得多为人家着想。"

我说相信，大头，我相信你。然后移开目光，我看着曼丽依旧像条水蛇一样，扭动着身躯来回招待着客人。那些年轻学生纯真的脸上布满故作深沉的笑容，仿佛我们的曾经。

自从那晚当着叶琳面与叶明浩发生冲突后，叶琳就开始有意无意地躲避我，她再也没有出现在我的教室里。刚开始，早晨走进教室，我会下意识地去找她，去寻找她身边空出的座位，但是我听说叶琳已经回到了原本属于她的教室，在众人惊讶中开始认真听课。

三年的陪读就这样悄然无声地结束，一个人的时候，我会去想，如果没有罗素儿的出现，我最终会不会坐到叶琳身边的空位置上？

有时间我会去老陈家，老陈看起来心情很沉重，眼睛中总有种扑朔迷离的恐慌，萍姨也失去了往日的热情，我甚至有几次发现她背过身偷偷流泪。

我问老陈，发生了什么事？老陈总说，没事，强强，爸爸自己可以搞定。

我想可能又是三T集团的麻烦事，于是我坐到老陈身边，安慰他说："爸，别太拼命了，现在我也有了自己的事业，所以您没有必要为我考虑太多。”我突然想起了罗素儿告诉我的话，我对老陈说：“这个世界有很多无奈，我们选择别人的同时，别人也在选择我们。世事难料，您不用为我过分担心。”

我举起胳膊做大力水手状：“爸，您看见了吧，我现在年轻，即使您没有给我留一分家产，我也相信用自己的能力能够养活您，还有我妈，还有萍姨。”

老陈摸着我的脑袋，满眼泪花地说：“我们强强真的长大了，爸爸不担心你，爸爸相信你可以照顾好你妈和萍姨！强强，说真的，有时候爸爸感觉好累，真的好累。”

回到家，我跟我妈说话，我们说了很多，说我的爱情，和我妈的爱情，当我说到老陈眼中的忧伤时，我看见在我妈的眼中闪过同样的忧伤，我想，我妈还是记挂老陈，虽然她从没有当面原谅过老陈。

我突然想起了罗素儿，我想几个月后，当夏天来临的时候，当她乘着飞机在云的顶端，去往另一个国度的旅途中会不会想起我，我想，自己一定会想她。

这天晚上，我与我妈坐在电视前，等着看电视剧大结局，等着看那个像年轻时老陈的男主角最终的归宿。

电视里突然插播新闻，浓妆艳抹的女主持人出现在屏幕里，电视里她的嘴唇让我感到格外刺眼，她站在一座还未完工的大楼前面，现场报道新闻。

“各位观众，这里是未竣工的三 T 双子座，我在这里为您做现场报道。十分钟前，三 T 集团董事长陈明胜突然出现在三 T 双子座的十楼，似乎有跳楼自杀的倾向。目前，救援人员已经就位，谈判专家已经赶到现场与陈董事长展开救援对话……”

然后摄像机开始拍摄现场混乱的情景，楼下观望的人群中，我看到救援气垫正在搭建，救护车也到了现场，灯光闪烁。镜头一闪，我在楼层中间发现了老陈的身影，他站在楼层边沿跃跃欲试。

我跟我妈对望了一下，然后我妈像疯了似的冲出家门，我想提醒她，您慢点，慢点，小心脚下。话没说出口，泪水已经无法克制地流淌下来。

当我们来到三T双子座施工现场，救援人员已经封锁了现场，封锁带的外围聚满了好多人，我记得在以前，我与我妈上街，每次遇见人群围观的时候，我总要嚷着挤进去看，没想到有一天，我们会成为这种围观的主角。

我妈疯了一般要冲进大楼里，却被救援人员阻止，我连忙上前告诉他们，准备跳楼的人是我爸，我们要立即上去劝阻他。救援人员放我们进入救援现场，带着我们坐上施工电梯来到十层。

走出电梯，就看见老陈站在楼层边沿，我和我妈准备冲过去，结果老陈说不准上前，怕刺激到他，我们停了下来。我妈喊道："老陈，你别做傻事啊。"

我也跟着喊道："爸，您快过来，那里危险。"

老陈看着我们，没有说话，但也没有离开危险的边沿。我尝试上前两步，站定后说道："爸，您怎么了？那里真危险，有什么事情你走过来跟我们说。"

谈判专家看到家属来了，也出声喊道："陈董事长，您的家人来了，无论遇到什么困难，您要多想想自己的亲人，您过来，有什么事情不能解决？"

在谈判专家的身旁，我看到了萍姨，她已经泪流满面，发现我们到了之后，她扑进我妈的怀里号啕大哭。

我说："爸，您说句话好不好？您到底怎么了？"

"强强，爸爸对不住你，"老陈终于出声了，他的声音显得格外沙哑，"你们谁都别过来。强强，爸爸帮不了你了，以后你得靠自己努力，还有你妈、萍姨，都得靠你照顾了。"

"爸，到底发生了什么事情？"我情绪有些失控地问道，"您别吓我啊，我们要好好的。"

"是啊，老陈，有什么事情你走过来跟我们谈。"

我扭头一看，不知道什么时候叶叔叔、叶明浩以及叶琳也赶来了，叶叔叔出声劝阻我爸，叶明浩面无表情，倒是叶琳，明显被惊吓到了，神情看起来无比紧张。

老陈的视线投向了叶叔叔，情绪明显激动了一下，很快又变得无比痛苦，他大声说：“强强，爸爸走到今天这一步，谁都不怪，就怪我自己太冲动、太容易相信人，尤其是相信自己的兄弟。”

我爸突然笑了起来，他大笑着说：“怎么解决？发生过的事情还能回到从前吗？还是让我若无其事地假装从来没有发生过？我做不到！强子，你记住，以后不要像爸爸这样轻易相信任何人！”

话音刚落，老陈突然跨过楼层边沿，整个人扑向空中。我大喊一声“不要啊”，然后向前冲了过去，但是，谁都没有抓住我爸，我低头看去，我爸的身体已经落到了地面。

所有人发出惊呼声，我妈和萍姨更是跌坐在地上，她们浑身颤抖着说不出话来。

为什么，这一切究竟是为什么？这里是十层，下面还有安全气垫，我心里想到，还有希望，老陈，你一定要挺住。

我扭头冲到电梯口，坐上电梯来到一楼。

冲出大楼后，我看到一个巨大的救援气垫出现在我的眼前，我看见老陈落到了气垫的中央，救援人员开始紧急救援。

老陈很快被抬下气垫送上了急救车，我妈和萍姨跟着救护车去了医院，我失魂落魄地站在三T双子座的楼下，人群渐渐散去，叶叔叔与叶明浩他们也随即赶往了医院，他们离开的时候，我仿佛听见了他们安慰我的声音，但我一句话都没有说。

我呆呆地站在楼下，我只感觉自己浑身发抖，感觉好冷，我始终无法相信，老陈这样坚强的人会被什么事情击垮，然后义无反顾地选择走上绝路？

我抬起头看着眼前的高楼，好高好高，我很努力地想看到三T双子座的顶端，可是我只看到夜空中的繁星，像一双双无法闭目的眼睛，不断闪烁。听老陈说，等三T双子座建成了就会成为本市著名建筑之一，老陈曾经无比自豪地拉着我，告诉我，强强啊，我和你叶叔叔已经商量过了，等三T双子座建好，就让你和明浩一起剪彩。你自己想想，那该多牛啊。

是啊，那得有多牛啊，我突然想到，老陈刚才从十楼跃身而下的时候也很牛。

我蹲下身子，我鼓励自己不要绝望，老陈是从十楼跳下去的，楼层不算高，而且落到了气垫上，一定不会有事。

虽然一直在这样宽慰自己，但我还是忍不住哭了起来。不知道哭了多久，我抬起头，发现了一个身影，原来是叶琳。叶琳满眼泪花地站在我面前，紧咬嘴唇，一会，叶琳说："强哥哥，你不要太伤心，他们都去医院了，陈叔叔一定会没事的。"

我想我真是一个没用的男人，看着叶琳，心中的伤痛再也无法忍耐，泪水流下来，我猛地站起来，一把抱紧叶琳，我将自己的脑袋埋在她的怀里，我不停地哭，并且问她："为什么会这样，为什么？前几天他还好好的，他只说他累了，他说他想休息了，为什么要做这样的选择？叶琳，你告诉我，究竟发生了什么？"

我用双手剧烈地摇晃着叶琳的身体，我看见她的胳膊出现了血印，我痛苦地说："对不起，叶琳，你回去吧，我没事的。"

我转过身向远处独自蹒跚着走去，我听见叶琳在我身后喊我："强哥哥，你不要这样，陈叔叔一定会没有事的，你等等我，你要去哪里，我陪着你。"

我听见叶琳开始轻声地抽泣，我想停下身去安慰她，但终究没有。

41

自己不知道漫无目的地走了多久，只感觉到天越来越冷，夜越来越深，街道越来越冷清，流着眼泪，我突然觉得自己好孤单，我慌忙掏出手机，拨通大头的号码，嘟嘟几声后，传来震天动地的音乐声，我听见大头在跟人嬉笑了几声之后，才慢悠悠地问我："强子，在哪呢？过来玩啊。今儿晚上生意特好，人多，过来热闹一下。"

我哭着对大头说："大头，你出来，我想见你，刚才老陈跳楼了。"

"强子，你说什么？你大声点，我这特吵！大声点。"

我情绪顿时变得异常激动，我无法控制地喊道："大头，老陈刚才跳楼了，你他妈的听见没有啊？"然后我将手机狠狠地摔向远处，我听见大头还在电话里叫喊，我看见手机划过一条曲线，然后坠落在街道一边，四分五裂。

我蹲在地上，我说，大头，你知道吗？老陈跳楼了，他有可能会死，你知道吗？

在这个明月当空的晚上，我瘫坐在地上，远处繁华一片，路灯排成直线闪烁着延伸到远处，灿烂得仿佛过年时的烟花。我眼前全是往日老陈的身影，他笑着抚摩我的额头，满脸沧桑地对我说，强强，我好累，好想好好休息。他说，强强，以后的路靠你自己了。然后他告诉我，不要轻易相信任何人。

我突然听见有人喊我："强哥哥，我们回家吧。"

我连忙回答，爸，走，我跟您回家。

我抬起头，看到的却是叶琳悲伤的眼睛，才明白原来她一直在后面悄悄地跟着我。

我抱着叶琳，告诉她，叶琳，强哥好累，好想睡会，然后就一无所知。

第二天醒来之后，才发现自己已经躺在床上。我妈坐在我的身边，看着我。大头和路于也来了，站在屋子里，我妈眼睛布满血丝，看见我醒来了，连忙说：“强强，你终于醒了。你别急，你爸爸还在抢救，还没有脱离危险，但是医生说还有希望。强强，你要坚强，你爸爸已经出事了，妈妈不希望你再有什么事。”

我妈又开始哭泣，我突然发现一夜之间，我妈仿佛苍老了很多，以前总以为书上的一夜白发全是扯淡，但是，我分明在我妈的两鬓看到很多细小的白发，我强忍悲伤说道：“妈，您哭什么，老陈吉人天相，您放心，肯定会没事的。还有我，我这不是也好好的吗？”

话没说完，我觉得自己又哭了，我转过脸偷偷擦干眼泪，问我妈，我说，妈，我昨晚是怎么回来的？不会是飞回来吧。

我露出一丝笑容，我想听我妈跟我贫嘴，但是，我看到她神情暗淡地说：“是叶琳背你回来的。真是坚强的孩子，一个小姑娘，把你从环城路上一直背回来。回到家的时候，她整个人仿佛是从水里钻出来似的，浑身湿透。那孩子放下你之后还一直说自己没事，让我好好照顾你。”

大头走上前，对我悔恨地说：“强子，我真是个混蛋，昨天晚上没听清楚你说什么，是我的错。我真不知道陈叔叔会出这种事情，否则我还做他妈的什么生意啊。”大头猛生生地抽了自己一个大嘴巴子，响声回荡在整个房间。

我感到胸口一阵剧烈的疼痛，我闭上眼睛，我可以想象到叶琳是如何吃力地将我背回家，我一个男人却要靠一个小姑娘给弄回家，我觉得叶琳其实比我牛。听见大头的懊悔，我平静地对大头说，大头，不怪你，这跟你没关系，你不看电视，肯定不知道新闻报道，你放心，我没事。我对我妈说，妈，我还觉得累，我想睡会。

我闭上眼睛，我听见路于对我说，强子，你别太伤心了，有什么事你就说啊，我们是兄弟。我听见我妈，还有他们都在哭，我很牛地假装没有听到，自己却在胡思乱想，到最后全部定格在老陈的笑容上，转眼间又变成叶琳忧伤的面孔，像冬天的雪花，让人心寒。

下午醒来，一个人睡在床上，我决定不再掉一滴眼泪，我想我得去医院看看老陈，老陈肯定会没事的，而且，我要实现对老陈的承诺，我还要照顾好我妈，照顾好萍姨。走到客厅，我妈一个人呆呆地坐在沙发上，两眼无神，我走到她的身边，我轻声问她，妈，我准备去医院，您去吗？

我妈摇摇头，又点头说道：“你去吧，早上我去过了，重症监护室，不让进，你去看看情况也好。”

我没有继续坚持让我妈跟我一起去，我安慰她说道：“您睡一会，我去看了回来告诉你情况。”

我妈点点头，我转身出门的时候，我妈突然说：“强强，医院回来了，记得去看看你萍姨，她这会就一个人，指不定怎么伤心呢，而且，你去问问她，老陈究竟出了什么事会走这一步。”

我出了门，一个人来到医院，我没有喊大头、路于他们，我不想惊动任何人，我只想一个人偷偷地看看老陈。

来到重症监护室的玻璃外面，我看见睡在病床上的老陈，他的四周围满了各种仪器，他躺在病床上，显得那么安静祥和。

医生没有让我进去探望，医生告诉我，老陈现在还没有度过危险期，虽然楼层不高，下面又有安全气垫，但老陈年岁大了，加上他跳下来的时候是头先着地，所以他的大脑受到剧烈碰撞，颅内大出血，对脑神经影响很大，能不能抢救过来不一定，抢救过来，什么时候苏醒也没有把握。

医生安慰我说：“你们家属要有个心理准备。”

我默默地向医生深深鞠了一躬，我说：“一切就拜托您了，无论什么代价，请您一定要把我爸抢救过来。”

医生扶起我，说道：“你放心，这是我们做医生的本分。”

我感激地看着医生，这是老陈出事以来，我听过的最好的话，虽然时下对医生充满了各种责难与质疑，但当你身处医院的时候，你才能体会到医生的压力与不易。

老陈说宽人以待，我觉得很有道理。

离开医院后，按照我妈的吩咐，我来到老陈家。萍姨给我打开门，我发现萍姨的精神跟我妈说得一样，果然非常差。走进房子，我坐在沙发上，却不知道该如何开口，气氛有些凝重。

“给你倒杯咖啡吧。”萍姨站起身，帮我端来一杯咖啡，然后她又进了里屋，出来的时候她的手里拿着一只盒子，却不知道里面是什么。

“喝咖啡吧，不加糖。”我的心突然咯吱了一下，我记得老陈在的时候，他总给我不加糖的咖啡，仿佛就在昨天。我有些伤心，萍姨也似乎意识到了，连忙转移话题说道：“强强，你爸爸已经出事了，你也就别太伤心了。而且现在人在医院里抢救，医生说还有希望。”

我没有告诉她自己刚从医院里过来，所以，我配合着说：“您说得对，肯定会没事的。”

萍姨长吸了一口气，将手里的盒子递给我，说道：“你爸爸原本想亲手把这个盒子交给你，你先打开看看，你看过我估计你就全明白了。”

接过盒子，我颤抖地打开盒子，里面装着西江高科以及三 T 集团的股权转让书，还有一张相片，是小时候老陈抱着我照的，相片里我笑得好开心，老陈也是满目慈祥。坐在房间里，我抱着相片无声地哭泣，泪水一滴一滴落在相片上，落在自己曾经纯真的笑容上。

我哭着问道：“萍姨，这个西江高科的股权转让书是怎么回事？我爸真的收购西江高科股份了？不是被集团董事会否决了吗？”

萍姨也是泪眼婆娑，说道：“董事会是否决了，但你爸爸听了叶世雄的建议，动用自己的资金开始在二级市场买进西江高科股份。强强，你知道三 T 集团是以你爸爸和叶世雄为主导合伙创建，成立之初，你爸爸占了三 T 集团 60% 的股份，叶世雄占 30%，其余 10% 是其他合伙人的。”

我点点头，说道：“这些我清楚。”

“但你不知道，经过这么多年的发展，三T集团也多次引进了战略投资者，虽然三T目前没有上市，但经过多年的稀释，你爸爸在三T的股份只有30%，而叶世雄也下降到15%。你爸爸还是名义上的第一大股东，但不是绝对控股。”

原来这么低，难怪我渐渐感觉到虽然老陈是集团董事长，但对集团的掌控力却越来越弱，可是这又与收购西江高科有什么关系呢？

萍姨猜测到我心里的疑问，继续说道：“我们自有资金买进西江高科，你知道去年下半年西江高科的股价，将近20元一股，我们的自有资金根本买不了多少。所以，叶世雄就建议你爸爸拿出20%的三T集团股份，通过他牵线，抵押给一个大财团，融资买进。叶世雄的意见是要收购西江高科，就得买到足够的股份，直到绝对控股，这样才便于日后远方科技的资产注入。叶世雄这样说，你爸爸也赞成。所以……”

这明显，这是叶家利用老陈想收购西江高科的想法设的一个圈套，他们的目标就是拿到那20%的三T股份，难怪我爸爸跳楼前告诫我不要轻易相信任何人，我似乎有些明白了。

萍姨接着说：“你想的没有错，这就是一个圈套，针对三T集团股份的圈套。20%三T股份抵押的贷款，你爸爸和大财团原本约定时间是三年，并且半年付一次利息。利息比较高，但你爸爸急于收购西江高科，所以就选择了与他们合作，而且你知道三T集团每年的现金分红很可观，我们测算了，分红完全够支付利息，这不会对我们造成任何压力，加上财团的借款程序要比银行简单得多，所以就签订了抵押协议。然后，你爸爸用抵押的资金开始大量买进西江高科，刚开始西江高科的股价还比较稳定，也许是因为股市整体不好，买进之后不到一个月，股价开始不断下跌，叶世雄说，股价跌下来正好是收购良机，所以很快，三T股份抵押的贷款全部买完了。”萍姨停顿了一下，叹了一口气说道：“西江高科股价下跌，你爸爸被套住，也并没有超出他的预判，毕竟他买进西江高科股票不是为了投机炒作，是为了实现远方科技的资产注入。但是，谁也没有想到，春节刚过，到了支付财团利息的时候出了问题。”

“出了什么问题？”我问道。

“你爸爸没有资金支付利息，”萍姨说，“我刚才说了，原本你爸爸想，三T每年都会给股东高分红，原本计划年底拿到的三T的分红就完全足够支付借款一年的利息，结果在去年现金分红的事情上竟然出了问题，董事会竟然否决了现金分红的提议，认为应该把利润留下来继续扩大经营。”

“是叶明浩带头否决的？”

萍姨点点头。

至此，我彻底明白了一切，老陈30%三T股份分红没有兑现，就没有资金支付财团利息，他就算违约，难怪春节前后老陈看起来压力好大，我还以为他是因为三T业务的事情在发愁。

“就像你想的那样，你爸爸没有拿上分红，所以没有资金去支付利息，他违约了，更奇怪的是西江高科的股票，明明春节前后，股市已经走稳，但西江高科的股价依旧在跌，很快腰斩之后再接近腰斩，将近20元的股价，现在只有六块多。财团一看这种情形，他们认为你爸爸的财务状况出现了严重问题，以保障资金安全为由，要求提前解除协议，他们愿意支付一定赔偿金，要求你爸爸全部还款。”

“是不是不全部还款，他们就会把活当改为死当，我爸的股份就得彻底转让给财团？”

“是的，迫于压力，还有你清楚你爸爸的为人，他觉得是自己有错在先，是自己先违背了契约精神，所以就同意了，20%的三T股份转给了财团。这是事情的全部，但似乎又不是，因为冷静之后，你爸爸越想越觉得有问题，感觉这个财团所做的一切就是冲他的三T股份来的，而且这个财团又是叶世雄介绍的。于是你爸爸准备找叶世雄问清楚，我们第一次觉得是他在里面搞鬼。结果还没有找叶世雄谈，你爸爸就发现叶世雄跟财团的有关人等在一起吃饭，他们觥筹交错，又说又笑，看起来很熟悉的样子。你爸爸全明白了，也就再没有去找过叶世雄。”

果然是叶世雄在搞鬼，我一直认为叶明浩为人阴狠属于基因突变，想不通叶叔叔多慈眉善目的一个人，怎么会有叶明浩这个儿子。现在看来是我错了，针对我爸爸的布局全部是叶世雄在背后操盘，与叶世雄相比，叶明浩曾经所做的一切不值一提。我甚至感觉，叶世雄当初从三T集团急流勇退，明面上是为了给叶明浩让路，现在看来，其实是为了更好地在幕后操纵一切。

我猛地站起身说道：“我找他们去，我要当面问问叶世雄，这就是兄弟所为？难怪我爸爸让我不要轻易信任身边的人，他们这样做，是谁都无法接受。”

“你坐下！”萍姨出声说。我看着萍姨坚定的表情，不情愿地坐下来。萍姨轻声说，“强强，萍姨明白你的感受，不要说你，我都忍不住要去找叶世雄，是他害得你爸爸变成这样，我要给你爸爸讨个公道。但找到他，我们说什么？西江高科是你爸爸主导收购，抵押协议是他自愿签订，董事会否决三T年终现金分红也符合公司章程，找到叶世雄你能说什么？有证据吗？你爸爸可是自己跳楼的，所有的一切没有任何人逼迫他，是的，我们知道了真相，但我们没有任何证据。”

萍姨的话让我变得沮丧，是啊，我找他们我能说什么？就像萍姨说的，我没有任何证据可以指明他们违法，即使叶世雄在背后捣鬼，但这一切都是老陈自己的选择，或者说是老陈为了帮我的选择，不然他不会收购西江高科，更不会抵押三T股份。而叶世雄的做法，虽然出卖了兄弟情义，但一切都没有触犯法律。想到这里，我突然痛恨起自己，我为什么要创建远方科技？如果我只是纯粹意义上的花花公子，老陈肯定不会出事。

萍姨也许是为了给我宽心，她还给我讲了很多，说老陈是如何对她好，说老陈是怎么牵挂我，不止一次在她面前提到要将我培养成一个优秀的人。说了很多，我却一句也没有记住，只是觉得自己才是逼害老陈的凶手，我开始明白老陈为什么要跳楼，他不是因为自己失去了三T公司而自杀，他不是因为自己陷入圈套而崩溃，他是因为兄弟的背叛，是因为失去了原本要留给我的东西而无法面对我，他是认为无法再给我提供他认为应该给予的帮助才选择了这个结局。

我开始祈祷，爸，您一定一定要挺住，我，舍不得您。

与萍姨谈完话出门的时候，外面太阳很红，仰望天空，我突然明白了一句话，彻底明白了。

当一个人失去希望后，他宁愿毁掉自己。

在老陈心目中，我同时接管西江高科和三T集团就是他认为的希望。

离开萍姨家，站在街道上，我无言地看着她给我的盒子。

“爸，你为什么要这样？什么没有了都无所谓，只要你活着就好。”

我抬起头看着明媚的阳光，洁白的云朵缓慢移动，我仿佛看到时光猛地回到过去，仿佛回到那个没有忧伤没有责任的童年。我想，我再也不会像以前那样，脑海中冒出许多夸张的念头，然后喊着路于喊着大头与我一起演戏。

不知道谁说过，生活就是生活，尽管你努力地去把生活当场戏去演，而结局还是出乎人的意料。生活如戏，不过只是自欺欺人的傻话。

蒋月凤打电话给我，安慰我说:“强子，听说你爸爸出事了，已经这样了，你自己多保重！”

我“嗯”了一声，然后很久我们都没有说话，只听见电流声在浮躁不安地流窜。

“强子，”蒋月凤停顿了一下，说，“再有三个月我和罗素儿就出国了，希望……”

她不知道希望什么，我也不知道。我说，就不要有希望了。罗素儿多仇恨老陈，好了，现在老陈跳楼了，人还躺在医院里没有脱离危险，也算遂了她的心愿，我让蒋月凤告诉罗素儿，之前有什么过节，这一跳也应该赎罪了。

我其实不迷信，我清楚老陈的选择更多的是因为我，无关罗素儿的怨恨，我的确希望，老陈跳楼了，即使真对罗素儿有过罪孽，现在也应该足够偿还。

“请你给罗素儿说，请她心中不要再对老陈有怨恨，我希望大家都能开心地活着！”

蒋月凤听见我说活着，她沉默了好久，然后出声说：“强子，事实不是你想的那样……”

我没有听完蒋月凤的解释便挂断电话，事实是怎样已经无所谓，我现在心里只是默念道：“爸，不论你对罗素儿做过什么，我都会原谅你的，我知道，那不会是你的错。爸，生活不能没有你，你一定要挺过来。”

第二天早上，我又去医院探望老陈。老陈还在重症监护室，医生告诉我，情况在向好的方向发展，应该不会有生命危险了，但是老陈还是没有醒来。

我沉默地隔着玻璃窗看着老陈，听到医生说他基本没有生命危险，老陈很安静，我也很安静，只要他能活下来并且醒过来，其他的都不是那么重要。

走出重症监护室，在医院的走廊，我意外地见到了罗素儿，她和蒋月凤一前一后向我走来。

罗素儿站到我的面前说道：“我没有别的意思，只是想来探望一下陈董。”

“没必要，”我看着眼前这个自己深爱的女孩，我无比冷静地说道，“你的心意老陈领了，但我想，就像你怨恨他一样，我估计老陈也不想见你。”

罗素儿的脸色顿时变得很难看，蒋月凤上前说：“强子，你别这样。我们是朋友，所以我们来看看陈董，对于陈董的事情，我和素儿都很难过。”

“难过？得了吧，”我控制不住自己的情绪，压低声音说道，“不是之前苦大仇深吗？现在出事了，还会难过？也别提什么朋友了，老陈活蹦乱跳的时候有把我当朋友吗？现在开始假惺惺，怎么，感觉良心不安了？”

我努力平息起伏的心情，说道：“你们走吧，罗素儿，就像你之前说的不想见到我一样，现在开始，我也不想再见你。你放心，我不会责怪你，我只是希望爱恨情仇到此终止。”

我背过身，缓慢地说：“我以前喜欢你，很喜欢的那种，但以后不会了，我们，完了。”

一片乌云遮住了阳光，天色有些暗淡，跟我心情一样沉重。

42

我向学校请了一个月的假，在家睡觉，陪我妈说话，或者去看萍姨。大头和路于打电话来，约我去比斯特热闹热闹，我知道他们是怕我憋得慌，我微笑地说，我没事，我跟石头一样坚实，不会说垮就垮的。我告诉他们，你们别担心我了，也别担心老陈，老陈一定会醒过来的。挂了电话，我才想起来他们在电话那头根本看不到我的微笑，我觉得自己长久以来只是在演戏，在自欺欺人。

其实随后去医院探望老陈的时候，主治医生告诉我了，说，生命危险没有了，但老陈究竟什么时候会苏醒，医生也无法判断。我明白这是一个委婉的说法，实质上就是，老陈成了植物人。

存在理论上苏醒的概率，但这个时间过程无法估计，也许一年，也许两年，也许，永远也不会醒过来。

我妈与萍姨开始了在医院照顾老陈的生活，她们照顾得很精心，她们的情绪也渐渐稳定下来，脸上有时候还会露出笑容，也许在她们心里，这个叫作陈明胜的男人只要活着，她们就有希望。

医院的日子是我妈与老陈这么多年以来难得出现的融洽相处，但我却格外怀念之前他们吵闹喧哗的日子。

有时间，我会一个人去“时光重现”餐厅，那里的经理是个成熟稳重的中年人，每次他都会抹着眼泪对我说，陈董事长向来对我们很好，怎么说出事就出事了呢？我拍拍他的肩膀，想要出声安慰他几句，却不知道从何说起。

我只有安静地坐在“时光重现”的玻璃窗边，手里捧着热气沸腾的咖啡，看着窗外车水马龙，就这样坐着，坐到天黑打烊的时间。然后，在黑夜中，穿行在繁华街道，其实自己已经不觉得过分伤心，我想我现在才是真正地长大了。

这天晚上，我又坐在“时光重现”里发呆，手机响了，一看号码是蒋月凤。

“陈小强，你在哪里？我现在要见你。”

“找我什么事？”我问她。

“我和罗素儿准备出国了，离开之前，有些事我想你也应该知道真相。这样吧，见了面再说。你在哪？我来找你！”

我说，好吧，然后告诉她“时光重现”的地址。不一会蒋月凤来了，依旧风风火火的样子，她坐到我面前就开口说道：“陈小强，在医院那天，你不应该那样对素儿。”

我笑了一下，然后问她：“这些还重要吗？都过去了，还提这些做什么？”我问她：“你吃什么？我帮你点。”我告诉她这家餐厅叫“时光重现”，以前老陈和我每次见面的地方。

“小强……”蒋月凤认真地说，“你真不应该那样对罗素儿，其实她也是个苦命的孩子，你知道当初她为什么会跟学校里的那个男朋友分手吗？”

我摇摇头，说不知道。

“她其实是很爱那个男生的，所以她把一切都毫无保留地告诉了他，包括，她曾经被人强奸过！”

“什么？”我有些不敢相信，我曾答应过自己，罗素儿已经与我无关，可是，在听到这件事情后我的心还是不由自主地发疼，我不敢相信地看着蒋月凤，确认道：“你说，她曾被强奸过？”

“是的，”蒋月凤无比悲伤地说，“素儿以为坦白可以换来更多的爱，谁知道，那个男生根本不是人，他把素儿甩了，很快找了另外的女朋友，他说他不喜欢肮脏的女人。那个人渣真真该死！”

蒋月凤狠狠地甩甩头，跟金庸武侠小说中的摇头狮子似的，然后她满眼泪水地看着我，我发现她的眼中有迷雾般的伤感。

“所有，从那以后，素儿对男女之间的情爱产生了巨大的排斥，或者说抗拒，爱情已经伤透了她的心，她又如何再去相信爱情，特别是条件不错的男人。她告诉我，这辈子，她或许不会结婚，要结婚就是找一个很平凡很平凡的男生，她说条件越好的男生内心越不可测，爱情需要包容，而他们不会包容，”蒋月凤微微叹口气，“所以，对于你的追求，她当然会排斥。而我，之所以阻止你追求素儿，因为我和她是很好很好的朋友，我不希望她再次受到伤害，你明白吗？”

我说：“我明白，你们是闺蜜，你有责任去保护她，我理解。”

天色越来越暗，华灯初上，我和蒋月凤默默坐着，谁都不说话，蒋月凤带来的消息过于突然，让我一时间无法适应。罗素儿曾经被强奸过，我清楚这样的遭遇对于一个高傲的女孩子意味着什么，意味着在以后的人生中她只能用冰冷的外壳将自己包裹起来，没有人知道坚硬外壳里面柔弱受伤的心。

我很难过，觉得自己确实不应该那样对罗素儿，我有些痛恨自己为什么没有去用心了解她。

然后蒋月凤开始诉说她和罗素儿的友谊，开始告诉我有关罗素儿过往的一切，开始义愤填膺地怒骂那个抛弃罗素儿另寻新欢的渣男。我只是安静地坐在她的对面倾听，就这样过了好久。抬起头看看窗外，我才发现天色黑沉，我告诉蒋月凤：“餐厅快打烊了，我送你回去吧。”我说，谢谢你告诉我关于罗素儿的一切。

“因为，我们从来都是把你当朋友的。”

蒋月凤一句“朋友”提醒了我，我连忙问她：“那为什么罗素儿要痛恨老陈？她和老陈之间又发生过什么事情？”

“你去问你萍姨吧，她应该会告诉你！”

“为什么她会知道？”

“因为，她是素儿的亲生母亲！”

一瞬间，我彻底石化。

我与蒋月凤走出“时光重现”的时候，夜有些深，初春的寒风阵阵掠过，我看到蒋月凤四散的头发随风飘扬，“时光重现”旁边的海鲜酒楼依旧灯火通明，灯红酒绿的男女不断进出，我知道，里面的人们正在无忧无虑地挥洒着青春，但是谁都不知道，当明天醒来的时候命运又会转向哪里。

“我们打车吧，着急赶来，没开车。”蒋月凤说，我默默地点点头。我们站在路边等的士的时候，从海鲜酒楼里走出一伙人，高声喧闹，应该是在酒楼吃喝完刚散场。

起初我并没有在意，但当那伙人逐渐接近我们的时候，我才突然发现，领头的人竟然是牛哥。真是冤家路窄，我突然有种不祥的预感，我连忙拉着蒋月凤的胳膊说，我们走吧，往前走走，边走边等的士。

蒋月凤奇怪地问道：“大街上哪里等不是等啊？干吗往前走走？再说大黑的晚上，这里有路灯，还亮堂些。”

牛哥似乎发现了我们，刚走到自己车门旁边，又把手缩了回来，一伙人大大咧咧地朝我们走了过来，我连忙拉着不明所以的蒋月凤离开，结果很快被他们围住。

“哟，我说是谁呢？呵呵，原来是陈小强呀，”牛哥走到我面前，满口酒气地说，分明是喝醉了，他拍拍自己的脑门说，“不，应该是陈公子才对，该罚，该罚。”

身边的几个人也哈哈大笑起来，我的心隐隐约约疼了一下，我冷冷地对牛哥说：“没什么事，赶紧滚蛋。”

“哟，你小子还是这样牛啊，你以为自己还跟从前一样啊，”牛哥哈哈大笑几声，身边几个人也附和着笑了起来，然后牛哥仿佛看到了蒋月凤，说，“哪儿找的小妞？挺漂亮的啊。我说小妞，你快别跟陈小强瞎混了，他现在有什么？你不如跟哥哥混，哥哥我现在可是名利双收，马上也算是商界精英了。”

我把蒋月凤护在身后，结果蒋月凤大声喊道：“喝了几杯猫尿就在这里发疯，哪儿凉快哪儿待着去，老娘正烦着呢，别惹老娘不开心。”

蒋月凤明显生气了，我转身拉着她的胳膊说，我们走，别理他们。

我看见牛哥身后的一个家伙偷偷给牛哥说了什么，牛哥脸上顿时露出惊讶的表情，然后大声叫喊着："站住，先别走。"

牛哥抬眼看着蒋月凤，啧啧嘴巴说道："我当是谁呢？像，果然很像。原来您就是网络红人蒋二哥啊。之前听说过你，总以为是个娘娘腔，原来是个美女啊，失敬，失敬了。"

我打断牛哥的话音，说道："你管人家是谁，没她什么事儿，有什么冲我来。"

蒋月凤出声说："光头，现在是法治社会，别以为自己一身肥肉，仗着人多，老娘就会怕你们。识相的赶紧滚，不然我现在就报警。"

"哟，小丫头嘴巴挺硬。有性格，我喜欢，"牛哥笑着说，他对我说，"陈小强，你赶紧滚，这儿没你什么事情了，滚回去伺候你那个半死不活的老爹。瞧你这个㞞样，我看着就生气。"

我忍住怒火，他们人多势众，我强迫自己冷静下来，拉着蒋月凤就准备离开，结果牛哥喊道："陈小强，你没有听见吗？你可以走，蒋二哥不能走，我还想看她现场直播呢。"

我顿时就怒了，喊道："牛哥，你大爷的，真以为我怕你啊。"

牛哥一挥手，几个人将我和蒋月凤围住，牛哥说道："小子，嘴硬什么？你现在还有什么好得意的？三T集团成了叶家的，你老爹被人上套现在还在医院装死，你除了一堆被套的西江高科股票和你自己的小破公司，你现在还有什么？你还牛什么？好啊，你不走，那就别走了，正好跟我们一起看现场直播。"

话音一落，牛哥让人把我和蒋月凤抓住，他抢过蒋月凤的手机，用她的手机打开直播软件，登录上去，然后就进入了蒋月凤的直播室。

"果然是蒋二哥。瞧瞧，人气真旺，刚登上就有几百人观看了。"牛哥笑着说，他把手机摄像头对准自己，说道，"嗨，老铁们，大家晚上好，我是牛哥我身边这位美女你们猜猜是谁？"

他用手机摄像头对准蒋月凤，说："这就是蒋二哥，老铁们不知道吧，你们喜欢的蒋二哥原来是个女人。"

我拼命挣扎，我大声喊着："牛哥，把手机关了，你要搞什么啊，不关蒋月凤的事情，有本事你冲老子来啊！"

我大声叫喊，我努力挣扎，我清楚牛哥这伙人的为非作歹，现在是大晚上，他们又刚喝多酒，我害怕接下来会出现更可怕的事情，我必须把牛哥的注意力转移到我的身上。

"老铁们，今晚很热闹，你们再看看这位是谁？"牛哥走过来，他用手机晃晃我，"这是陈小强，就是之前跳楼的三T集团董事长陈明胜的儿子，大家应该都知道吧。"

牛哥将手机重新对准自己说道："大家不妨猜猜，大半夜的陈公子与蒋二哥在干什么？可以发挥想象脑补情节。"

我挣扎着想冲过去抢过手机，牛哥躲开了，蒋月凤大声喊道："网友们，他们是坏人，赶紧报警，赶紧帮我们报警。"

我不知道有没有人报警，我对牛哥说："牛哥，你放蒋月凤离开，之前我们的恩怨一笔勾销。"

"陈小强，别跟这种坏人低头，我就不相信，朗朗乾坤，他能把我们怎么了。"蒋月凤又叫喊着，她试图去踢打身边控制自己的人，但很明显她的挣扎徒劳无用。

牛哥又把手机对准了蒋月凤，说道："蒋二哥果然牛气，今儿直播有意思。好吧，那就遂你心愿，哥几个，先给陈公子松松筋骨，让蒋二哥看看我们的暴脾气。"

身边的人顿时对我拳脚相加，我蜷缩在地上一声不吭，我想打吧打吧，只要不伤害蒋月凤，你们今儿打了小爷，明天小爷再还回去。

看到我被痛打，蒋月凤终于感到有些害怕，她的声音有些变形，喊道："别打了，你们这样打会出人命的。"

"那就停下来。"牛哥吩咐道，殴打停止了，我努力地站起身，头顶的鲜血缓缓流下来，牛哥用手机对准我，说道:“老铁们，这才是真正的英雄救美，大家要向陈公子学习。”

“现在满意了？”我缓缓问道，“我们可以走了吗？你玩够了没有？”

牛哥走到蒋月凤面前，一把将她拽到我的面前，说道:“蒋二爷，人家陈公子英雄救美了，你还不主动表示表示？现在，立即上去亲吻陈公子。”然后他喊道，老铁们，你们说好不好啊。

直播室的热度很高，我知道很多直播都在做野外生存的真人秀，没有想到有一天，我竟然也会成为直播人物。

蒋月凤叫喊一声:“死光头，你神经病啊，网友们，有没有人报警啊？这群人是坏人。”

牛哥反手就给蒋月凤一个耳光，骂道:“别给脸不要脸，什么蒋二哥，在我眼里你也就是个贪图富贵的女人。你亲不亲？信不信我现在就撕烂你的衣服，让你在千万人面前裸奔？”

蒋月凤明显被吓到了，我喊道:“牛哥，你还是男人吗？你打也打了，还有什么不满意的？你搞这么多事情有意义吗？”

“有！怎么没有？”牛哥凶狠地喊道，“老子就看不惯你们这群有钱人的臭脸，以为自己有钱就可以拥有一切，那我们呢？为什么你们生下来就能过好日子，我们就得跟着别人屁股混？”

牛哥明显有些疯狂，我开始有些了解这类人的心态，总想着不劳而获，总想着天上掉馅饼然后一夜暴富，从没有考虑过自己脚踏实地地去努力拼搏，去做一个真正的奋斗者。所以，他们往往有一定的仇富心理，但又表现得那么嫌贫爱富。

“我数三下，你不亲我就把你们两个的衣服同时撕掉，然后让你们发生一些更加美妙的事情，那时候直播出去肯定更精彩。”

蒋月凤开始慢慢走向我，她走到我跟前，轻声说:“陈小强，其实你真算是一个很不错的男人。”

然后，蒋月凤的嘴唇就压了过来，我大脑一片空白，我听见四周的叫好声，我听见从远处传来的警笛声，我被蒋月凤吻着，我看见牛哥等人四散逃离的场景，我看见蒋月凤的手机被牛哥甩了出去，然后四分五裂。

很快，牛哥等人全部被警察带走，押进警车的时候，牛哥趾高气扬的表情让我感到可悲。

听到出事，罗素儿、大头等人也很快赶了过来，罗素儿紧张地看看蒋月凤，发现没有大的问题才放下心，我走上去说道："蒋月凤，对不住，让你受惊吓了，牛哥他们是冲我来的，你放心，我肯定给你讨回公道。"

蒋月凤笑了一下说道："不关你的事情，你不必放在心上，不过陈小强，听牛哥说，你爸爸的事情可真没有那么简单，看来是叶家在背后搞鬼，你自己也要小心。"

我说，这我知道，原本就是他们的诡计。

蒋月凤跟着罗素儿离开，走了几步，罗素儿突然停下来问道："陈小强，实在不行，你跟我们一起出国吧。"

清楚了罗素儿的过往，对于她之前所做的事情我已经原谅，罗素儿让我跟她一起出国，说明她心里有我，她在关心我，但我又怎么可能抛下西江的一切？这里有我妈，有萍姨，有老陈，有我的兄弟，还有未完的事业。

我说道："你们去吧，出国深造是好事，一路平安。"

罗素儿欲言又止，最终没有说什么，她走了。

蒋月凤突然跑过来，贴住我的耳朵，轻声说："陈小强，那是我的初吻，尽管是个美丽的误会，但一定不要忘记哟。"

蒋月凤和罗素儿离开了，也许，这次的离开将是我们今生最后一次相见。

大头和路于这才凑上来，路于问道："你老实交代，蒋二哥最后亲没有亲你？"

"你没有看直播吗？"我问道。

"看了啊，就是看直播才发现牛哥把你们围住，我立即报警，然后喊上大头就往这赶，等赶来的时候，不是蒋二哥的手机被摔坏了吗？直播里没有看到最后的结局。"

我安心了，没有人知道最后的结局，那就是最好的结局。就像蒋月凤刚才说的那样，这只是个美丽的误会。

“对不起，强子，又没有帮上你，”大头说道，“牛哥这下进去，估计得关上一阵子，扰乱社会治安、意图伤害他人肯定是逃不过了，如果调查出之前他还有为非作歹的行为，那肯定得多判几年了。牛哥进去了，但是叶明浩呢？刚才蒋月凤说，陈叔叔落到现在这个地步，是叶家害的，这究竟是怎么回事？”

我告诉大头与路于有关老陈收购西江高科股票发生的一切，讲完之后，我说：“可惜，我爸是自己跳楼的，所有的一切都是我爸自己决定的，我们能拿叶家如何？”

我告诉他们，不过你们放心，我一定会为我爸讨回公道。

也许是看了新闻，或者是听路于说起，第二天一大早，叶琳就跑到我家找我。

我没有想到叶琳会来，尽管所有的事情与叶琳无关，但我真没有做好面对叶家人的准备。

我让叶琳进了家门，一落座叶琳就说：“强哥哥，听说昨晚你和蒋月凤被牛哥他们为难了，我来看看你，强哥哥，你要相信我，这事儿真跟我哥哥没有关系。”

我说：“叶琳，这事情与你没有任何关系，你不用解释。”

“强哥哥，真的和我哥哥没有关系，昨晚牛哥他们吃饭，我哥哥并没有参加，是牛哥他们自己搞事情，跟我哥哥没有关系，你要相信我。”

叶琳满脸泪水，声音有些颤抖，我有些心疼，是啊，我知道这是牛哥干的，可是，牛哥终究是叶明浩的人。我看着叶琳委屈的表情，我突然想起小时候，想起小时候我、叶琳、叶明浩三个人在一起玩耍，叶明浩欺负了我，叶琳也是这样满目内疚地对我说对不起，那时候她的声音好稚嫩，一听到她向我道歉，我很快就会生龙活虎起来告诉她自己已经没事。可是，现在，我又怎么能够轻描淡写地告诉她我没事了呢。我悲伤地说："叶琳，其实事情并不是你想的那样简单，昨晚的事情是与你哥无关，但我爸跳楼呢？我爸现在还躺在医院，医生说他成了植物人，也许永远都不会醒来。你可以回去问问你哥哥，甚至问问你爸爸，我爸跳楼究竟与他们有没有关系。妹子……"

我一喊叶琳妹子，泪水就止不住地滑了下来，我说妹子，现在我们长大了，做过的事就应该负责。

我苦涩地笑着，很悲凉地说："你走吧，我以后不想再见到叶家任何人。你回去告诉你爸爸和你哥哥，他们做的坏事，虽然没有任何证据，但我一定会让他们偿还！"

叶琳想要说什么，但最终没有说，我只记得她离开的时候嘴唇咬得很紧，很紧，雪白的牙齿上沾满刺眼的红色。

43

之后连续几天，我晚上睡觉总做梦，而且梦里全部是关于童年，关于那些不知忧伤是何滋味的时光，一次又一次我从梦中笑醒，醒来后，看着窗外明亮的天空，却感到格外悲伤，我知道时光一溜走，就不能够再挽回。

我妈问我究竟发生了什么事，我总没有说出真相，我不想让她老人家跟着担心，我告诉她，要好好照顾老陈，要和萍姨一起轮流多跟我爸说话，也许说着说着，他就被吵醒了。

我妈笑了，但笑容里充满了苦涩。

我依旧会去医院探望老陈，我躲藏在病房的门口，透过房门的玻璃，我看着我妈与萍姨在病房里陪伴老陈的情景，那个场面让我感到很痛心。

隔着玻璃，我总会轻声说："爸，您放心，我一定去做自己该做的事情。"但我知道再也不会像以前那样，老陈摸着我的额头说，我们强强终于长大了，不再是大人庇护下的小孩子。

我向学校申请了退学，老师们都劝我，说我成绩好，这样太可惜，我很牛地告诉他们社会是所最好的大学，我可以学到更多的东西，说这话的时候我没有一点夸张，突发的很多事情让我学会了很多，而这里面有很多是在学校围墙内无法体会到的。

离开学校的那天，我跟路于站在校门外，我突然觉得一切离我好远好远，仿佛自己根本就没有越过这座校门，仿佛，大学只是自己曾经的一场梦。我突然记起大一报名的时候，老陈和叶世雄一起来送我和叶琳的情景，豪华轿车，我跟叶琳仿佛金童玉女似的走下车，引起好多过往行人的眼球，我记得老陈那时拍着我的肩膀，我记得老陈叮嘱我："读大学了，就长大了，以后你就是男人了。"

我记得自己当时很牛地对老陈撇撇嘴说，那是，俺陈小强本来就是个男人了。

而现在，当我再次站到这个自己每天不知道要穿行多少次的校门外，回想大一时的情景，我突然觉得好遥远，突然觉得有些伤心难过。

"强子，你其实不用退学的。"路于说。

我看着路于的眼睛，我安慰他说道："我决定了，你就不用多说了。好好学习，天天向上。远方科技一定不要放弃，那是我们几个人的心血，以后有事就和大头多商量，在学校自个小心点。"我还想安慰他什么，但不知道怎么说了。路于抿着嘴巴，仿佛在哭泣，路于说，强子，你可不要冲动，我不希望你也出事。

我笑了笑，拍拍他的肩膀："多大的一个人了，哭什么？快回去吧。"

当我转身离开的时候，我看见在学校校门里站着一个熟悉的身影，她的脸上挂满泪花，她没有走过来，只是远远地看着我，我头也不回地离开。

我直接去找萍姨，我必须弄清楚罗素儿与老陈之间的事情，否则，我觉得自己对不起蒋月凤。

到了老陈家，萍姨坐在我的对面，她为我倒了一杯不加糖的咖啡，我看着萍姨说道："萍姨，素儿的事情我已经全知道了，包括那件事情，但是她为什么要这么痛恨我爸呢？"

萍姨愣了半天，才轻轻叹了口气，缓慢地说："这一切也许真是命中注定。你应该清楚你爸是我第二任丈夫，我跟你爸是在一个宴会上认识的，你别笑阿姨，我第一次见到你爸的时候就爱上了他。那个宴会上我们谈得很投机，于是以后就经常偷偷见面。虽然当时我们都是有家庭的人，但那种感觉却像年轻人恋爱一样热烈。最后你爸要和我在一起，于是，他跟你妈离了婚，而我也跟我的前夫，素儿的亲生父亲离了婚。那时候，你和素儿都还小，都不懂事。素儿这丫头从小就脾气烈，从小就喜欢她爸，她爸不同意离婚，她也掺和进来,要挟我如果跟她爸爸离婚,她以后就不认我。可是……最后婚离了，没几天我和你爸结婚了，结婚当晚，我听说我的前夫因为我的离开而选择服毒自杀。他爱我，是个好男人，我抛弃了他，他却为我自杀了。但是，强强，你应该明白，爱情这种东西……”

我说我明白，我明白，我又何尝不明白呢？

萍姨抹抹眼泪，继续说道：“前夫是为我死的，在前夫出事的那晚，素儿来这里找我，想要我回去再看她爸爸最后一眼，没想到，来的路上遇到一伙流氓，他们把素儿……”萍姨的情绪有些激动，她克制好一会才让自己平静下来，继续说道：“从那以后，素儿就再也没有找过我，她恨我，并且恨你爸，她认为是你爸的出现毁了我们曾经幸福的家庭，让她受到无法弥补的伤害。从那以后，我们不见面，但我会定期给她一大笔钱，她都接受了，她说这是她爸爸用命换来的，她为什么不要。”

萍姨凄凉地笑笑说：“人的情感就是这样奇怪，素儿和你父亲从没有见过，她却始终怀有浓烈的仇恨，而你，偏偏又会遇见她，又会喜欢上素儿。我知道你们在同一所大学读书，但我从没有告诉过任何人，包括你爸爸，我希望大家都忽略这段纠缠的存在，做个擦肩而过的陌生人，更何况，我也不希望素儿与你有什么冲突。但是谁想到，你们究竟还是有了交集，很多次我都忍不住想告诉你真相，可是都没有勇气开口，我害怕自己说出口，就会让你和素儿之间有了不应该存在的情感因子，我以为我会一直隐瞒下去，没想到……强强，你不怪萍姨把？你不会记恨素儿吧？”

我说我不会，我不会怪您，更不会记恨素儿。您不是说过吗，情感这东西是最不可捉摸的，而且，素儿也吃了不少苦，受了好多罪，我怎么能忍心记恨她呢。

说着说着，我也哭了，但不难过，只觉得心里有种怪怪的感觉，我不知道这是不是感动。

从老陈家出来后，我突然很想罗素儿，我想打电话给她，可是，我没有这个勇气面对她，我知道自己给不了她任何承诺。

这时，我突然接到叶明浩的电话。

“陈小强，你他娘的有病啊？”叶明浩在电话里骂我说，“那晚牛哥为难你们只是个意外，是他自作主张，我并没有指使他这么干。没错，牛哥是我的人，我不否认，但不代表他干什么都是我指使的。现在牛哥也被逮捕了，也得到了应有的惩戒，你凭什么在叶琳面前污蔑我？你小子忘记我之前怎么给你说的？不要惹叶琳伤心，否则……”

“那么我爸呢？”我出奇平静地问道，“你敢说我爸跳楼不是你们逼的？你摸着良心说。”

电话那头，叶明浩第一次沉默了好长时间，然后我听见他说道：“我们本意只是为了三T集团的股份，我发誓，我和我爸爸没有一个人会预料到陈伯父做出这样过激的决定，也没有人希望陈伯父做出这样的选择。而且，所有的谋划都是基于陈伯父收购西江高科股票，没有他要收购的意愿，就没有后面的所有事情，强子，我们的所作所为都是商业手段，没有人希望出现今天这个结果。”

“去你大爷的不希望！”我在电话里破口大骂，“叶明浩，还有你老子，你们是第一天认识我爸吗？你们不清楚他的为人，不知道他的秉性吗？就是因为太清楚老陈为人实在，所以才被你们利用，进而骗去了他的股份，你们不和财团紧逼他还钱，他能跳楼吗？他是受不了被自己多年兄弟背叛，无法面对我才选择了这条路，叶明浩，你们难道没有感到一点内疚吗？”

“陈小强，你……”

“叶明浩，为了三T股份你们这样做至于吗？还说都是什么正经的商业手段！你商业头脑比我强，这点我服你，但我看不起你。我说过自己不想和你争三T，在这个伟大的时代，我们所有人难道不应该靠自己的打拼去努力实现我们的梦想和价值吗？为什么要靠着父辈的福荫去生活？你自己出去闯荡，出去干事创业也一定会有所作为，但你不敢。就这点你和我比，你不如我，我看不起你。”我一口气说完，感觉自己好累，这也许就是人们常说的价值观不同，有些人天生就喜欢阴谋诡计，就喜欢去和别人争、和别人抢，但我不喜欢。

“不说了，叶明浩，在我心里，我爸就是被你们叶家害成这样的，我一定会替他讨回公道。”我挂了电话，我知道这是自己最后一次与叶明浩对话，接下来，就应该选择像一个男人那样去战斗。

回到家，我妈已经睡了，空荡荡的客厅里，我一个人坐着，打开电视，不断换台，喜怒哀乐交替出现在电视里，我想，还用表演吗？生活本就如此。

我不准备将自己退学的事情告诉我妈，我不想让她老觉得我自个不省心，我想把那件事办了，自己也就可以彻底放松了，我也觉得好累，好想休息。

听说，再有一个月，三 T 双子座就会正式落成，届时叶世雄和叶明浩将出席剪彩仪式，在那天，叶世雄会正式宣布三 T 集团归叶家控股，而叶明浩将会成为三 T 集团新的董事长。

等到那天吧，我们都等着，我心里想，嘴角荡漾出一丝笑容。

两个星期之后的一天，叶琳突然打来电话，说她想见见我。

我说，有什么好见的，我不想见。叶琳说，强哥哥，我有事情想给你说，不会耽误你很多时间，就一会，说完我就走了。

我说不用了，叶琳，任何事情现在都已经无关紧要了，你好好保重自己，我们相见不如不见。

挂电话的时候，我听见了叶琳的哭声，我感到心疼，但我依旧没有心软，我害怕自己的心软让叶琳今后更加无法自处。

我拒绝了叶琳，没有想到，傍晚时分，路于到我家找到我。路于的表情看起来有些伤感，我问道：“怎么了？”

“叶琳走了。”

“走了？去哪里了？”

“不知道，我问了，但她没有告诉我，”路于惆怅地说道，“叶琳来公司找我，说她想约你再见一面，有事情想告诉你，结果你没有答应，所以她让我将这封信交给你。叶琳说，让我替她向你道歉，说一句对不起。”

路于将一封信递给我，然后问我：“强子，叶琳看起来怪怪的，她该不会出什么事儿吧？说实话我很担心她。”

我说道：“不会，叶琳虽然外表看起来柔弱单纯，但是骨子里她很坚强。”

“但她似乎受到了很大的打击，看起来很失魂落魄，”路于叹息道，“你说，这都叫什么事儿？叶琳多好的一个姑娘，偏偏要夹在你和叶明浩中间，现在更是夹在你与叶家之间，换成是谁，都会无法面对。”

听着路于的话，我仿佛看见那个形单影只的背影，那个背影显得那么孤单，那么柔弱，但却渐行渐远。我的脑海里想起很多过往云烟，我想起我和叶琳小时候的游戏，想起春节的时候我们在城市广场上烟花漫天里的笑声，想起叶琳抱紧我，喊我强哥哥，说她喜欢我，然后我记起了她落在我肩膀上冰冷的泪水。

我一个人坐在客厅的沙发上，我不知道路于是什么时候走的，天色已黑，客厅里也是一片漆黑，我抬起头望着窗外，看着外面城市里的万家灯火，我记起路于临走时说，叶琳说有朝一日她一定会再回到西江市，她会回来补偿我。

那片灯火，仿佛叶琳临走的时候留下的话，充满了光亮和希望。

我站起身，打开灯，然后掏出叶琳留给我的信：

强哥哥，请原谅我的不辞而别，请允许我替我哥哥、替我们叶家给你说声对不起。

强哥哥，我记得自己给你说过，人如果永远长不大多好啊，那时候，你告诉我，人总要长大，伴随着我们的成熟，每个人都在变化，所有的事情都在变化。但是，强哥哥，对你的爱，我永远不会改变。

就像小时候那样，你永远是我的强哥哥，我永远是爱着你、关心惦记着你的小妹妹，无论我是否还在你身边。

强哥哥，我走了，离开西江，离开这个生我养我却令我充满伤心和痛苦的城市。你一直说我哥哥很坏，很讨厌，你不喜欢他。之前，我总认为他是我哥哥，他毕竟是我哥哥，虽然你不认同他的处事方法，但就像我爸爸说的那样，商场如战场，商场无父子，我以为他们有些出格的做法也没有什么，即使你告诉我，陈伯父跳楼是因为我爸爸和我哥哥设的圈套，我依旧不相信他们会如此对待身边的人。可惜，一切正像你说的那样，人啊，一旦习惯了怎么对待外人，他就会如此对待身边人，包括自己的亲人。

前天晚上，我原本想去书房找我爸爸问个清楚，结果，在书房门口我听见了我爸爸和我哥的谈话，我听见他们说出的一切，虽然在他们的交谈中透露出对陈伯父出事的惋惜，但这已经不重要，如你说的那样，陈伯父走到今天这一步，与我爸爸、与我哥哥脱不了干系，他们是间接的凶手。

强哥哥，你无法想象，那天晚上我是忍着多大的悲伤和恐惧听完他们的对话，他们甚至找了浑水公司，恶意做空西江高科的股价，让陈伯父的财务情况更加恶化，让财团找到足够的理由可以要求提前终止合同。这一切，都是为了陈伯父手里20%的三T集团的股份啊。

强哥哥，你能明白我的恐惧吗？我无法接受我的亲人会为了利益去伤害自己多年的兄弟，这难道就是商场无父子吗？如果是这样的游戏规则，我宁愿不要，我宁愿自己出生在一个平凡而普通的家庭，一家人过着平淡却充满温情的生活，而不是如此的尔虞我诈。

我走了，强哥哥，我能体会到陈伯父从楼上一跃而下的绝望，我能体会到。就像我无法面对自己的家人，更无法假装若无其事地面对你，强哥哥，我们叶家欠你的。

强哥哥，你不要找我，我会在这个世界的某个地方时刻关注着你，某一天，我会回来，我希望可以代替叶家补偿你。强哥哥，你放心，我一定会坚强地活下去，我要变得像你那样坚强，靠自己去努力生活。

我希望，我们一起努力，有朝一日，我们见面的时候，我希望听到陈伯父苏醒的好消息，我希望听到你和罗素儿在一起的好消息，希望听见你和陈于，还有大头，你们的公司蒸蒸日上的好消息，就像你经常对我说的那样，在这个伟大的时代，我们一定要奋斗，这样才能不负年华不负卿。

强哥哥，我爱你，永远。

叶琳的信从我指尖轻轻滑落，泪水不知道什么时候已经夺眶而出，这个纯真可爱的姑娘终于长大了，她走了，带着所有的快乐、喜爱、痛苦、思念离开了，也许这对她而言，这是最好的选择。

无法面对，不如不见。

我开始后悔自己为什么要拒绝她最后见面的请求，我其实有很多话想对叶琳说，我想告诉她其实强哥哥一直喜欢你，你永远是我的妹妹，其实我从没有怪过你。我想问问她，她这么一个弱小的身体，那晚究竟是怎么就把我背回来的。我觉得她很牛。我想当面为叶琳演唱那首她最爱的歌曲，是《江南》……

44

叶琳走了，没两天，罗素儿打电话告诉我，她和蒋月凤也要出国了，是晚上八点的飞机，我说那我送送你们，罗素儿答应了。我本打算喊大头路于一块去送她们，可是罗素儿却说想安静地离开，让我送她是因为有件东西想交给我。

于是我一个人来到机场，机场人很多。在候机室里找见罗素儿和蒋月凤，我走了过去，蒋月凤朝我走过来，轻声说："你们好好聊聊，我去那边等着。"

我点点头，蒋月凤擦身而过的时候突然说："陈小强，横刀夺爱的事情我蒋二哥做不出来，但是那个吻，我永远不会忘记，那是只属于我们俩的小秘密。"说完，蒋月凤朝我第一次用心地笑着，她的笑容很干净，没有一丝暧昧。

我想，我与她，现在也算是真正的朋友了。

"快去陪素儿说话，我开玩笑的。"蒋月凤笑着说，转身走到候机室的一角等待。

我向罗素儿走了过去，来到她的身边，她坐在椅子上，怀里抱着一条小狗。

"来了，坐吧，"罗素儿指指旁边的座位说，"还有一会起飞，我们说说话。"

坐在她身边，罗素儿怀里的小狗把头蹭在我的胳膊上，来回摇晃，我抱过它，举到眼前，我看着它乌黑的眼珠子来回转动，就像贝贝小时候一样。

"这是我新养的一条狗，叫希望，我想我们都还年轻，还是要心怀希望去生活，陈小强，你明白我的意思吗？"罗素儿看着我的眼睛，我苦涩地点点头，然后她接着说，"狗我就不带走了，你领回去，帮我养吧。陈小强，你要答应我，一定得养好了，说不定有天我会回来看它。”

我看见罗素儿眼睛红红的，我连忙说：“你放心，我一定用心养。”

然后，我们沉默了一会，罗素儿说：“陈董事长现在怎么样了？”

我说还是老样子，不知道什么时候会醒过来，不过活着就好，活着就有希望。

罗素儿说：“是啊，活着就好，所以，陈小强，事情已经这样了，你没有证据就拿叶明浩父子没有办法，你一定不要冲动，要多为自己和你妈妈打算，还有，我妈。”

我的心颤抖了一下，罗素儿应该清楚我知道了一切，我说，你放心，我不会有事。我没有告诉她自己的打算，既然要离开了，就放心地离开吧，何必徒增担心。

我们开始回想两人的过往，有难过，有忧伤，有喜悦、有惊吓……末了，罗素儿幽幽地说：“小强，其实你是个好人。只可惜是我的错，为了一段情感而放弃了另一段感情。”

我连忙说：“没事，以后你还会遇见像我一样优秀的男生。真没遇见，记得回来找我。”

话刚说完，我们两人同时陷入沉默。沉默中，听见候机室的大喇叭在催促旅客登机。

罗素儿微笑着说：“那我走了，希望就拜托你了，我会给你打电话，如果陈伯父苏醒了，要记得第一时间告诉我。陈小强，记住，要心怀希望。”

我们站起身，罗素儿突然过来抱住我，她幽幽地说：“答应我，一定不要做傻事，答应我，一定不要让我担心。还有西江高科，一定要坚持下去，别忘记了，我也是股东。”

然后，她突然亲吻了我的额头，在我呆若木鸡的表情中，罗素儿拖着行李去与蒋月凤会和，没走几步，她回头问我：“陈小强，你就从来没有怪过我吗？”

我的心里突然像打翻五味瓶似的难受，我强忍住难过冲她微笑，我微笑着拼命摇头说："不怪，真不怪，我怎么会怪你呢。"

罗素儿看了我一会，说，我真走了，你自己保重，别干傻事，到了国外我会第一时间跟你联络，我要知道你出了什么事，陈小强，我一辈子都不会原谅你！在国外遇不见好男生，我还会回来找你！

然后罗素儿扭头就走，我看见在她转头的一瞬间，泪水已经布满她的脸庞，她很牛地向蒋月凤走去，然后她们勇敢地走进登机口，走向新的生活。

那晚，我抱着希望在候机室坐了一晚，我透过候机室宽阔的玻璃看着夜空中一架架飞机腾空而起，然后在天空中布下如烟花般美丽的烟雾。

我开始耐心地等待着三T双子座落成剪彩的那天，我一点都不恐慌，我觉得自己挺平静的，只是每次跟我妈说话的时候，我才会感到伤心难过，但想到有大头和路于在，我多少有些释怀。我把有关罗素儿的一切都告诉了我妈，老太太边听边哭，到最后对我说："谁还没个父母不是，强强，素儿关他亲生爸爸怪你爸，你可不许记恨她。现在姑娘走了，有空多陪陪你萍姨她一个人其实怪可怜的。"我妈说，都是你爸这个死老头子，惹出这么多事害了这么多人。我妈说着说着就哭了，情感就是这样，只要你爱一个人，想恨也恨不起来。

三T双子座落成剪彩前一天晚上，我约大头和路于到西江大学畅想湖边喝酒，再有一个月，路于就要毕业了，西江高科在他和小红等人的努力下，发展势头很好，我现在看路于，怎么看怎么有董事长的架势。

那晚大头提来两箱啤酒，我笑着骂他，你想灌死我们啊。

大头说，今儿晚上要喝就喝个痛快，谁他妈中途跑了，谁就是乌龟王八蛋！大头红着眼睛对我说："强子，我怕今天晚上喝完之后，我们兄弟以后就没机会相聚了。"

大头的话刚说完，路于就蹲在一边哭了起来，西江大学的夜色很美，湖水一荡一荡，不远处，一对对校园情侣卿卿我我，我也有些心酸，但马上振作精神，我骂路于，哭什么，这么大的一男人了，都是快有家室的人了，还哭鼻子，也不怕被小红看见笑话。

路于站到我跟前，说道：“强子，明儿你能不能不去？要不我们再想想别的办法，我们不能蛮干，这样解决不了任何问题，还得把你搭进去。”

我说道：“想什么办法？有什么办法？你说得都对，这样解决不了问题，但我只是想给自己一个交代，不这样做，我觉得憋得慌，我无法面对所有人。”

路于喃喃地说：“是啊，还有什么办法呢？难道只能等老天爷来收拾他们吗？但是，强子你这样做不值得，你不能为了这些人让自己出事，不值得。你出事了，你爸怎么办？你妈还有萍姨怎么办？”

我看了路于一眼，没有回答他的问题，我转过头问大头，我说道：“大头，你也这么认为？”

大头没说话，嘴唇不断颤抖。

我替路于擦擦眼睛，我温和地告诉他，这不是简单的加减乘除，我说路于啊，你和大头都是我的好兄弟，如果我出事了，家里的事情就靠你们了。我说，我必须为这些事情要个交代。

我让路于坐到我的身边，我说，我必须这么做，别无选择，不管明天是怎样的结局，我都问心无愧。

“我明白，强子，我懂，我只是舍不得你，还有……”

“不说了，我们喝酒，”我打开酒箱，取出一瓶，我举起这瓶酒，对大头和路于说，“从明儿开始，我家里人就交给你们了，这瓶酒，算我陈小强敬你们的。”

我仰起头，一瓶啤酒跟开水似的灌进肚子里，我一甩手，瓶子落在地上碎成几片，我大喊一声：“爽！”

大头看着我，一字一句地说：“强子，我大头算没交错你这样的朋友，你他妈就是一条汉子！”

大头热泪盈眶地望着我，路于过来搂住我的肩膀号啕大哭。我的眼睛有些模糊了，我恍惚间仿佛看到了罗素儿进登机口时看我的眼神，仿佛听见她对我说出“希望”二字，我使劲摇摇头，咧嘴一笑：“不说了，不说了，我们喝酒，喝酒。”

我，大头，路于，我们围成一个圈开始喝酒，我们都拿整瓶吹，我们说谁先倒下谁就学狗叫，我们边喝酒边谈起往事，谈到以前他们帮我演戏，谈到大头在西藏的旅行，谈到路于准备毕业后就跟小红结婚，谈了很多很多，大头说他要为大家唱首歌，大头扯开嗓子号叫，我却听得很舒服，仿佛是天底下最动听的歌声。

我躺在湖边的草地上，闭上眼睛，我听见他们还在说话，我不知道他们在说什么，我想继续说话，可是我觉得好累，我想睡觉。我梦见我妈，我梦见她拉着我的胳膊说，强强，你别走，你怎么舍得撇下妈不管呢？我梦见老陈对她说，让强强去吧，男人应该负起自己该负的责任。贝贝站在老陈身边，冲我汪汪叫唤。

三T双子座落成剪彩当天，早晨八点，我准时出门。

我摸摸口袋里的匕首，我想看到叶氏父子之后我就加速冲进去，冲到他们跟前，我就掏出匕首连续挥舞，然后一切就会彻底结束。

我站在三T双子座前面的一个拐角，我看着三T双子座的楼下，红色地毯，彩旗飘扬，剪彩马上开始。

叶世雄和叶明浩终于出现了，记者猛地蜂拥而上，闪光灯铺天盖地，我看见叶明浩满面春风，脸上没有丝毫因为叶琳离家出走带来的触动与反思。叶世雄站在儿子的身后，看着热闹非凡的场面沉默无语，我觉得他老了，而且有掩不住的伤感。听说叶家在发动一切力量寻找叶琳，但至今杳无音信。

礼炮响起，剪彩正式开始。

叶氏父子微笑地向所有人点头致意，然后缓慢地举起剪刀，我想自己也该上场了。我开始低下头，弯着腰，往人群中移动。

人群里，我像条鱼一样左右逼闪，一点一点接近叶世雄父子，好了，我可以冲了，我想。我猫起腰，我猛地向前冲去。突然，人群开始混乱，不知道是谁拦腰抱住了我，我猛地回头，是路于，满面泪水。

然后我听见一个熟悉的声音叫喊道:“叶明浩，老子今天弄死你。”

我看见一个熟悉的身影在我眼前闪烁，我看见一张熟悉的脸上满是愤怒，我看见他在回头看我，那种眼神让我心痛。

然后，我看见他手中的东西明晃晃的，在太阳下反射着刺眼的光芒，我看见人群四散逃离，一群身穿制服的保安冲了上去，我听见路于在我耳边轻声说:“强子，回去吧，一切都结束了。”

尾声

快过年了，我又去看大头，穿过沉重的铁门，然后是一声哐当的巨响。

铁门的响声才让我想起，已经过去快两年了，两年的时间，像无声的溪流缓慢流淌。

两年前的那天，大头代替我去袭击叶明浩，叶明浩中了两刀，然后大头就被闻风赶来的保安死死压住，路于把我拉到墙角，我们看着大头像愤怒的野兽一样高声叫喊，那种惨烈让我无法忍受，我想冲上去，路于一把拉住我，哀求道：“强子，大头说了，你妈已经没有了你爸，不能再失去你。”

当时我哭了，哭得很伤心，我觉得自己真不是人，我对不起大头，对不起我妈，对不起所有人，我把头狠狠地往墙壁上磕，我满头鲜血地看着大头被赶来的警察拉走。

当天晚上我就去了叶家，我去找叶世雄，叶明浩当时也在场，身上被砍中两刀，看见我来了，跃跃欲试地想揍我。那晚我与叶世雄做了一笔交易，我要求叶家不要过分，让法律来对大头进行公平的判决，叶家答应了，然后大头被判了三年。

大头让我别告诉他的父母自己在蹲大牢。我答应了，两年时间里，我有空就去看大头，给他讲外面的故事，大头还是没有改变，对我谈笑风生，说强子，别担心我，三年很快过去，里面比外面安静多了，真的，好安静，我都不想出去了。

大头越这样装作没事我就越难受，但是我还是打起精神盛给他喝我妈做的汤，我告诉他比斯特的生意依旧很好，曼丽还在等你，我告诉他路于已经跟小红结婚了，远方科技现在被这小两口经营得有声有色，路于评上了西江市创新人才奖，已经有好几家风投公司跟路于商量投资的事情，但被我们拒绝了，因为我们准备实施远望科技借壳西江高科的计划，这是我爸的夙愿，我必须替他完成。末了，我对大头说，三T公司马上要上市了，必须得承认，叶明浩确实是做生意的料。

有时候，我们不说话，探望的时间里我们只是相互看着对方，我发现大头怎么苍老了，大头的腰似乎弯了，我看着看着眼睛就变得模糊。

每次穿过沉重的铁门，听见身后哐当的巨响声，我的心就会狠狠地疼一下，我转过身看着关闭的铁门，我知道门里门外其实是两个世界，其实不是我跟大头说的那样，我流着眼泪说着对不起，我到底欺骗了大头。

我没有告诉大头，叶家之所以放过他，没有再穷追猛打，就是因为我将自己手里最后10%的三T集团股份转让给了叶明浩。自此，三T集团与我无关，而叶世雄也表示出了自己的歉意，他用高于市场估值的价格买走了最后10%的股份，叶世雄说，这是我该得的，他对不起老陈，他应该要做补偿。我没有拒绝，我用转让的资金全部买进了西江高科的股份，我成为西江高科的实际控股人。

我没有告诉大头这个交易，大头是我兄弟，这是我唯一可以做出的拯救他的事情,我希望大头可以在一个公平的基础上得到判决。三T股份没有了，但我不后悔，转让了三T股份，某种意义上，我与之前的生活彻底割裂。生活就是如此戏剧，在某一个时刻，因为某一件事情，人的身份就会发生转变，老陈当初希望帮助我实现这样的转身，他没有做到，我最终实现了。

同时，我也没有告诉大头有关曼丽的真实情况，大头入狱没多久，曼丽就把比斯特KTV转手了，曼丽跟着一个大款去了南方，她离开的那天约我见面，曼丽告诉我，大头出事那天前的晚上就写了文件，将比斯特留给了她，曼丽说大头那晚对她说，自己对不起强子，临末了还把比斯特留给了自己的女人，曼丽说那晚大头哭了好久，不知道为什么，但是那种伤心是她与大头相处这么久以来从没有见过的。

我曾问曼丽，难道你对大头就真这么狠心吗？你为什么不等他？

曼丽笑了笑，我第一次觉得她笑得很凄凉，她笑着对我说道："强哥，我知道你看不起我们这样的女人，为钱什么也不顾，可是，不是你想的那样的。我说过，我只喜欢你，我承认以前跟你套近乎是想从你身上弄些钱，没想到你不是那样的人，没想到，我和你接近后就情不自禁地喜欢上了你。大头，我不喜欢。感情这东西，你应该明白的。"

我说我明白，但是我不明白你为什么非要走。

"活在这个世界，人还是现实点好，你不能给我什么，我为什么要继续傻等？"曼丽叹了口气，说道，"其实大头早知道我喜欢你，大头一直没有和我睡觉就是因为他告诉我，他要等到真正取代你在我心中位置的时候才拥有我。可惜他没有这个机会，其实，大头真是个好人。"

曼丽走了，我没有怪她，也许她说得对，活在这个世界，人就必须现实。

也许，我与大头那时都过于年轻。

在某一天，我突然接到了一封来信，打开之后，上面出现熟悉的字眼，是叶琳的笔记，她告诉我，在南方的某个城市自己生活得很好，叶琳说，有一天，她会代表自己的企业来与我洽谈合作。

"所以你一定要加油哦，强哥哥，我们一起加油。"

叶琳告诉我，让我们一起加油，我笑了，看来叶琳真正拥有了自己新的生活，我很欣慰。可惜，老陈依旧没有苏醒，医生说他的生命体征很好，医生鼓励我们，不要放弃，心怀希望就会有奇迹出现。

希望，那条狗，在我和我妈的照顾下一天天长大。因为照顾我爸的缘故，所以我妈跟萍姨的关系越发密切，她们相互陪伴着，一起等待老陈的苏醒。我妈知道我退学了，一点都没有责怪我，只是安慰我决定了就去做，妈支持你。我妈说这话的神态，跟以前我追求罗素儿的神情一样坚定。

只可惜，两年后的我与那时的我已经有巨大的差别。

有一天，在电视里我看到了叶明浩的信息，他的三T集团终于成功上市了，敲钟的时候只有意气风发的叶明浩一个人，叶世雄一年前突然中风了，听说他现在生活不能自理，坐在轮椅上快说不出话来。

听到这个消息，我沉默了很久，我记得路于当时高兴地说天道循环，疏而不漏，但我却不知道自己为什么会流下眼泪。

也许是为叶世雄，也许是为老陈，也许是为他们共同打拼过的那个时代。

罗素儿走后，一直与我保持着联系，也许因为环境的改变，她的心情开始变得开朗，每次打电话的时候，都是她一个人在使劲地说，说她的学习，说她的生活，说国外的风土人情，我只是安静地听，并且脸上挂着微笑，我突然觉得自己很幸福，因为我的脑海中可以想象得出她张牙舞爪愉快的表情。

前几天，她打来电话，快挂电话的时候，她突然说，春节她要回来，因为，这里有她要找的人。

我傻傻地挂了电话，天空飘着雪花，但是我却感觉不到寒冷，我站在漫天大雪中，一动不动。

除夕晚上，路于约我去城市广场看烟花，我牵着希望，走出门。

广场上人很多，男男女女的脸上洋溢着喜气，站在广场上，希望在我脚下来回穿梭，路于与小红拥抱着等待新年的到来。

我看着天空，看着辽阔得无边无际的苍穹，心中平静而感动，过完年大头就快出来了，那时候，我们三个兄弟又能重聚在一起。

广场的钟声响起，所有人停止喧哗，转眼之间，灿烂的烟花布满整个天空，广场成为沸腾的海洋。

烟花散了又燃，燃了又散，仿佛我们似水流年的青春，我看着烟花，那些烟花仿佛渐渐变成他们的笑脸，在一个个冲我微笑，我看到他们向我奔跑过来，我看见自己和他们在一起欢快地大笑，然后，一个一个地消失不见。

我突然听见了希望的叫声，我看见满天烟花下，希望疯狂地向一个思念的人影跑了过去。

我的眼睛有些模糊，耳边突然响起一首歌。

是《江南》：

缺缺圆圆缺缺

天天年年天天的我

深深看你的脸

升起的温柔

满脸的温柔的脸

不懂爱恨情仇跌倒的我们

都以为相爱就像风云的善变

相信那一天

你我永远在这一刹那冬天的时间

……

付良举定稿于兰州 2019 年 5 月 26 日